죽음은
언제나

당신과

함께

정보라
환상문학
단편선 2

 퍼플
레인

차례

죽음은 언제나
당신과 함께
7

감염
33

리발관(離拔館)의 괴이
143

내 친구 좀비
167

내일의 어스름
205

사흘
245

죽은 팔
273

그림자 아래
315

타인의 친절
353

전화
389

작가의 말
414

추천의 말
418

죽음은
언제나

당신과
함께

* 2018년 온라인 소설 플랫폼 〈브릿G〉 게재

나는 집에 있다. 그와 함께 있다. 기다리고 있다.

죽음은 언제나 당신과 함께,

또한 당신의 원혼과 함께.

차 밑에 텅, 하고 뭔가 부딪치는 소리가 들렸다. 두 남자는 차를 세웠다. 낮이었고, 거리는 밝고, 큰길에 차와 사람들이 지나다녔다.

남자들은 차에서 나왔다. 차 밑바닥을 들여다보았다. 까맣고 가느다란 것이 차 밑에서 튀어나왔다. 골목 안으로 도망쳐 들어가기 전에 새빨갛게 빛나는 눈이 세 번째 남자를 쳐다보았다.

세 번째 남자가 두 번째 남자를 쳐다보았다. 쫓아가자고 말할 필요도 없이 두 번째 남자가 고개를 끄덕였다. 두 남자는 차에 탔다. 차가 골목으로 들어갔다.

골목은 좁았지만 조용하고 밝고 깨끗했다. 차 바닥에 부

덮쳤던 까만 것은 보이지 않았다. 앞에 노인이 걸어가고 있었다.

운전을 하던 두 번째 남자가 경적을 울렸다. 노인은 반응하지 않았다. 그대로 천천히 걸어간다. 두 번째 남자가 또다시 경적을 울렸다. 한 번 더, 그리고 다시 한 번 더, 이번에는 아주 길고 시끄럽게.

노인이 힐끗 뒤를 돌아보았다. 두 번째 남자와 눈이 마주쳤다. 노인은 고개를 돌렸다. 그리고 가던 길을 다시 가던 걸음 그대로 천천히 걸어갔다. 골목은 좁았고, 노인은 비켜주지 않았다.

"저거 확 치어버릴까."

두 번째 남자가 말했다.

세 번째 남자가 창문을 열고 밖을 내다보았다. 가로등에 달려 있는 폐쇄회로 카메라를 보았다.

두 번째 남자가 쯥, 하고 혀를 찼다. 그리고 어쩔 수 없이 기어가듯 느린 속도로 차를 몰아 노인의 뒤를 천천히 따라갔다. 천천히.

앞에 다시 큰길이 보였다. 노인은 큰길을 향해서 한없이 느긋하게 걸어가고 있었다. 천천히.

세 번째 남자가 말했다.

"야, 우리 골목으로 빠지자."

두 번째 남자가 고개를 끄덕였다. 차는 우회전해서 옆 골목으로 들어갔다.

앞에 노인이 걷고 있었다. 두 번째 남자가 경적을 울리기 전에 노인이 흘끗 뒤돌아보았다.

그 노인이다.

두 번째 남자와 눈이 마주치자 노인은 무표정하게 다시 고개를 돌리고 느긋하게 계속 걸어갔다. 천천히.

두 번째 남자가 말했다.

"저거 확 치어버릴까."

세 번째 남자가 창문을 열고 밖을 내다보았다. 골목에는 가로등이 없었다. 카메라도 없었다.

세 번째 남자가 창문을 닫았다. 두 번째 남자에게 말했다.

"야, 치어버려. CCTV 없어."

두 번째 남자가 웃었다. 발을 가속페달 위에 올려놓았다.

―탕탕탕탕!

두 번째 남자가 가속페달에 발을 올린 순간 뭔가 큰 소리로 아주 세게 차 바닥을 두드렸다.

차에 타고 있던 두 남자는 깜짝 놀랐다. 두 번째 남자가 가속페달에 올렸던 발을 엉겁결에 꽉 눌렀다가 순간적으로 발을 옮겨 제동을 걸었다. 차가 펄쩍 뛰었다가 멈추었다. 두 남자는 차에서 내렸다.

좁은 골목은 어두컴컴했다. 두 남자는 몸을 숙여 차 밑바닥을 들여다보았다. 차 밑은 차체의 그림자에 가려져 캄캄했다. 두 남자는 차 바닥 아래로 고개를 한껏 들이밀고 좌우로 두리번거렸다.

새빨간 눈과 시선이 마주쳤다.

두 남자는 깜짝 놀랐다. 세 번째 남자는 웅크린 채로 펄쩍 뛰어 물러나려다 엉덩방아를 찧었고 두 번째 남자는 일어나서 뒷걸음질을 치다가 담벼락에 등을 부딪혔다. 등을 부딪히고 나서 두 번째 남자는 퍼뜩 제정신이 돌아온 듯 주위를 둘러보았다.

"여기가 어디야?"

두 번째 남자가 중얼거렸다.

"우리 왜 여기로 들어왔지?"

세 번째 남자가 신음을 내며 몸을 일으켰다. 두 남자는 서로 쳐다보았다. 세 번째 남자가 주머니에서 휴대전화를 꺼냈다. 두 번째 남자는 몹시 경계하며 조심스럽게 살금살금 차를 향해 다가갔다. 차 밑바닥을 다시 한 번 얼른 들여다보았다. 차 아래에 아무것도 없는 것을 확인하고 두 번째 남자는 운전석에 앉았다. 시동을 걸었다.

세 번째 남자가 휴대전화의 화면을 들여다보면서 차 문을 열고 조수석에 걸터앉았다.

"검색이 안 되는데. 자꾸 와이파이 연결하래."

두 번째 남자가 차의 내비게이션 전원을 켰다. 내비게이션 화면은 한동안 까맣고 불투명했다. 마침내 내비게이션 화면에 하얀 말풍선이 떴다.

'연결할 수 없습니다.'

두 번째 남자가 내비게이션의 전원을 다시 눌렀다. 내비게이션을 껐다가 켰다. 내비게이션은 한동안 까만 화면을 내보이다가 다시 말했다.

'연결할 수 없습니다.'

두 번째 남자가 짜증을 내며 내비게이션의 전원 버튼을 향해 손을 뻗었다. 버튼을 누르기 전에 내비게이션은 저절로 꺼졌다. 두 번째 남자가 전원을 여러 번 눌렀으나 내비게이션의 까만 화면은 대답 없이 불투명한 채로 아무 변화도 일어나지 않았다. 두 번째 남자가 욕설을 내뱉었다.

어쨌든 두 남자는 그냥 가보기로 했다. 골목은 좁고 어둠침침했다. 두 번째 남자가 전조등을 켰다. 그리고 서서히 차를 출발시켰다.

시멘트 담벼락이 나타났다. 골목 끝은 막혀 있었다.

이번에는 세 번째 남자가 큰 소리로 욕설을 내뱉었다.

골목은 좁았다. 차를 돌릴 수 없었으므로 두 번째 남자는 기어를 R에 넣고 차를 후진시키기 시작했다. 차는 천천히 뒤로 움직여 왔던 길을 도로 돌아 나갔다.

뒤쪽 창문에 새빨간 두 개의 눈이 나타났다.

두 번째 남자가 비명을 질렀다. 가속페달을 꽉 밟았다. 차는 순간적으로 가속해서 무서운 속도로 뒤를 향해 달렸다. 두 번째 남자는 당황했다. 제동을 했어야 하지만 두 번째 남자는 발을 가속페달에 올린 채로 운전대를 꺾었다. 차는 전속력으로 후진하면서 방향을 틀어 담벼락을 들이받았다.

두 남자는 휘청거리며 차에서 내렸다.

골목은 좁고 조용하고 어두웠다. 주위에 사람의 기척은 없었다. 차가 담벼락을 들이받을 때 분명 굉음이 났을 텐데 아무도 내다보지 않았다. 담벼락을 들이받힌 건물에서도 아무도 나오지 않았다.

세 번째 남자가 조그맣게 욕설을 중얼거리며 주위를 둘러보았다. 두 번째 남자는 뒷목을 주무르며 주머니에서 휴대전화를 꺼냈다. 주소록에서 보험회사를 찾아서 통화 버튼을 눌렀다. 휴대전화 화면에 오류 메시지가 나타났다.

'와이파이에 연결하세요.'

"뭐야 이게?"

두 번째 남자는 다시 한 번 통화 버튼을 눌렀다. 이번에는 전화가 걸렸다. 두 번째 남자는 휴대전화를 귀에 가져다 댔다. 통화 연결음이 들렸다. 녹음된 목소리가 말했다.

'지금 거신 번호는 없는 번호이오니⋯⋯.'

"뭐?"

두 번째 남자는 휴대전화를 귀에서 떼고 믿을 수 없다는 듯이 화면을 들여다보았다. 전화를 끊었다가 다시 걸었다. 통화 연결음이 들려왔다. 통화가 연결되었다.

"여보세요?"

두 번째 남자가 말했다. 상대방이 뭔가 대답했다. 잘 들리지 않았다.

두 번째 남자는 통화 음량을 높였다. 다시 전화기를 귀에 가져다 댔다.

"여보세요? 보험사죠? 여기 사고가 났는데⋯⋯."

―빨리 와.

상대방이 두 번째 남자의 귓가에 속삭였다.

"네? 여보세요? 여기 차 사고가 났는데⋯⋯."

두 번째 남자가 말했다. 상대방이 대답했다.

—빨리 와서 죽어.

그리고 상대방은 웃기 시작했다.

두 번째 남자는 전화기를 내던졌다. 세 번째 남자가 두 번째 남자의 어깨를 건드렸다. 두 번째 남자가 깜짝 놀라 돌아보았다.

"야."

세 번째 남자가 말했다.

"저기 봐."

두 번째 남자는 세 번째 남자가 가리키는 곳으로 시선을 돌렸다. 골목 끝에 노인이 서 있었다. 그 노인이었다.

"저 십새끼……."

세 번째 남자가 욕설을 섞어 뭔가 말하기 시작했다. 세 번째 남자는 끝까지 말하지 못했다. 노인은 남자들과 눈이 마주치자 엄청난 속도로 달려오기 시작했다. 새빨간 눈을 번쩍이며 짐승처럼 네 발로 달려왔다. 뛰어오면서 노인의 몸은 점점 검어지고 점점 길어졌다.

두 남자는 도망쳤다. 누가 먼저라고 할 것도 없이 돌아서서 어디로 가는지도 모르면서 무조건 달렸다. 골목을 돌아서 오르막길과 내리막길을 내달려서 큰길로 뛰어나왔다.

큰길은 밝고 조용했다. 지나가는 차도 지나가는 사람도 없었다.

두 번째 남자는 허리를 반으로 접고 무릎을 손으로 짚고 숨을 몰아쉬었다. 세 번째 남자가 주머니에서 전화기를 꺼냈다. 친구에게 전화했다.

"여기 어딘지 모르겠어."

세 번째 남자가 숨을 헐떡이며 말했다.

"길 건너서 오른쪽으로 쭉 와."

친구가 말했다.

횡단보도의 신호가 녹색으로 바뀌었다. 세 번째 남자는 전화를 끊고 전화기를 도로 주머니에 집어넣었다. 두 번째 남자와 세 번째 남자는 서둘러 길을 건넜다.

신은 없다. 있는 것은 오로지 죽음뿐이다. 오래전 죽음은 나의 이야기를 들어주었다. 나의 눈물을 닦아주었다. 나의 곁에서 나와 함께해주었다.

그리고 시간이 지나 나의 때가 왔을 때 내가 죽음이 되었다. 이제 죽음이 된 나는 그의 이야기를 들어준다. 나는 그의 손을 잡는다. 그리고 함께 기다린다.

타인의 고통에 중독된 인간은 결코 한 사람만 괴롭히지 않는다.

죽음은 언제나 당신과 함께,

또한 당신의 원혼과 함께.

두 남자는 아파트에 도착했다. 인터폰에 친구의 집 호수를 입력했다. 공용현관 문이 열렸다. 두 남자는 엘리베이터를 타고 올라갔다.

친구의 집 현관문은 열려 있었다. 두 남자는 안으로 들어갔다. 현관에 친구와 친구의 부인이 나와 있었다. 두 남자는 친구가 이끄는 대로 거실로 들어갔다. 소파에 앉았다. 친구는 맥주를 가져오고 친구의 부인은 부엌으로 들어갔다.

맥주를 마시며 두 번째 남자가 골목에서 있었던 일을 이야기했다.

"거기서 돌아봤더니, 그 늙은이가……."

까지 말하고 두 번째 남자는 맥주병을 들어 입에 가져다 댔다. 고개를 젖혔을 때 두 번째 남자는 언뜻 뒤에 서 있는 노인의 모습을 보았다고 생각했다. 두 번째 남자는 깜짝 놀라 맥주병을 탁자 위에 내던지듯 소리 내어 내려놓았다. 뒤를 돌아보았다. 뒤에는 쟁반에 안주가 든 그릇을 받쳐 든 친구의 아내가 놀란 표정으로 서 있었다.

"아, 제수씨 미안합니다. 내가 벌써 취했나……."

두 번째 남자가 사과했다. 병에서 튀어 흐른 맥주가 두 번째 남자의 손에 묻어 뚝뚝 떨어지고 있었다. 친구의 아내가 안주를 내려놓고 행주를 찾으러 도로 부엌으로 갔다. 두 번째 남자는 맥주 거품이 흘러 떨어지는 손을 바지에 문질렀다. 바지에 문질러 닦은 뒤에도 손에는 끈적끈적하고 묘하게 기분 나쁜 느낌이 끈질기게 남아 있었다. 두 번째 남자는 손을 씻기 위해 일어서서 화장실로 향했다.

타인의 고통을 즐기는 자들에게 다른 사람은 인간이 아니다. 고통받고 괴로워하며 가해자에게 도취감을 제공해주는 오락의 대상일 뿐이다. 그러므로 그들은 잊어버린다. 하나의 도취감이 한계에 도달하여 더 이상 재미를 느낄 수 없게 되면 그들은 잊는다. 그리고 다른 오락거리를 찾아 나선다.

이유 없는 고통을 당한 사람은 잊지 않는다. 자신에게 고통을 주며 즐긴 사람에 대한 증오는 사라지지 않는다. 언제까지나.

죽음은 영원히 당신과 함께,

또한 당신의 원혼과 함께.

두 번째 남자는 소변을 보았다. 그냥 나오려다 손에 남은 그 끈적끈적하고 기분 나쁜 느낌이 되살아나 개수대로 갔다. 손을 씻은 뒤에 고개를 들어 무심코 거울을 보았다. 거울 안에 새빨간 두 개의 눈이 있었다.

두 번째 남자는 화장실에서 뛰쳐나오려 했다. 문이 열리지 않았다. 뒤를 돌아보았다. 새빨간 눈을 번쩍이는 새까만 형체가 거울 안에서 기어 나오고 있었다.

두 번째 남자는 주위를 둘러보았다. 변기 물탱크의 뚜껑을 벗겼다. 새빨간 눈의 새까만 형체가 거울 밖으로 고개를 내밀었을 때 변기 물탱크 뚜껑으로 내리쳤다. 변기 물탱크 뚜껑이 반으로 쪼개졌다. 새까만 형체는 바닥에 쓰러졌다. 그러나 곧 꿈틀거리며 일어나려 했다. 새빨간 눈이 바닥에서 몸부림치며 두 번째 남자를 노려보았다.

두 번째 남자는 공포에 질려 주위를 둘러보았다. 수건걸이가 눈에 띄었다. 두 번째 남자는 수건걸이를 손으로 쳐서 가로대를 뽑아냈다. 새빨간 눈의 새까만 형체가 바닥에서 몸을 일으켰다. 두 번째 남자는 쇠막대를 휘둘렀다. 새까만 형체를 쇠막대로 몇 번이고 몇 번이고 찔렀다. 새빨간 눈의 새까만 형체가 바닥에 쓰러졌다. 두 번째 남자는 수건걸이를 내던졌다. 화장실 문손잡이를 잡고 온 힘을 다해 당겼다. 화장실 문이 열렸다.

등 뒤에서 새까만 형체가 몸을 일으켰다. 두 번째 남자는 화장실에서 뛰쳐나왔다.

집 안은 밝고 조용하고 깨끗했다. 거실에 아무도 없었다.

"나한테 왜 그래."

두 번째 남자는 기겁을 하며 말소리가 나는 쪽으로 돌아섰다. 세 번째 남자가 피투성이가 된 채 비틀거리며 걸어왔다. 손에는 수건걸이의 가로대를 들고 있었다. 쇠막대에서 핏방울이 뚝뚝 떨어져 바닥에 얼룩졌다.

"왜 갑자기 때려? 너 나 죽이려고 그러냐?"

두 번째 남자는 잠시 대답할 말을 찾지 못했다. 미안하다고 달래주려고, 부축해주려고 두 번째 남자는 세 번째 남자에게 다가갔다. 그때 두 번째 남자는 세 번째 남자의 찢어진 티셔츠 밖으로 보이는 목 아랫부분이 이상하게 까만 것을 보았다. 두 번째 남자는 다시 시선을 들어 세 번째 남자의 얼굴을 보았다. 두 개의 새빨간 눈과 시선이 마주쳤다.

타인의 고통을 즐기는 자들은 대부분 비겁하다. 그들은 삶에서 스스로 만족을 얻을 수 없고 다른 인간을 자신과 동등하게 존중할 수 없고 그러므로 세계 안에서 다른 존재와 함께 상생할 수 있는 더 큰 목표를 향해 나아갈 수 없다. 그러한 존재의 기본적인 능력을 갖추지 못하였으므로 그들은 자신보다 약한 존재를 찾아 고통을 주며 자신의 존재를 재확인한다. 그러나 다른 존재의 고통은 그들에게 너무나 미미하고 그 만족감은 너무나 빨리 사라지므로 그들은 자신처럼 무능력하고 비겁한 존재들을 찾아 함께 모여서 더 크고 더 많은 존재들에게 고통을 주며 자신이 강하고 유능하다는 착각을 즐기고자 한다. 그러나 무능력하고 비겁하며 다른 존재를 존중할 줄 모르는 인간은 타인을 동료로서 존중할 능력이 없다. 소위 '도둑의 의리'란 그런 것이다. 범죄자 사이에 의리란 없다.

그러므로 죽음은 언제나 당신과 함께,

또한 당신의 원혼과 함께.

두 번째 남자는 목 아래로 새까만 피부를 드러낸 세 번째 남자에게 덤벼들었다. 세 번째 남자는 손에 들고 있던 수건걸이의 가로대를 들어 두 번째 남자를 후려갈겼다. 두 번째 남자는 비틀거렸으나 금방 다시 균형을 찾았다. 세 번째 남자는 다쳤고 피를 흘렸고 지쳐 있었다. 두 번째 남자가 세 번째 남자의 손에 쥔 쇠막대의 다른 쪽 끝을 잡고 당겼다. 세 번째 남자는 무기를 빼앗기지 않기 위해 저항했다. 쇠막대 끝부분이 허공에서 흔들리다가 두 번째 남자의 목을 꿰뚫었다. 두 번째 남자가 쓰러졌다. 세 번째 남자는 두 번째 남자 위에 올라탔다. 목에 쇠막대가 꿰뚫려 버둥거리는 두 번째 남자를 세 번째 남자가 올라탄 채 주먹으로 때리기 시작했다. 두 번째 남자는 몸부림쳤으나 그 움직임은 점점 약해졌다. 그리고 마침내 두 번째 남자는 움직이지 않게 되었다.

세 번째 남자는 두 번째 남자에게서 내려왔다. 뒤로 물러나서 벽에 등을 기댔다. 그리고 옷을 걷어 올려 두 번째 남자에게 쇠막대로 찔린 곳을 살펴보았다.

갑작스러운 그림자가 세 번째 남자의 눈앞을 가렸다. 세 번째 남자는 고개를 들었다. 새빨간 눈을 반짝이는 새까만 형체가 앞에 서 있었다.

세 번째 남자는 일어서려 했다. 새까만 형체가 더 빨랐다. 새까만 형체가 세 번째 남자의 목에 새까만 손가락을 휘감았다. 세 번째 남자는 숨을 헐떡거리며 팔다리를 휘둘렀다. 새까만 형체가 세 번째 남자의 목을 움켜쥔 채 세 번째 남자를 들어 올렸다. 세 번째 남자는 새까만 형체의 목에 박힌 쇠막대를 보았다. 세 번째 남자는 온 힘을 다해 손을 뻗어 쇠막대를 잡아 뽑았다. 새까만 형체는 새빨간 눈을 번쩍이며 움직이지 않았다. 세 번째 남자의 목을 휘감은 새까만 손가락이 점점 더 강하게 목을 움켜쥐었다.

세 번째 남자의 손에서 쇠막대가 떨어졌다. 세 번째 남자의 목에서 부드럽고 조용하게 으스러지는 소리가 났다.

세 번째 남자의 시체가 바닥에 쓰러졌다.

그는 두 번째 남자와 세 번째 남자가 피투성이가 된 채 거실에 쓰러져 있는 모습을 한참이나 말없이 내려다보았다. 그리고 그는 천천히 한 명씩 맥박과 호흡을 점검했다. 두 번째 남자와 세 번째 남자가 모두 죽은 것을 확인하고 그는 여자에게 고개를 끄덕였다. 여자도 그를 마주 보며 고개를 끄덕였다.

여자가 세 번째 남자의 주머니에서 전화기를 꺼냈다.

"여보세요? 경찰이죠? 빨리…… 빨리 와주세요…… 저희 집 거실에 사람이 죽어 있어요! 시체가! 사람이! 둘이나 죽었다고요! 네? 1310호예요! 빨리……! 빨리 와주세요!"

여자가 흐느끼는 목소리로 두서없이 날카롭게 고함쳤다. 일방적으로 전화를 끊었다. 기다렸다. 다시 전화가 걸려왔다. 여자는 받지 않았다.

휴대전화 화면에 '긴급구조를 위해 귀하의 휴대전화 위치를 조회하였습니다'라는 문자메시지가 나타났다.

경찰차의 사이렌 소리가 들려왔다. 여자는 그를 쳐다보며 고개를 끄덕였다. 그도 마주 고개를 끄덕였다.

죽음은 언제나 당신과 함께.

경찰이 도착한 곳은 버려진 아파트 건물이었다. 균형 발전이니 개발 촉진이니 하는 이름을 붙여 도시의 외딴 변두리에 무조건 짓기 시작했다가 시공사가 부도나버리고 아무도 뒷감당을 하지 않아서 방치된 장소였다.

"이런 곳에 사람이 삽니까?"

젊은 경찰이 콘크리트 외벽을 그대로 드러낸 짓다 만 건물들을 경찰차의 창문으로 내다보면서 의심스럽다는 듯이 형사에게 물었다.

"신고가 들어왔으니까 할 수 없잖아. 가봐야지."

형사가 말했다.

경찰들은 차에서 내렸다.

경찰들은 어둠 속에서 오래 헤매다 마침내 1310호를 찾아냈다. 한참 동안 문을 두드렸다. 첫 번째 남자가 어리둥절한 표정으로 문을 열었다.

"신고받고 왔습니다. 시체가 어디 있습니까?"

형사가 긴장된 말투로 물었다.

"시체요?"

첫 번째 남자가 멍청한 얼굴로 되물었다. 첫 번째 남자는 트렁크 팬티만 입고 머리카락은 헝클어진 채 얼굴이 부어 있는 모습이 자다가 문 두드리는 소리에 깨어 나온 것이 분명했다.

"신고하셨잖습니까? 부인은 어디 계십니까?"

형사가 다시 물었다. 첫 번째 남자는 여전히 잠이 덜 깬 표정으로 중얼거렸다.

"무슨 부인……? 난 결혼 안 했는데……?"

첫 번째 남자가 손을 들어 헝클어진 머리카락을 쓸어올렸다. 형사의 표정이 굳어졌다.

"그 피는 어떻게 된 겁니까?"

형사가 날카롭게 물었다.

"피……?"

첫 번째 남자가 초점 없는 눈으로 되물었다. 그리고 멍하니 자신의 손을 내려다보았다.

"박 형사님, 저깁니다!"

형사의 뒤를 따라와서 아파트 안을 둘러보던 경찰관이 외쳤다.

"저기, 소파 앞에요!"

형사가 첫 번째 남자를 밀치고 집 안으로 들어왔다. 거실에 누워 있는 시신 한 구, 부엌 벽에 기대앉은 다른 시신 한 구를 발견했다. 거실과 부엌에서 화장실까지 바닥이 전부 피투성이였고 얼마 되지 않는 살림살이와 가구는 뒤집히거나 쓰러지거나 부서져서 싸운 흔적이 역력했다.

첫 번째 남자는 체포되었다. 남자는 모든 것을 부인했다. 자신은 결혼하지 않았고, 이 아파트에는 혼자 살고 있으며, 시신은 모르는 사람들이고, 지난밤에 잠자리에 들었을 때까지만 해도 아무 일도 일어나지 않았다고 말했다. 어째서 이런 곳에 혼자서 살고 있냐는 경찰의 질문에 남자는 친구가 유산으로 남겨준 집이라고 자못 자랑스럽다는 듯이 말했다. 어릴 때부터 한동네에서 자란 가장 친한 친구가 군대 갔다 와서 자살을 했는데 유서에 자기 이름이 언급되어 있었기 때문에 친구의 부모님이 간절히 부탁해서 원래 친구의 소유가 될 예정이었던 이 집을 넘겨받아 살게 되었다고 남자는 줄줄이 늘어놓았다. 그러나 남자는 집 안에 있는 시신 두 구에 대해서는 아무것도 모른다고 주장했으며 시신을 똑바로 쳐다보려고 하지 않았고 무조건 자신은 절대로 모르는 사람들이라고만 반복해서 말했다.

"저 새끼 저거 다 거짓말이에요."

젊은 경찰관이 경찰서 현관으로 나와서 담배를 꺼내 무는 형사에게 라이터를 건네주며 말했다.

"아는 사람이야?"

형사가 입에 담배를 문 채로 물었다.

"우리 반은 아니고 옆 반이었는데, 고등학교 때 유명했어요. 양아치들 몰고 다니면서 얌전한 애들 때리고 괴롭히고 돈 뺏고, 여자애들 강제로 성매매 시킨다는 얘기도 있었고, 자기 입으로 사람 죽였다고 떠벌리고 다니기도 했어요."

"그래?"

형사가 담배를 깊이 한 모금 빨아들였다가 연기를 뱉으며 말했다.

"그럼 저 죽은 애들도 아는 놈들이야?"

"걔들은 모르지만 아마 다 한패였을걸요."

젊은 경찰관이 말했다. 그리고 종이컵에 든 커피를 마치 술을 마시듯 단번에 들이켰다.

"대학교를 서울로 갔다고 잘나간다고 그러더니 소식 끊어졌는데 저렇게 미쳤을 줄은 몰랐어요. 아니, 자살한 새끼 살던 집에 지가 왜 들어가 살아?"

젊은 경찰관이 내뱉었다.

"그러게."

형사가 말했다. 젊은 경찰관을 곁눈으로 힐끗 쳐다보았다. 그리고 다시 담배를 깊이 빨아들였다.

젊은 경찰관은 버려진 아파트 단지 앞에 차를 세웠다. 단지 전체가 캄캄했다. 다시 한 번 1310호를 찾아가는 데 꽤 애를 먹었다. 문에는 '출입금지—Police Line—수사 중'이라는 노란색 테이프가 두 줄로 붙어 있었다.

젊은 경찰관은 테이프를 뜯고 안으로 들어갔다. 아파트 안도 캄캄했다. 젊은 경찰관은 손전등을 켰다.

감식반은 이미 다녀갔다. 증거는 충분했다. 첫 번째 남자의 양손에서 두 구의 시신과 혈액형이 일치하는 대량의 혈흔이 발견되었다. 무기로 사용된 수건걸이의 가로대에는 첫 번째 남자의 피투성이 지문이 잔뜩 찍혀 있었다.

젊은 경찰관이 찾으러 온 것은 그런 증거가 아니었다.

첫 번째 남자의 집에는 개인적인 물건이 이상할 정도로 없었다. 최소한의 살림살이, 신분증이 든 지갑, 몇 벌 안 되는 옷, 그뿐이었다. 컴퓨터도, 저장 장치도, 휴대전화도, 취미 생활이나 여가 시간의 흔적도, 하다못해 책 한 권도 없었다.

그러나 네 번째 남자는 그것으로 안심할 수 없었다. 어딘가에 사진첩이나 졸업앨범이 남아 있지 않은지, 고등학교 시절 함께 찍은 사진이 들어 있는 카메라나 저장 장치가 어딘가에 숨겨져 있지 않은지, 직접 확인해야만 했다. 네 번째 남자는 이제 경찰이었다. 청소년기, 미성년자였을 때 저지른 짓이라고는 하지만, 이미 다 지나간 시절이고 끝난 일이라고는 하지만, 만에 하나 자신의 앞날에 지장이 있을 만한 물품은 빨리 찾아서 없애버려야 했다.

안쪽에서 뭔가 빨간 것이 반짝였다. 네 번째 남자는 서둘러 손전등을 그쪽으로 돌렸다. 손전등 빛이 비추기 직전에 뭔가 검은 것이 움직였다. 손전등 빛이 정면으로 비추었을 때 그곳에는 아무것도 없었다. 그래서 네 번째 남자는 손전등을 꽉 쥐고 검은 것이 지나간 쪽으로 조심스럽게 발걸음을 옮겼다.

반쯤 열린 문 뒤로 새빨간 것이 남자를 쳐다보았다. 네 번째 남자가 손전등을 그쪽으로 향하자 새빨간 것은 방금 전에 그랬듯이 재빨리 사라졌다. 네 번째 남자는 새빨간 것을 쫓아서 서둘러 열린 문 안쪽으로 들어섰다.

네 번째 남자의 등 뒤에서 문이 닫혔다.

죽음은 언제나 당신과 함께,
또한 당신의 원혼과 함께.

나는 그와 함께 있다. 이 집은 우리의 집이다. 나의 시간은 이미 지나갔고, 그의 시간은 아직 오지 않았다. 그의 시간이 올 때까지 나는 그와 함께 이 집에서 기다릴 것이다.

그의 시간이 오면, 언젠가 마침내 온다면, 그 뒤에 우리는 어떻게 될까?

어쩌면 그가 나의 다음 차례를 이어 죽음이 될 것이다. 어쩌면 그는 나와 함께 무無의 세계로 사라질 것이다. 죽음이 무엇인지, 죽음 다음에 무엇이 있는지, 이렇게 오래 죽은 채로 지냈지만 나도 그도 아직 정확히 알지 못한다. 그것은 우리가 알도록 허용된 일이 아니다. 그저 우리가 아는 것은, 죽음은 우리와 오래 함께하며 오래 이야기를 들어주고 오래 곁을 지켜준다는 사실뿐이다.

나는 그와 함께 창밖을 바라본다. 네 번째 남자의 잘린 머리통이 창밖을 떠돈다. 허공에는 길이 없다. 그러므로 출구도 없다. 네 번째 남자의 잘린 머리통은 버려진 몸을 찾아내지 못할 것이다. 영원히 그 캄캄한 허공을 떠나지 못할 것이다.

"만족해?"

내가 그에게 묻는다.

"만족해."

그가 대답한다.

첫 번째 남자는 죽지 않는다. 죽음은 첫 번째 남자와 함께하지 않는다. 남자의 외침을 들어주지 않고 남자의 비명에 귀기울이지 않는다. 앞으로도 오랫동안 죽음은 남자와 함께하지 않을 것이다. 첫 번째 남자는 남은 삶을 혼자서 헤쳐가야 한다. 잠긴 문과 함께, 감시의 눈초리와 함께, 두 구의 시신과 함께, 자신을 따라다니는 세 개의 원혼과 함께.

"평온해?"

내가 그에게 묻는다.

"평온해."

그가 대답한다.

빛이 주어지지 않은 삶도 있다. 그런 삶에도 평화와 안식은 언젠가 찾아온다. 그것이 희망이다.

다만 남자들에게는 평화도 안식도 없을 것이다. 왜냐하면 죽음은 그들의 편이 아니기 때문이다.

나는 그의 차가운 손을 잡는다. 그는 힘없는 머리를 내 어깨에 기댄다.

죽음은 영원히 당신과 함께,

또한 당신의 원혼과 함께.

감염

* 2010년 환상문학웹진 〈거울〉 게재

0.

"옛날 옛적 어느 먼 나라에서, 부유한 귀족이 저잣거리를 지나다가 구걸하는 늙은 거지를 보았다. 거지는 한눈에 보기에도 오랫동안 제대로 먹지 못한 듯 바짝 말라 뼈가 앙상했다. 게다가 행인들은 모두 흘끔흘끔 쳐다보며 그를 피할 뿐 누구 하나 적선하려는 자가 없었다. 이를 불쌍히 여긴 부유한 귀족은 거지에게 다가가 하인을 시켜서 동전 한 닢을 던져주게 하였다. 그러자 거지가 말했다.

—오, 고귀하신 나으리, 복 많이 받으소서……. 그러나 이 천한 것이 한길에 나와서 여러 나으리들께 구걸하는 것은 돈이 아닙니다. 부디 도로 가져가십시오.

이 말에 부유한 귀족은 호기심이 생겨 거지에게 물었다.

—네가 원하는 것이 돈이 아니라면, 저잣거리에 나와 앉아 구걸을 해서 얻으려는 것이 무엇이냐?

늙은 거지는 웅크리고 앉은 채로 말없이 부유한 귀족과 귀족의 하인을 번갈아 쳐다보다가 말했다.

—오, 고귀하신 나으리, 이 미천한 것에게 적선을 하시려 거든, 부디 저기 나으리의 하인이 들고 있는 채찍으로 이 천한 것에게 매질을 해주시옵소서.

부유한 귀족은 놀랐다.

—아니, 어째서 돈을 마다하고 매를 청한단 말이냐?

늙은 거지는 고개를 저었다.

—고귀하신 나으리, 이 천하기 짝이 없는 것의 청을 들어 주시려거든 매질을 해주시옵고, 들어주시지 않으려거든, 삼가 청하옵건대 부디 가시던 길을 가시옵소서.

부유한 귀족은 고개를 갸웃거렸다. 그리고 늙은 거지에게 물었다.

—네가 원하는 대로 매를 때려주면, 어찌된 사연인지 말하 겠느냐?

늙은 거지는 한숨을 푹 쉬었다. 그리고 대답했다.

—고귀하신 나으리께서 이 미천한 것의 소원을 들어주신 다면, 저도 나으리께서 분부하시는 대로 숨김없이 아뢰겠나 이다.

부유한 귀족은 그리하여 늙은 거지가 청하는 대로 그를 채 찍으로 때리게 했다. 매질이 끝난 후에 부유한 귀족은 늙은 거지에게 물었다.

　—그래, 너의 사연이라는 것이 무엇이냐?

　늙은 거지가 대답했다.

　—적선해주셨으니 사실대로 모두 말씀드리겠습니다. 이 미천한 것은 본래……."

—〈슬픔과 불운의 여러 이야기〉 중에서

　1.

　동영상을 처음 받았을 때, 나는 여자친구와 함께 있었다.

　그때 나는 간신히 모든 것을 손에 넣은 직후였다. 손에 넣은 것이 언제 빠져나갈지 알 수 없어 언제나 신경을 곤두세우고 지냈던 시간이 막 지나가고, 드디어 마음이 조금이나마 편해졌던 때이기도 했다. 이른바 '명문 사학'이라는 대학의 졸업장을 따냈고, 그해 취업 활동에서는 쓴잔을 마셨지만 다음 해에 재기에 성공하여 남들이 제법 알아주는 기업에 취직도 했다. 새 회사, 새 조직, 새 생활에 적응하는 것이 쉽지만은 않았지만, 그래도 어떻게든 적응해서 일 년이라는 시간을 버텨낸 것이다. 그리고 여기에는, 나이는 나보다 어리지만 취직은 먼저 해서 사회생활의 달고 쓴 맛이라는 것을 먼저 겪어본 여자친구의 도움이 크게 작용했다.

여자친구는 가족이 지방에 살았기 때문에 대학교 때부터 언니와 함께 서울에서 자취를 했다. 그러다가 얼마 전에 언니가 결혼을 하면서 자취방은 여자친구의 독차지가 되었다. 여자친구는 여벌 열쇠를 만들어 내게 주었다. 그 뒤로, 바쁜 두 직장인이 어쩌다 잠시 시간이 날 때면 여자친구의 원룸은 달콤한 데이트 공간이 되었다.

여자친구가 차를 끓이러 가고 나만 침대에 혼자 남았을 때 휴대전화가 바지 주머니 속에서 우웅, 하고 진동하는 소리가 들렸다. 회사인가, 생각하자 반사적으로 긴장이 되면서, 한편으로는 휴일인데도 연락을 해오는 데 대한 짜증이 치솟았다.

잠깐 망설이다가 무시해야겠다고 결정했다. 그러나 그 순간 휴대전화가 다시 한 번 우웅, 하고 진동했다. 내키지는 않았지만 팔을 뻗어서 침대 옆 방바닥에 아무렇게나 구겨져 있는 바지를 집어 주머니 속에서 휴대전화를 꺼냈다.

전화가 아니라 메시지가 와 있었다. 모르는 번호였다.

"뭐야, 회사야?"

여자친구가 내게 등을 돌린 채 찬장에서 머그잔과 티백, 커피믹스를 꺼내면서 물었다.

"아닌 것 같은데……."

"안 받아도 돼?"

여자친구가 잠깐 돌아보았다.

"스팸인가 봐……."

나는 중얼거렸다. 여자친구는 다시 등을 돌리고 하던 일을 계속했다. 나는 휴대전화의 잠금을 풀고 별생각 없이 '확인' 버튼을 눌렀다.

화면 안에 있는 것은 모두 남자들이었다. 여러 명이 한 사람 주위에 둘러섰는데, 전부 속옷만 입었다. 둘러선 사람들은 목 아래부터만 화면에 잡혔고, 초점은 둘러싸인 한 사람의 얼굴에 맞추어져 있었다. 여러 명이 저항하는 그 한 명을 때리고, 발로 차고, 입고 있던 속옷을 벗겼다. 그리고 움직이지 못하도록 팔다리를 단단히 붙잡았다.

어찌된 일인지 소리는 전혀 나오지 않았다. 그러나 그 때문에 오히려 조그만 화면 안의 영상은 짓눌린 듯한 침묵과 대비되는 기묘한 현실감과 긴박감을 뿜어냈다.

얼굴이 나오지 않은 또 다른 한 명이 느긋한 몸짓으로 속옷 앞쪽을 만지작거리며 다가서는 장면까지 보았을 때, 여자친구의 목소리가 들렸다.

"오빠, 뭔데 그렇게 열심히 봐?"

나는 화들짝 놀라서 고개를 들었다. 여자친구가 김이 나는 머그잔을 내밀었다.

가만히 있어도 더워 죽겠는데, 여자친구는 계절을 가리지 않고 매번 이렇게 뜨거운 걸 타 준다. 그러나 지금은 커피가 뜨겁네 차갑네 따위로 불평을 할 때가 아니었다. 나는 당황해서 내미는 대로 머그잔을 받으며 대답했다.

"응? 어, 벼, 별거 아냐."

여자친구가 침대 안으로 파고들어 와서 옆에 앉았다.

"뭔데? 나도 보여줘."

나는 얼른 화면을 끄고 휴대전화를 침대 아래의 구겨진 바지 쪽으로 던졌다. 여자친구가 어이없다는 표정을 지었다.

"오빠 보여 달라니까 꺼버리는 게 어딨어?"

"별거 아니라니까. 회사 자료야."

"기밀이야?"

여자친구가 웃으며 물었다. 나는 대답했다.

"응, 일급비밀이야. 말했다간 널 죽여야 돼."

말하면서 나는 뜨거운 커피를 대충 침대 옆 탁자에 내려놓고 이불 밑으로 여자친구에게 간지럼을 태웠다. 그리고 여자친구의 귀에 대고 속삭였다.

"자기, 내가 죽여줄게."

여자친구가 까르르 웃으며 몸을 뒤틀었다. 그래서 상황은 그렇게 수습되었다.

집에 돌아와서 내 방에 틀어박혀, 부모님이 잠든 것을 확인하고 문까지 잠근 후에 나는 문제의 동영상을 끝까지 다 보았다.

얼굴이 나오지 않은 마지막 한 명은 피해자에게 바짝 다가서서 놀리듯이 이리저리 몸을 만지고 비볐다. 가해자가 삽입하자 화면은 피해자의 얼굴을 크게 잡았다. 휴대전화로 찍은 것이 분명한 그 동영상은 화면의 각도도 움직임도 화질도 조잡하기 짝이 없었지만 피해자의 고통스러워하는 얼굴만은 확실하게, 오랫동안 보여주었다.

그 얼굴은, 정확히 꼬집어 말할 수는 없지만, 어딘지 눈을 뗄 수 없게 만드는 구석이 있었다. 동영상의 내용 자체가 불쾌하고 다분히 충격적인 것도 사실이었지만, 마지막에 오랫동안 화면을 채운 피해자의 얼굴은 머릿속에 대단히 강한 인상을 남겼다.

동영상과 함께, 같은 번호에서 보낸 문자메시지가 있었다. 짧은 한 문장이었다.

'기억하십니까?'

2.

불쾌하다고 생각하면서도, 나는 동영상도 문자메시지도 지우지 않았다. 휴대전화를 볼 때마다 그 생각이 나서 기분이 묘해졌다. 그런데 휴대전화란 늘 손닿는 곳에 두고 수시로 사용하는 물건이므로, 결과적으로 하루에도 몇 번씩 그 동영상과 낯선 남자의 얼굴을 떠올릴 수밖에 없었다. 그런 자기 자신에게 지쳐서 마침내 짜증을 내면서도, 어쩐지 그 동영상도, 문자도 지워버릴 수가 없었다.

……그리고 이틀 뒤에, 같은 번호에서 또다시 문자메시지를 보내왔다. 이번에도 짧은 한 문장이었다.

'시간 좀 내주시겠습니까?'

나는 답을 보내지 않았다.

머릿속 한구석에서는, 모르는 번호의 주인에게 문자로 답을 하거나 전화를 걸어서 나는 당신이 찾는 사람이 아니라고 해명해야 한다는 생각이 떠돌았다. 그러나 그 번호에서 보내온 동영상을 생각하자 어떤 식으로든 답을 하고 싶었던 의지가 사라졌다. 이런 일에는 얽히지 않는 게 좋다. 피하는 게 상책이다.

다음 날 다시 문자메시지가 왔다. 이번에는 조금 더 길었다.

'동영상은 보셨으리라 생각합니다. 시간 좀 내주시면 좋겠

습니다.'

　나는 이번에도 답장하지 않았다.

　하루를 더 기다려 다시 같은 번호로부터 문자메시지가 왔다.

　'동영상 건으로 드릴 말씀이 있습니다. 필요하다면 다시 보내드리겠습니다. 연락주십시오.'

　조금 고민하다가, 똑같이 문자메시지로 답을 하기로 했다. 내가 그쪽이 생각하는 상대가 아니라는 사실은 확실히 알리는 쪽이 좋을 것 같았다. 하지만 그렇다고 누군지는 몰라도 이런 더러운 일을 빌미로 협박이나 하려는 놈 따위의 목소리를 직접 듣고 싶지는 않다.

　'저는 그쪽에서 찾으시는 분이 아닙니다.'

　다시는 연락하지 말라거나, 경찰에 신고하겠다거나, 등등의 단호한 의사 표시를 하려고 조금 더 고민했다. 그러나 결국 적당한 표현이 생각나지 않아서 이렇게만 써서 보냈다.

　상대는 곧바로 답변하지 않았다. 그러나 하루가 더 지난 후에, 마치 아무 일도 없었다는 듯이 다시 문자가 왔다.

　'원하신다면 찾아가서 뵙겠습니다.'

　남자를 만나게 된 것은 이 마지막 문자 때문이었다.

　찾아온다는 말에 겁이 났던 것은 아니다. 뭐가 됐든 나하고는 애초에 상관이 없는 일이니까.

그보다는, 궁금했던 것이다.

이렇게 뻔뻔스럽도록 정중한 말씨로, 이렇게 시치미를 뚝
떼고, 이 따위 입에 담기도 수치스러운 비열한 짓을 저지르는
인간이 실제로 어떻게 생겼는지 한번 보고 싶다……. 지금 생
각하면 치졸하고 유치하기 짝이 없는 호기심이었다. 괜히 내
얼굴을 알릴 필요도 없이, 약속을 정해서 불러낸 후 적당히
떨어진 곳에서 전화를 걸어 상대의 모습만 확인하면 된다. 그
렇게 생각하니 조금은 탐정이 된 듯한 기분도 들었다. 대학생
시절의 자유로움을 갑자기 뺏기고 일 년이 넘게 회사와 집만
오가며 삶의 낙이라고는 아주 가끔 여자친구의 집에서 짧은
밀회를 즐기는 것이 전부인 생활에 나도 모르게 찌들 대로
찌들어서, 뭐든 좋으니 일상을 벗어난 짜릿한 사건이 일어나
기를 어린애처럼 갈구하고 있었던 것이다.

그래서 나는 이런 문자를 보내고 말았다.

'언제, 어디로 가면 됩니까?'

3.

사흘 뒤, 저녁 시간에 회사에서 멀지 않은 커피숍에서 만나
기로 했다. 약속 장소가 회사와 가깝다는 사실이 마음에 걸리
지 않은 건 아니었다. 그러나 어차피 직접 대면할 것도 아니

고, 이 부근에는 원래 사무실밖에 없으니까 내가 정확히 어디서 일하는지 상대가 알 수 있을 리도 없다. 그렇게 생각하면서 약속 장소로 갔다.

들어가기 전에 통유리창으로 엿본 커피숍 안은 한산했다. 직장인으로 보이는 남자 두 명과 여자 한 명이 둘러앉아 웃으면서 이야기하고 있었다. 그 외에는 혼자 앉아 있는 사람이 두 명 있었다. 한 명은 삼십 대 정도로 보이는 여자였는데, 정장 차림에 목에는 사원증을 걸고 있는 것이 이 부근에 흔한 전형적인 직장인이었다. 창문 바로 옆에 앉아서 커다란 노트북을 펼쳐놓고 전화에 대고 뭔가 열심히 말하고 있었다. 그리고 다른 한 명은 반쯤 등을 돌리고 고개를 숙이고 앉아서 얼굴이 잘 보이지 않았다.

아마 저 사람이겠지. 그냥 슬쩍 얼굴만 보고, 뭣하면 커피라도 한잔 사들고 도로 나오는 거다. 입구에 서서 나는 잠시 심호흡을 하고, 자동문의 버튼을 눌렀다. 유리문이 소리 없이 열렸다.

안으로 들어가서 일단 카운터로 갔다. 메뉴판을 살펴보는 척하다가 자연스럽게 고개를 돌려 커피숍 안을 둘러보았다.

남자가 앉아 있는 곳은 카운터에서 멀지 않은 자리였다. 무심한 표정에 약간 웅크린 자세였다. 남자의 얼굴을 본 순간, 나는 그대로 굳어졌다.

나를 만나러 나온 것은, 휴대전화로 전해져온 동영상 속의 피해자였다.

4.

어쩔 줄 모르고 나는 남자를 쳐다보며 그대로 서 있었다.

남자도 나를 보았다. 눈길을 돌리려 했지만, 이미 늦었다. 시선이 마주쳐버렸다.

눈을 떼지 못하고 쳐다보는 사이에, 남자의 표정은 무심함에서 의아함으로 바뀌었다. 이어서 그 얼굴에 갑자기 경악의 표정이 서렸다. 그리고 놀란 얼굴은 다시 긴장감으로 빳빳하게 굳어졌다.

한동안 그렇게 쳐다보다가, 마침내 남자가 천천히 일어섰다. 잠깐 망설이다가 어쩔 수 없이 나도 남자 쪽으로 다가갔다.

남자가 어색하지만 정중하게 인사했다. 나도 얼떨결에 꾸벅, 고개를 숙였다.

"앉으십시오."

남자가 낮은 목소리로 말했다. 나는 남자가 권하는 대로 반대편에 앉았다.

불편한 침묵이 흘렀다.

한참 만에 남자가 먼저 입을 열었다.

"……죄송합니다."

그 말뿐이었다. 남자는 뭐라고 더 말을 할 듯하다가 다시 입을 다물었다. 그리고 당혹스러운 듯 고개를 돌렸다. 그때, 나는 동영상 속 남자의 얼굴에서 보았던 그 '기묘한 것'을 다시 보았다.

남자는 어렸다. 조그만 휴대전화 화면 속의 조잡한 영상으로 봤을 때는 이십 대 정도라고 짐작할 뿐 나이를 정확히 알 수 없었는데, 실제로 얼굴을 보니 잘해야 스물한두 살을 넘지 않은 것 같았다. 이 부근은 양복 입은 회사원들만 돌아다니는 데 비해 남자는 청바지에 티셔츠 차림이었기 때문에 더 어려 보였는지도 모른다. 일어섰을 때 보니 보통 키에 마른 편이었고, 얼굴도 별 특징이 없었다. 길에서 마주쳤다면 돌아서는 순간 잊어버릴 것 같은, 전체적으로 평범한 생김새였다.

그러나 고개를 돌렸을 때, 커피숍의 통유리창으로 비쳐 들어온 저녁 햇살이 커피숍의 조명과 어우러져 남자의 옆얼굴에 비친 것을 본 순간, 나는 계속 느꼈던 남자의 그 '기묘한 것'이 무엇인지 갑자기 깨달았다. 머릿속에 떠오른 단어는

'색기色氣'였다. 남자에게, 그것도 같은 남자 입장에서 사용하기에는 좀 이상한 표현이지만, 굳은 표정으로 고개를 반쯤 돌리고 부드러운 저녁 햇살을 받은 그 하얀 얼굴은 뭐라고 형용할 수 없이…… 요염했다.

그 사실을 깨닫자 기분이 이상해졌기 때문에 나는 점점 더 당황했다. 그래서 서둘러 입을 열었다.

"휴대전화를 바꾼 지가, 한, 일 년 좀 넘었는데……. 아마 나를 예전에 이 번호를 쓰던 사람으로 잘못 안 것 같아서……."

상대가 너무 어려 보여서 반말을 해야 할지 존댓말을 해야할지 잘 모르겠다. 나는 하려던 말을 애매한 말씨로 황급히 마무리 지었다.

"그런데 이미 아시겠지만, 나는 그쪽에서 찾는 사람이 아니거든요……. 오늘은 직접 만나서 그 얘기를 하려고, 나온 거고요……."

남자는 대답하지 않았다. 같은 자세로 고개를 조금 숙이고 테이블을 내려다볼 뿐이었다.

남자의 얼굴을 보면 볼수록 기분이 점점 더 이상해졌다. 그래서 나는 불시에 일어섰다.

"그럼, 이만……."

남자가 고개를 들었다. 그리고 말했다.

"저를 좀, 도와주시겠습니까."

뜻밖의 요청이었기 때문에, 나는 뭐라고 대답해야 할지 알수 없었다.

"전에 이 번호 쓰시던 분이라면, 난 전혀 몰라요. 이동통신회사나, 아니면 대리점에 알아보는 쪽이……."

"그런 일이 아닙니다."

남자가 조용히 말했다. 나는 더 당황했다.

"미안하지만 난 더 이상 볼일 없어요. 도와줄 수도 없고요. 미안해요."

그리고 나는 일어섰다. 서둘러 커피숍을 나왔다.

남자는 잡지 않았다. 여전히 고개를 약간 숙이고 테이블을 내려다보는 자세로, 돌처럼 가만히 앉아 있었다.

남자와의 첫 대면은 그렇게 끝났다.

5.

문제의 번호로부터 더 이상 아무 연락이 없었기 때문에 나는 일단 안심했다. 그러나 마음 한구석이 계속 불편했다. 그 남자는 왜 그런 동영상을 보냈을까? 나를 누구라고 생각하고 보낸 걸까? 협박을 당하는 입장이 아니라, 하는 입장이었던 것일까? 도대체 이게 다 무슨 일이란 말인가?

그러나 아무리 궁리해봐도, 내가 아는 제한된 정보만으로 상황을 파악할 수 있을 리 없었다. 그리고 생각하면 할수록, 남의 지저분한 일에는 말려들지 않는 것이 최선이었다. 그래서 문제의 번호로부터 아무 연락도 없이 하루가 지나고 이틀이 지나는 것을 다행으로 생각하면서 나는 차츰 이 사건을 잊어버렸다.

6.

문자가 다시 온 것은 그 뒤로 2주 정도 더 지났을 때였다. 이전처럼 짧은 문장이었다.

'죄송하지만 시간을 좀 내주셨으면 합니다.'

이번에야말로 마음을 굳게 먹고 나는 무시했다. 다음 날, 다시 문자가 왔다.

'만나주셨으면 합니다. 부탁드리겠습니다.'

나는 다시 무시했다.

다시 하루가 더 지나서, 사무실로 전화가 걸려왔다. 나는 평소처럼 부서 이름과 내 이름을 대며 전화를 받았다.

"예, 홍보팀 박현성입니다."

상대는 잠시 아무 말도 하지 않았다. 내가 말했다.

"여보세요? 말씀하십시오."

상대는 여전히 아무 말도 하지 않았다. 내가 뭐라고 다시 입을 열려는 순간, 남자의 낮은 목소리가 말했다.

"……이런 식으로 전화드려서 죄송합니다."

그리고 더 이상 아무 말도 하지 않았다.

순간적으로 상황이 이해되지 않아서, 나는 멍청하게도 이렇게 되묻고 말았다.

"여보세요, 무슨 일이시라고요? 말씀하세요."

남자가 다시 말했다.

"시간을 좀 내주셨으면 합니다."

"예?"

두 번째로 이렇게 되묻고 나서야 나는 전화한 사람이 누구인지 깨달았다. 그러나 뭐라고 말하기도 전에, 남자의 목소리가 들려왔다.

"괜찮으시다면 지난번과 같은 시간에 제가 같은 장소로 가겠습니다."

"……너, 누구야?"

나는 옆자리에서 듣지 못하게 목소리를 낮추고 으르렁거렸다.

"이 번호는 어떻게 알았어?"

"휴대전화 번호를 인터넷에서 검색했습니다. 박현성 씨가 쓰신 보도자료에 작성자 연락처가 나와 있어서, 그걸 보고 알았습니다."

남자가 아무 감정도 없는 목소리로 고분고분 대답했다. 놀리거나 협박하는 어조가 아니라, 단순히 내 질문에 대한 답변이었다. 그리고 남자는 덧붙였다.

"불쾌하셨다면 죄송합니다."

상대방의 말투가 시종일관 정중했기 때문에 나도 말씨를 바꾸지 않을 수 없었다.

"무슨 일인지는 모르겠지만, 더 이상 볼일 없다고 지난번에 말했잖아요?"

"부탁입니다……. 한 번만 도와주십시오."

남자의 목소리가 꺼져 들어가는 것처럼 점점 낮아졌다.

나는 대답하지 않았다. 남자가 되풀이했다.

"……부탁입니다."

아주 잠깐 망설이다가, 나는 건조하게 대답했다.

"안 된다고 했으니까, 앞으로 전화하지 마세요."

그리고 전화를 끊었다.

전화벨이 다시 울렸다.

전화기를 노려보다가, 만약의 경우를 대비하여 나는 수화기를 들고 평소처럼 말했다.

"홍보팀 박현성입니다."

"……그럼, 대신 여자친구분께 연락을 드려도 되겠습니까?"

수화기 저편에서 남자가 낮은 목소리로 속삭였다.

나는 대답하지 않았다. 남자가 다시 말했다.

"며칠 전에 회사 앞으로 찾아오셨던 긴 생머리에 키 작고 날씬한 여자분, 여자친구 맞죠?"

나는 전화를 끊었다.

전화벨이 다시 울렸다. 옆자리 선배의 의아한 시선이 느껴졌다.

나는 수화기를 들었다.

"……예. 박현성입니다."

"저도 이러고 싶지 않습니다."

남자가 말했다.

"부탁입니다. 도와주십시오."

"그때 거기로 와요. 오늘 저녁, 같은 시간."

나는 빠르게 내뱉고 전화를 끊었다.

남자는 더 이상 전화하지 않았다.

남자는 지난번과 같은 커피숍에서, 지난번과 같은 저녁 무렵에, 지난번과 같은 자리에 먼저 와서 기다리고 있었다. 자동문 버튼을 누르고 지난번처럼 소리 없이 열리는 유리문 안으로 들어가서, 나는 남자 앞으로 가서 앉은 뒤 주위를 한 번 살펴보고는 거두절미하고 불쑥 물었다.

"그래서, 무슨 일이에요?"

남자는 조금 놀란 것 같았다. 당황한 표정으로 얼른 대답하지 않았기 때문에, 내가 다시 물었다.

"내 여자친구 연락처는 어떻게 알아냈어요?"

남자가 여전히 당황한 표정으로 대답했다.

"모릅니다."

"뭐?"

남자가 다시 말했다.

"여자친구분 연락처, 모릅니다."

나는 화가 났다.

"내가 안 나오면 여자친구한테 연락한다면서요?"

"그렇게 말씀드려야 나와주실 것 같아서, 그렇게 말했습니다. 죄송합니다."

남자가 전처럼 아무 감정도 없는 목소리로 차분하게 말했다. 그리고 고개를 숙였다.

나는 일어섰다. 남자가 고개를 들어 나를 보고는 황급히 따라서 일어섰다. 나는 남자를 노려보며 말했다.

"나, 지금 이런 장난 할 시간 없어요. 한 번만 더 이런 식으로……."

"장난이 아닙니다."

남자가 말을 막았다.

"한 시간 정도만 시간을 내주시면 됩니다. 부탁드리겠습니다."

그리고 남자는 선 채로 고개를 깊이 숙였다. 무릎이라도 꿇을 기세였다.

나는 난처해져서 주위를 둘러보았다. 커피숍의 종업원들과, 가까운 자리에 앉아 있는 몇 안 되는 손님들이 호기심 어린 눈초리로 쳐다보다가 시선이 마주치자 어색하게 고개를 돌렸다.

"알았어요. 일단, 앉아서 얘기해요."

나는 어쩔 수 없이 이렇게 말하면서 도로 자리에 앉았다.

남자는 앉지 않았다. 여전히 선 채로 말했다.

"같이 가주시겠습니까? 잠깐이면 됩니다."

"가다니, 어딜?"

내가 놀라서 물었다. 남자가 조용히 대답했다.

"제 집입니다."

그리고 남자는 더 이상 설명하지 않았다.

나는 다시 주위를 둘러보았다. 내가 앉았는데도 남자가 여전히 서 있었기 때문에, 그것 하나만으로도 다른 사람들의 눈길을 계속 끌기에 충분했다. 게다가 대화는 점점 더 이상한 방향으로 가고 있었다.

"나가죠."

나는 불쑥 말하고 나서 일어섰다. 그리고 서둘러 커피숍을 나왔다. 남자도 황급히 따라 나왔다.

밖으로 나와서 남자에게 말했다.

"나 바쁜 사람이니까 이런 이상한 수작하지 맙시다. 자꾸 귀찮게 굴면 경찰에 신고할 거예요."

그리고 돌아서서 가려는 순간, 남자가 말했다.

"그럼 내일 사무실로 찾아뵈어도 되겠습니까?"

나는 다시 돌아섰다. 남자가 조용히 말했다.

"이미 말씀드렸듯이, 사무실 주소와 위치도 알고 있습니다."

그리고 남자는 자기 말을 증명이라도 하려는 듯, 내가 일하는 사무실의 주소를 읊었다. 또박또박, 천천히.

말하는 내용은 사실상 협박인데도, 그 어조는 왠지 선생님 앞에서 과제물을 암송하는 어린 학생 같았다. 내용과 형식의 이런 부조화에는 묘하게 애처로운 구석이 있었다.

남자가 저녁 햇살을 등지고 서 있었기 때문에 창백하게 굳은 얼굴에 그림자가 드리운 것처럼 보였다. 음영이 짙게 서린 그 하얀 얼굴은, 다시 한 번…… 말로는 정확히 표현할 수 없이 요염했다.

대답을 기다리다가 남자가 다시 말했다.

"저도 좋아서 이러는 게 아닙니다. 정말 죄송합니다…….
달리 방법이 없습니다."

그리고 남자는 다시 고개를 깊이 숙였다.

"도와주십시오. 부탁입니다."

내가 물었다.

"집으로 가서, ……도대체 뭘 해달라는 건데요?"

택시를 타고 퇴근길의 혼잡한 도로를 삼십 분 넘게 헤매어 도착한 남자의 '집'은 비교적 조그만 사무실과 무슨 무슨 '협회' 간판을 단 나지막한 건물들이 몰려선 한적한 동네에 외따로 서 있는 오피스텔 건물이었다. 경비원이 앉아 있어야 할 입구 자리는 비어 있었다.

엘리베이터를 기다리는 동안에도, 도착한 엘리베이터를 타고 올라가는 동안에도 남자는 아무 말도 하지 않았다. 그리고 보니 택시를 타고 여기까지 오는 동안에도 남자는 거의 아무 말도 하지 않았다. 남자가 키패드에 번호를 입력해서 현관문을 열고, 옆으로 비켜서서 내게 들어가라는 몸짓을 했다. 남자를 한 번 쳐다본 후, 여전히 조금은 불안했지만 어쨌든 안으로 들어갔다. 현관에 들어서서 나는 물었다.

"그래서, 도와달라는 일이 뭐예요?"

남자는 대답하지 않고 신발을 벗고 안으로 들어갔다. 나도 잠깐 망설이다가, 그래도 여기까지 왔는데, 라는 생각에 어쨌든 따라 들어갔다.

건물 이름은 오피스텔이었지만 내부 구조는 원룸에 더 가까웠다. 현관을 들어서면 오른쪽에 작은 부엌이 있고, 좁은 간이 식탁이 붙은 기둥이 부엌 겸 식당과 나머지 공간을 분리했다. 왼쪽으로 보이는 문이 화장실인 것 같았다. 그리고 안쪽으로는 일반적으로 침대와 텔레비전 같은 걸 놓고 생활하는 공간이었다. 그러나 남자의 '집'은 특이하게도 그 공간이 텅 비어 있었다.

남자가 주머니에서 휴대전화를 꺼내 간이 식탁 위의 충전기를 꽂았다. 그리고 입고 있던 후드티를 벗어서 식탁 옆의 접이식 의자에 걸쳐놓았다. 남자가 후드티 안에 겹쳐 입은 반팔티를 벗고, 다시 그 안의 긴팔 티셔츠를 벗기 시작했을 때 나는 물었다.

"뭐 하는 거예요?"

남자가 티셔츠를 벗으려던 손을 멈추었다. 후드티와 반팔 티셔츠를 걸쳐놓은 간이 의자와 나를 번갈아 바라보았다. 뭔가 망설이는 눈치였다.

내가 다시 물었다.

"여기까지 불렀으면, 무슨 일인지 말을 해야 하는 거 아네요?"

남자가 마른침을 꿀꺽 삼켰다. 목울대가 오르내리는 것이 보였다.

그리고 남자가 말했다.

"저를 때려주셨으면 합니다."

"예?"

그러나 남자는 더 이상 설명하지 않고 긴팔 티셔츠까지 벗었다. 아까처럼 접이식 의자에, 후드티와 반팔 티셔츠 위에 조심스럽게 걸쳐놓았다. 그리고 남자는 나를 보면서 다시 말했다.

"저를, 때리십시오."

그리고 남자는 양팔을 내리고 똑바로 섰다.

윗도리를 벗은 남자의 상반신은 옷을 입었을 때보다 더 말라 보였다. 바지만 입은 남자는 어른 남자가 아니라 어린 소년 같았다. 피부가 희고 선이 가늘어 남자의 몸은 완전히 무방비해 보였다.

……문득, 그 몸을 때리기보다는 한번 쓰다듬어 보고 싶다는 생각이 들었다.

만져보고 싶다는 충동을 일단 인식하자, 무심결에 손이 저절로 뻗어 나가 당장이라도 그 하얗고 매끄러워 보이는 살갗을 어루만질 것만 같았다. 나는 당황했다.

"……때리라니? 왜?"

간신히 정신을 차리고 내가 물었다.

남자가 잠시 망설이다가 대답했다.

"설명을 드리자면 복잡합니다. 우선, 때리십시오."

나는 어이가 없었다.

"잘 알지도 못하는 사람을 무조건 때리라니, 그래도 이유는 알아야……."

"모르시는 편이 더 나을 수도 있습니다."

남자가 말을 막았다.

황당해져서 나는 남자를 멍하니 쳐다보았다. 남자가 다시 말했다.

"살면서 정말로 부당하게 피해를 입어서, 진심으로 화가 났던 적, 없습니까?"

그런 적이 한 번도 없었다면 거짓말일 것이다. 내 얼굴을 보고 남자가 다시 말했다.

"제가 그런 짓을 해서, 그런 피해를 입혔다고 생각하고 때리십시오."

그리고 남자는 고개를 한쪽으로 돌려 시선을 피했다.

할 수 없이, 주저주저하다가 나는 주먹을 뻗어 가슴을 툭, 하고 쳤다―기보다는 밀었다. 남자는 조금 비틀거리며 한 발짝 뒤로 물러섰다가 다시 똑바로 섰다. 그러고는 다음 차례를 기다리는 것처럼 다시 고개를 옆으로 돌렸다. 나는 다시 시험적으로, 이번에는 약간 더 세게, 남자의 가슴을 툭 쳤다. 남자는 다시 한 발짝 뒤로 밀려났다가 중심을 잡고 똑바로 섰다.

"밀지 말고, 때리십시오."

남자가 속삭였다.

나는 망설였다. 그러나 기왕 이렇게 된 거, 라는 생각으로, 결심을 하고 주먹을 꽉 쥐고 남자의 가슴을 쳤다.

퍽, 소리와 함께 남자의 한쪽 어깨가 뒤로 확 밀렸다. 남자는 뒤로 몇 걸음 물러나면서 비틀거리다가 다시 중심을 찾았다. 상체를 웅크리고 가슴의 맞은 자리를 반대쪽 손으로 눌렀다.

"괜찮아요?"

나는 남자에게 다가가서 살펴보려 했다. 그러나 남자는 억지로 상반신을 세우고 말했다.

"괜찮습니다. ……계속하십시오."

"뭘 계속해? 때렸잖아요?"

내가 물었다. 남자가 대답했다.

"제가…… 똑바로 서 있을 수 없을 때까지 때리십시오."

나는 뭐라고 반박하려 했다. 그러나 입을 열기도 전에 남자가 말했다.

"부탁드립니다."

그리고 남자는 가슴에서 손을 떼고 아까처럼 양팔을 내린 채 똑바로 섰다.

다시 망설이면서 나는 남자의 상반신을 쳐다보았다. 방금 맞은 자리가 벌그스름하게 부어오르는 것이 보였다.

에라 모르겠다, 하고 나는 다시 아무렇게나 주먹을 휘둘렀다.

의도하지 않았는데 주먹은 남자의 명치에 정통으로 맞았다. 남자가 몸을 반으로 접었다. 숨을 헐떡거렸다.

나는 달려가서 남자를 부축했다.

"괜찮아요?"

남자는 말없이 손만 내저었다. 내가 다시 물었다.

"앉을래요?"

"……아닙니다."

남자가 간신히 말했다. 그리고 여전히 한 손으로 명치를 움켜쥔 채 이를 악물고 상체를 세웠다.

"……계속하십시오."

"뭘 자꾸 계속하라는 거예요, 제대로 서 있지도 못하면서?"

남자가 이를 악문 채로 고개를 저었다.

"계속하십시오."

나는 손이 아파서 더 이상 때릴 수 없을 때까지 낯선 남자를 때렸다.

폭력이란 이상한 것이다. 처음에는 망설이면서 마지못해 툭툭 건드리는 정도에서 시작했지만, 주먹을 한 번 뻗을 때마다 그 강도는 점점 세졌다. 처음에는 몸통, 중에서도 맞아서 크게 다치지 않을 법한 부위를 생각해서 골라가며 때렸다. 그러나 몇 번 그렇게 때리다가 주먹이 두 번째로 명치를 가격하고, 남자가 다시 몸을 반으로 꺾었을 때 미처 손을 조절하지 못해 주먹이 뺨에 가서 맞고, 당황하는 나에게 남자가 '얼굴 때리셔도 됩니다'라고 속삭인 시점에서 이미 나는 통제력을 잃었던 것 같다. 그리고 드디어 바닥으로 무너진 남자가 '발로 차셔도 됩니다'라고 하는 말을 듣고 진짜로 차려고 발을 들었다가 나는 문득 정신을 차렸다.

도대체 이게 무슨 짓인가. 아무리 부탁받았다고는 하지만, 잘 알지도 못하는 남자를 나는 왜 이 지경으로 때렸는가. 남자의 부어오른 뺨과 터진 입술, 그리고 흰 피부에 여기저기 벌겋게 맞은 자국이 선명한 상반신을 보면서 나는 무서워졌다.

"⋯⋯감사합니다."

남자가 바닥에 반쯤 엎드린 채로 속삭였다.

나는 도망치듯 그곳을 빠져나왔다.

7.

다음 날, 손이 아파서 새벽에 잠이 깼다. 특히 오른손은 손가락과 손등의 관절 부분이 부어오르고 욱신거려서 제대로 펼 수가 없을 정도였다.

8.

정확히 일주일 후, 남자에게서 다시 문자가 왔다.

'같은 시간, 같은 장소에서 뵙겠습니다.'

나는 사무실 밖으로 나왔다. 남자에게 전화했다.

"또 무슨 일인데? 해달라는 대로 해줬으면 된 거 아녜요?"

"한 번만 더 도와주십시오. 부탁드립니다."

"싫다고 했잖아요."

"정말 죄송합니다. 이번이 마지막입니다."

나는 화를 냈다.

"싫다니까, 사람 말 못 알아들어요? 자꾸 이런 식으로 달라
붙으면 나도 가만 안 있을 겁니다."

여기에 남자는 아무 말 없이 전화를 끊었다.

"여보세요? 여보세요! 거 참, 이상한 자식이네……."

투덜거리면서 나는 다시 사무실로 돌아가려 했다. 그때 우
웅, 하고 다시 전화가 울렸다.

나는 화면을 보았다. 전화가 온 것이 아니라, 다시 메시지
가 도착했다. 나는 아무 생각 없이 화면에 뜬 알림을 눌렀다.
화면 안에, 일주일 전 내가 남자를 때리던 모습이 그대로 동
영상이 되어 담겨 있었다.

이번에도 소리는 없었다. 내가 계속 주저하며 물러서고
남자가 계속 때려달라고 부탁하는 대화가 지워진 화면은 무
방비 상태의 남자를 내가 일방적으로 폭행하는 모습일 뿐이

었다.

이어서 문자메시지가 도착했다.

'경찰이 개입하는 걸 원치 않으시면 같은 시간에 같은 장소로 나와주십시오.'

나는 사무실 밖 복도에서 휴대전화 화면을 들여다보며 한참이나 멍하니 서 있었다.

두서없는 생각들이 한순간 뒤엉켜서 머릿속을 훑고 지나갔다. 남자가 먼저 부탁했다고 하면, 믿어줄 사람이 있을까. 아마 없을 것이다. 폭행죄로 고소라도 당하면, 회사에도 연락이 올까? 아마 오겠지. 연락받는 즉시 잘릴까? 합의라도 보면 한번은 눈감아줄까? 여자친구는 뭐라고 할까? 부모님은…….

……공황 상태에 빠져 꼬리에 꼬리를 무는 그런 생각들 사이를 빙빙 돌다가, 나는 인정하지 않을 수 없었다.

빼도 박도 못하게, 완전히 잡힌 것이다.

9.

남자는 이번에도 커피숍에 먼저 나와 있었다. 지난번처럼 인사도 없이 남자 앞에 불쑥 앉아서 나는 내뱉었다.

"그래서, 또 원하는 게 뭔데요?"

"저번처럼 해주시면 됩니다."

남자가 건조하게 대답했다.

어이가 없어서, 나는 고개를 돌려 통유리창을 바라보았다. 남자는 고개를 조금 숙이고 테이블을 내려다보면서 아무 말도 하지 않았다.

한참이나 통유리창 밖을 내다보며 머릿속을 가다듬다가, 내가 한껏 목소리를 낮추어 으르댔다.

"야, 너 변태냐? 정신병자야? 모르는 사람한테 두드려 맞는 게 좋아?"

이 말에 남자가 고개를 들었다. 무표정한 얼굴과 시선이 마주쳐서, 나는 속으로 움찔했다. 그러나 남자는 여전히 아무런 감정의 동요도 없이 짧고 건조하게 대답했다.

"예."

그리고 남자는 다시 시선을 내리깔고 테이블을 들여다보았다.

그 모습을 보자 어쩐지 부아가 치밀었다.

"야, 변태 짓을 하려면 딴 데 가서 알아봐. 그런 거 좋다는 사람도 찾아보면 세상에 널렸을 텐데 왜 하필 나야? 내가 너하고 무슨 상관인데 이렇게 달라붙어서 놔주질 않는 거야?"

남자가 다시 잠깐 시선을 들었다.

"죄송합니다."

그리고 남자는 또다시 고개를 숙였다.

말이 통하지 않는다. 애초에 말려든 것을 후회하며 나는 일어섰다. 남자도 당황한 표정으로 황급히 따라서 일어섰다.

뭐라고 한마디 해주려다가, 나는 아무 말도 하지 않고 걸어나왔다. 남자는 그 자리에 그대로 서 있었다.

그러나 유리문을 나오자마자, 휴대전화가 우웅, 하고 진동했다. 나는 전화기를 꺼냈다. 예상대로, 남자였다.

나는 한 번 심호흡을 했다. 그리고 남자를 흉내 내어, 최대한 건조하고 무감정하게 말했다.

"관심 없다고 했잖아요. 이번 일 없었던 걸로 치고, 앞으로 연락하지 맙시다."

"곤란하게 해드리려던 건 아닙니다. 죄송합니다."

남자가 말했다.

"하지만, 필요하다면 정말로 곤란하게 해드릴 수 있습니다."

……진심이라는 걸, 낮게 억눌린 차분하고 무감정한 목소리에서 알 수 있었다.

"한 번만 더 도와주십시오. 이렇게 부탁드리겠습니다."

나는 유리문 너머로 남자를 돌아보았다. 남자는 아까 일어선 자세 그대로 고개를 깊이 숙였다.

"……정말이죠? 진짜로 마지막이죠?"

"예."

남자가 여전히 고개를 숙인 채로 대답했다.

"한 번만 더 하면, 앞으로는 연락 안 하는 겁니다?"

"예. 약속드리겠습니다."

나는 한숨을 쉬었다.

"알았어요. 갑시다."

남자가 잠깐 허리를 펴고 유리문 너머로 나를 바라보았다. 그리고 다시 고개를 숙였다.

"감사합니다."

그것이 실수였다.

10.

또다시 택시를 타고 삼십 분쯤 달려서 오피스텔 건물에 도착했다. 이번에도 입구의 경비원석이 비어 있어서, 실제로 경비원이 있는지조차 의심스러워지기 시작했다. 남자는 이번에도 말없이 엘리베이터를 기다려 역시 말없이 타고 올라갔다. 키패드에 번호를 입력해서 현관문을 열었다. 나는 안으로 들어갔다.

남자가 지난번처럼 휴대전화를 꺼내어 간이 식탁 위의 충전기를 끼워놓는 것을 나는 눈여겨보았다. 남자는 이어서 내게 등을 돌린 채로 셔츠의 단추를 풀기 시작했다.

나는 속으로 심호흡을 했다. 그리고 남자에게 다가가 어깨를 톡톡 쳤다.

남자가 돌아보았다. 나는 그 얼굴에 대고 불시에 주먹을 날렸다. 남자는 식탁이 붙은 기둥에 옆머리를 부딪히고 바닥에 쓰러졌다.

남자가 쓰러진 모습을 보자 일순 겁이 났다. ……정말로 다쳤으면 어떡하지?

남자가 천천히 상체를 일으켰다.

시선이 마주쳤을 때, 나는 마음을 다잡았다. 남자에게 다가가서 멱살을 잡고 일으켜 세웠다. 의식적으로 사나운 표정을 지으며 한껏 위협적인 목소리로 으르렁거렸다.

"네가 원한 게 이거냐? 이런 게 좋아? 응?"

멱살을 잡혀 억지로 일어서면서 남자는 완연하게 겁먹은 표정이 되었다. 홍채가 투명해 보이는 갈색 눈을 크게 뜨고 쳐다본다. 입술이 찢어져 피가 흘렀고, 흰 얼굴은 한쪽 뺨이 방금 내 주먹에 맞아 벌겋게 부어올랐다. 다른 쪽 눈썹 위로는, 기둥에 부딪혔을 때 찢어졌는지 피가 흘러내린다.

그 얼굴은 한편으로는 무방비한 어린 소년 같아서, 보호해주고 다독여주고 싶어졌다. 그리고 다른 한편으로는…… 전에도 보았던 그 기묘한 색기가 넘치게 뿜어 나왔다. 멱살을 잡고 얼굴을 바짝 들이대고 있자니, 그 애처로운 눈길에 빨려들어 당장 그 피에 젖은 입술에 키스해버릴 것만 같았다.

동시에 그런 나 자신에 대한 격렬한 혐오감이 치솟았다. 그래서 나는 남자의 얼굴을 때렸다. 이번에는, 더 세게.

남자는 다시 바닥으로 쓰러졌다.

나는 또 남자의 멱살을 잡고 일으켜 세웠다. 벽 쪽으로 밀고 가서 다시 명치를 때렸다. 남자가 헉, 하고 웅크렸다. 손을 놓자 남자는 그대로 벽에 등을 댄 채 미끄러져 바닥에 주저앉았다.

나는 벽에 등을 기대고 앉은 남자의 배를 찼다. 한 번, 두 번, 그리고…….

남자가 팔로 머리를 감싸며 상체를 웅크렸다. 몸에 발이 닿을 때마다 남자가 머리를 감싼 팔 안쪽으로 윽, 윽, 하고 작게 비명 지르는 소리가 들렸다. 그 소리를 들을 때마다 이유 없이 조금씩 더 화가 나서, 발길질을 하다가 나는 남자의 목덜미를 잡고 일으켜 세웠다.

"소원 풀었냐? 실컷 맞아서 기분 좋아?"

나는 남자의 목을 잡고 얼굴을 바짝 들이대고 낮게 내뱉었다.

"한 번만 더 달라붙어서 이상한 소리 하면 그땐 아주 죽여
버린다. 협박은 너만 하는 줄 아냐? 사람 잘못 봤어, 변태 새
끼야."

그리고 나는 무릎으로 남자의 명치를 찼다. 남자가 소리 없
이 입을 벌리고 얼굴을 찡그렸다.

그 표정을 보자, 모든 일의 발단이 되었던 동영상 속, 화면
을 가득 채웠던 남자의 고통스러운 표정이 떠올랐다. 그러자
당장 주먹질을 멈추고, 괴로워하는 어린 남자를 감싸 안고 싶
어졌다.

나는 흠칫 손을 떼고 얼른 물러섰다. 남자는 벽에 등을 댄
채 바닥으로 무너지듯 미끄러졌다.

남자를 그대로 두고 나는 간이 식탁 쪽으로 돌아섰다. 남자
의 휴대전화를 가지고 빨리 여기서 나가야 한다.

……분명히 간이 식탁 위에 꽂혀 있던 휴대전화가 없었다.

나는 바닥에 늘어진 남자에게 다가갔다. 남자가 반사적으
로 몸을 웅크리며 팔을 들어 상체를 가렸다. 아랑곳하지 않고
나는 남자의 팔을 잡아 옆으로 젖히고 윗옷 가슴 주머니와
바지 주머니를 차례로 뒤졌다.

휴대전화가 없었다.

식탁 주위를 살펴보았다. 부엌으로 가서 서랍을 뒤엎고 찬장을 전부 열어보았다. 여전히 휴대전화는 보이지 않았다. 휴대전화뿐만이 아니라, 서랍 안에도 찬장 안에도, 이상할 정도로 아무것도 없었다. 그러나 그때는 그런 데까지 신경 쓸 여력이 없었다.

냉장고까지 열어봤지만 휴대전화는 간 곳이 없었다. 나는 다시 남자에게 달려갔다. 멱살을 잡고 억지로 일으켜 세웠다.

"휴대전화 어떻게 했어?"

내가 남자의 멱살을 잡고 얼굴을 바짝 들이대고 소리쳤다. 남자가 초점 없는 눈으로 마주 쳐다보았다. 나는 다시 고함을 질렀다.

"전화기, 어디다 숨겼어?"

남자가 간신히 고개를 움직여 턱짓으로 간이 식탁을 가리켰다.

나는 식탁 쪽을 돌아보았다. 기둥 바로 옆의 바닥에 떨어진 휴대전화가 보였다.

나는 남자를 아무렇게나 내동댕이치고 식탁 쪽으로 갔다. 바닥에서 휴대전화를 집어 들고 폴더를 열었다.

화면이 밝아졌지만, 먼지가 두껍게 앉은 것처럼 뿌옇게 흐려서 아무것도 보이지 않았다. 나는 손가락으로 액정을 문질러 보았다. 여전히 뿌옇다. 옷소매로 더 세게 문질렀다.

화면은 전혀 깨끗해지지 않았다. 대신, 화면 옆에서 뭔가 연기 같은 것이 새어 나오기 시작했다.

나는 문지르던 손을 멈추었다. 멍하니 보고 있는 사이에, 화면 옆에서 새어 나온 연기는 뭉게뭉게 퍼지면서 점점 커지기 시작했다.

뒤늦게 생각이 나서 폴더를 닫았다. 그러나 소용없었다. 닫힌 폴더 사이로 연기가 더 많이, 더 진하게 새어 나왔다. 그리고 내 눈앞에서 그 연기는 뭉치면서 사람 모양으로 변하기 시작했다.

연기, 혹은 안개로 이루어진, 굉장히 큰, 희끄무레하고 푸르스름한 사람이, 나와 남자 사이를 가로막고, 천장을 향해, 점점 더 커진다…….

넋을 잃고 쳐다보는 사이에, 연기가 뭉친 반투명하고 희끄무레한 얼굴에 조금씩 이목구비가 나타났다. 그리고 천장에 닿을 듯이 커진 사람 형상의 머리 부분에서, 갑자기 그 허옇고 푸르스름한 얼굴이 눈을 떴다. 새까맣고 뚜렷한 두 눈이 공중에 뜬 희끄무레하고 반투명한 얼굴 속에서 나를 내려다보았다. 시선이 마주쳤다.

나는 손에 쥐고 있던 휴대전화를 내던졌다. 그리고 남자의 집을 뛰쳐나왔다.

11.

집에 와서 생각하니 모든 일이 비현실적으로 느껴졌다. 손이 아프지만 않았으면 아마 전부 꿈이라고 생각했을 것이다. '알라딘의 마술램프'도 아닌데, 액정 화면을 문지르면 나타나는 휴대전화의 마신이라니? 그렇게 생각하니 웃음이 나오기 시작했다. 나도 모르게 미친 사람처럼 조금 웃었다.

어디를 어떻게 잘못 찼는지, 오른쪽 엄지발톱에서 피가 났다. 양말에 붙은 채로 말라서 굳어버린 바람에 벗을 때 조금 애를 먹었다. 발톱이 흔들렸지만 빠지지는 않았다.

12.

이후 며칠이 지나도록 남자에게서 아무 연락이 없었다. 나는 안심했다.

일주일 정도 지났을 때, 퇴근해서 집에 돌아오니 어머니가 밤늦은 시각인데도 걱정스러운 얼굴로 기다리고 있었다.

"얘, 이게 뭐니?"

어머니가 내민 것은 경찰에서 날아온 출두요청서였다.

남자는 나를 폭행죄로 고소했다. 경찰에 의하면 늑골에 금이 가서 전치 8주 진단이 나왔다고 했다. 남자의 이름을 나는 경찰서에서 듣고서야 알게 되었다.

이번에는 내가 먼저 남자에게 전화할 수밖에 없었다. 내가 이름을 부르자 남자는 잠깐 아무 말도 하지 않았다.

남자가 정말로 경찰에 고소를 한 것은 예상 밖이었지만, 남자가 내건 합의 조건은 예상했던 것과 비슷했다. 일주일에 한 번, 남자의 거처로 찾아가서, 때린다.

나는 물었다.

"도대체 왜 이렇게까지 하는 겁니까?"

남자가 힘겹게 침대에서 상체를 일으켜 똑바로 앉았다.

"죄송합니다."

뺨과 입술, 그리고 눈썹 위에 아직도 멍 자국과 찢어진 상처가 아물지 않은 채 남아 있었다.

같은 병실에 입원한 다른 환자들과 그 가족들이 호기심 어린 표정으로 쳐다보았다. 때린 사람이 맞은 사람의 병실로 찾아와 화를 내고, 맞은 사람이 사과를 한다는 정황이 남의 눈에 얼마나 비상식적으로 보일지 나는 그제야 깨달았다. 목소리를 낮추어 다시 말했다.

"아니, 그러니까, 잘못한 건 나도 알아요. 그건 나도 미안하게 생각합니다. 하지만 애초에 일이 이렇게 된 게, 그러니까……. 왜 하필 나예요? 내가 그쪽한테 뭘 잘못했다고 일을 이 지경까지 몰고 가냐고?"

말을 하다 보니 흥분해서 결국 또 화를 내고 말았다. 남자가 다시 사과했다.

"죄송합니다. 처음부터 이럴 생각은 아니었습니다."

"죄송한 건 필요 없으니까, 이유를 말해보라고요, 이유를."

남자가 세 번째로 말했다.

"정말 죄송합니다."

이래서는 대화가 되지 않는다. 내가 화를 내면, 남자는 사과할 뿐이다.

감정을 억누르고 머릿속을 정리했다. 그리고 나는 천천히 다시 말했다.

"그쪽도 무슨 사정이 있으니까 이러는 거, 맞죠? 어차피 이렇게 됐는데, 나도 말하자면 그 사정에 말려든 거고요. 그러니까 어떻게 된 일인지 나한테도 좀 알려주는 게 예의 아닙니까?"

남자는 잠시 생각했다. 그리고 대답했다.

"여기서 나가면 말씀드리겠습니다."

13.

남자가 고소를 취하했기 때문에 나는 일단 안심했다. 게다가 전치 8주라면 두 달이다. 최소한 남자의 입원 기간 동안은 자유라고 생각했다.

그러나 2주 정도 지났을 때, 나는 낯익은 전화번호로부터 온 불길한 문자를 다시 받았다.

'오늘 저녁에 시간 괜찮으십니까?'

그 주는 바쁜 주였다. 평일 저녁은 정말로 힘들었기 때문에, 어르고 달래서 주말로 약속을 바꾸었다. 그러나 그 때문에 모처럼 잡은 여자친구와의 약속을 취소해야 했다.

그럴듯한 변명 거리를 생각해 내느라, 그리고 간신히 궁리해낸 핑계를 듣고도 토라진 여자친구를 달래느라, 나는 한참이나 진땀을 뺐다. 물론 이 괴상하기 짝이 없는 사정을 여자친구에게 곧이곧대로 말할 수는 절대로 없었다. 그런저런 관계로, 토요일 오후에 남자의 집 앞에 도착했을 때 나는 상당히 짜증이 나 있었다.

초인종을 울리기가 무섭게 남자는 기다렸다는 듯이 현관문을 열었다. 나를 보고 남자는 꾸벅, 고개 숙여 인사를 했다. 결코 예의를 차릴 기분이 아니었지만 그걸 보고 얼떨결에 나도 인사를 했다. 그리고 안으로 들어섰다.

고등학생의 과외 선생이 된 기분이었다. 누가 봤다면 실제로 그렇게 생각했을지도 모른다.

내가 신발을 벗고 안으로 들어서는 것을 가만히 보고 있다가 남자가 갑자기 윗옷을 벗었다. 이전처럼 식탁 옆의 접이식 의자에 아무렇게나 걸쳐놓았다. 남자의 상반신은 겉으로 보기에는 많이 나은 것 같았지만, 갈비뼈 근처에 아직도 멍 자국이 남아 있었다.

남자는 전처럼 양팔을 내리고 내 앞에 똑바로 섰다. 내가 물었다.

"너무 이른 거 아니에요?"

남자가 아무 말 없이 쳐다보았다. 내가 다시 말했다.

"갈비뼈, 전치 8주라면서요."

남자가 무표정하게 대답했다.

"괜찮습니다."

"그만두죠."

내가 말했다.

남자가 반박했다.

"합의하시지 않았습니까?"

내가 말했다.

"그때야 급하니까 그랬지만, 다 낫지도 않은 환자를 때렸다가 이번에야말로 진짜 잡혀 들어갈지 어떻게 알아요? 그쪽을 어떻게 믿냐고?"

"그런 일은 없을 겁니다. 약속드리겠습니다."

남자가 조용히 대답했다.

그래도 나는 움직이지 않았다.

"나 원래 사람 때리는 취미도 없고, 다친 사람 때리는 건 더더욱 싫어요. 그리고 이미 고소 취하했으니까, 같은 일로 다시 고소할 수도 없는 거 알죠?"

남자는 대답하지 않았다.

나는 한발 뒤로 물러섰다. 문 쪽을 향해 움직이면서 말했다.

"그러니까 무슨 사정인지는 몰라도, 이쯤에서 그만둬요. 진짜로 큰일 나기 전에."

문을 열기 위해 돌아서서 문손잡이를 막 잡았을 때, 남자가 등 뒤에서 여전히 조용하고 무감정한 목소리로 말했다.

"그럼 지난번의 동영상을 회사 홈페이지에 올려도 되겠습니까?"

나는 문손잡이를 잡은 채 속으로 욕설을 퍼부었다. 그리고 문을 놓고 다시 남자 쪽으로 돌아섰다.

"진심으로 하는 말이에요?"

"예."

남자가 건조하게 대답했다.

남자와 나는 잠시 서로 말없이 쳐다보며 서 있었다.

내가 갑자기 말했다.

"그럼 마음대로 해요."

"예?"

"동영상 올리든 말든 마음대로 해보라고요. 나야 회사 짤리면 그만이니까."

남자는 점점 더 당황한 표정이 되었다. 내가 물었다.

"그쪽이야말로 나 없으면 은근히 곤란한 거 같은데? 아녜요?"

남자는 대답하지 않았다.

내가 다시 말했다.

"병원에 있을 때, 퇴원하면 어떻게 된 일인지 말해주겠다고 하지 않았어요?"

남자가 고개를 끄덕였다.

"얘기해봐요. 들어보고 결정할 테니까."

내가 말했다.

남자는 잠시 생각했다. 그리고 대답했다.

"말씀드리기 곤란합니다."

조금 기다렸지만, 남자는 아무 말도 하지 않았다. 내가 말했다.

"그럼 할 수 없죠."

남자가 갑자기 고개를 숙였다.

"그동안, 정말 죄송했습니다."

다시 고개를 들었을 때, 남자의 얼굴은 가면처럼 빳빳하게 굳어서 아무런 표정도 읽을 수 없었다.

나는 대답하지 않고 문을 열었다. 남자의 집을 나왔다.

14.

이후 며칠 동안 마음을 졸이면서 회사 홈페이지를 샅샅이 뒤졌지만, 문제의 동영상은 올라오지 않았다. 남자가 이렇게 쉽게 포기했으리라고는 믿을 수 없었지만, 어쨌든 나는 안도했다.

남자에게서 다시 문자가 온 것은 다시 일주일 정도 지났을 때였다.

'죄송하지만, 시간 좀 내주실 수 있습니까?'

나는 메시지를 지웠다.

두 시간쯤 지났을 때 다시 문자가 왔다.

'사정을 말씀드리겠습니다. 전의 그 커피숍으로 가도 됩니

까?'

……무시했어야 했는데, 나는 그만 빌어먹을 호기심에 지
고 말았다.

0.

"……하지만 그때는 이미 악[*]이란 놈이 목덜미를 타고 올
라앉은 뒤였습니다. 그리고 한번 그렇게 달라붙은 그놈은 점
점 더 강한 쾌락을 요구하면서 저를 점점 더 깊이 죄의 구렁
텅이로 몰아가서, 숨통을 조이고 기운을 빨아들이며 절대로
떨어지려 하지 않았습니다. 그래서 저는 마침내 죄의 수렁에
허리까지 빠져든 채 악이라는 놈에게 목을 잡히고 쾌락이라
는 놈에게 머리를 내주어, 아무리 몸부림쳐도 헤어 나올 수
없는 처지에 이르러서 절대로 저지르지 말았어야 할 크나큰
잘못을 저지르게 된 것입니다……."

— 〈슬픔과 불운의 여러 이야기〉 중에서

15.

남자는 전과는 달리 입구 쪽을 보고 앉아 있었다. 내가 유
리문 안으로 들어서자 남자는 일어섰다. 나는 남자 앞으로 가
서 앉았다. 남자도 앉았다.

앉고 나서도 남자는 한참 동안 아무 말도 하지 않았다. 기다리다 못해 내가 물었다.

"할 얘기가 있다고 부른 거 아녜요?"

남자가 고개를 끄덕였다.

조금 더 기다리다가, 나는 짜증을 냈다.

"바쁜 사람 불러놓고 지금 뭐 하자는 거예요?"

남자는 아무 말도 하지 않았다. 조금 더 기다리다가 내가 말했다.

"얘기 안 할 거면 난 갑니다."

남자가 시선을 들어 나를 쳐다보았다.

일어나서 가려고 했는데, 그 눈을 보고 나는 일어설 수 없게 되었다.

……침묵이 흘렀다.

견디다 못해, 또다시 내가 먼저 입을 열었다.

"그, 동영상 때문이에요? 처음에 나한테 보냈던, 그거?"

남자는 테이블을 내려다보면서 긍정도 부정도 하지 않았다. 그 침묵이 점점 더 불편해져서 무슨 말이든지 해야겠다고 생각하기 시작했을 때, 남자가 갑자기 말했다.

"수직적인 인간관계를…… 경험해보신 적 있을 겁니다. 위아래로 서열이 빈틈없이 꽉 짜여서, 사람 위에 사람이 있고,

사람 아래에도 사람이 있고, 위에 있는 사람은 아래에 있는 사람에 대해서, 일종의 권력…… 같은 걸 휘두르고…… 그런 관계, 말입니다."

정도의 차이는 있겠지만 한국 사회의 거의 모든 인간관계에 다 적용할 수 있을 것 같은 애매모호한 표현이다. 그래도 어쨌든, 겪어보아서 아는 상황에 대한 이야기였으므로 나는 고개를 끄덕였다.

남자는 조금 생각했다. 그리고 여전히 테이블을 들여다보면서 말을 이었다.

"그런 관계에서, 그때 제 아래에 있던 사람에게, 굉장히 심한 짓을 한 적이 있습니다. 그때는 그게 그렇게까지 심한 짓이라고 생각을 안 했지만……."

남자가 시선을 들어 다시 나를 보았다. 일어나서 나가려 했지만 나갈 수 없게 만든, 그 눈이다.

"제가 아래에 있을 때, 위에 있는 사람은 아래에 있는 사람에게 무슨 짓이든지 해도 된다고 배웠습니다. 그러니까…… '무슨 짓이든지', 해도 된다고……."

남자는 '무슨 짓이든'에 힘을 주어 말했다. 그리고 다시 테이블을 내려다보았다.

"……그게 옳다는 건 아닙니다. 제 행동을 변명하려는 것도 아니고……. 하지만 어쨌든 저는 그렇게 배웠습니다. 그래서, 제 아래에 있던 사람이 저항하기 시작했을 때, ……많이 놀랐습니다."

남자가 잠깐 말을 끊었다. 머릿속으로 뭔가 정리하는 것 같았다. 그리고 말을 이었다.

"그래도 그 상황에서는 위아래의 서열 관계가 절대적이었고, 어쨌든 아래에 있는 사람은, 어디까지나 아래에 있는 사람이라서…… 저에게는 아무 영향이 없었고, 제 아래에 있던, 저에게 심한 일을 당한 그 아이만, 다른 곳으로 옮겨가게 되었습니다."

나는 조금씩 이해가 되기 시작했다.

남자가 나지막한 목소리로 중얼거렸다.

"시간이 더 지나서, 저는 떠나게 됐습니다. 그런데 제가 아무 일 없이 떠나게 됐다는 소식을 듣고, 제게 안 좋은 일을 당했던 그 친구가…… 자살을…… 시도했습니다."

남자가 다시 말을 끊었다. 나는 기다렸다.

남자는 작게 한숨을 쉬었다.

"그것 때문에, 그 친구는…… 옮겨갔던 그곳에서도 더 이상 있을 수 없게 돼서, 결국 떠났다고 들었습니다. 그러니까, 어쨌든 결과적으로는 저도 그 친구도 모두 떠났기 때문에, 그 사건 전체가 그냥 그렇게 끝났습니다. ……최소한 저는, 끝났다고 생각했습니다."

그런데? 라고 나는 생각했다. 남자가 마치 대답하듯이 말을 이었다.

"……그러니까 저도, 그 친구도 그렇게 떠나고 나서, 몇 달후에…… 이제 살면서 다시는 마주칠 일이 없을 거라고 생각했는데, ……마주친 겁니다. 술을 마셨는데…… 저는 손님으로, 그 친구는 주문한 술을 가져다준 종업원으로……."

여기까지 말하고, 남자는 다시 입을 다물었다.

조금 기다리다가 참지 못하고 내가 물었다.

"……그래서, 어떻게 했는데요?"

남자가 조용히 말했다.

"제가 맥주잔으로 그 친구 머리를 때렸습니다."

뭐? 라고 되물으려는 순간, 남자가 또 그 눈으로 나를 쳐다보았다.

"머리만 친 게 아니고…… 갑자기 덤벼서…… 미친 듯이……때렸던 것 같습니다. 아주 많이 취해 있어서, ……기억이, 잘 안납니다. 그러니까…… 술에 취했다고 해서, 그런 짓을 해도 된다는 건 아니지만……."

나는 이해할 수 없었다.

"왜 때렸어요?"

남자가 조금 웃었다.

"제 담당 형사하고 똑같이 물어보시네요."

계속 물어보려다가, 여기에 나는 말이 막혀버렸다.

남자가 테이블을 내려다보았다.

"위와 아래의 관계에 너무 익숙해져서, 머리가 좀…… 이상
해졌던 것 같습니다. 사람이 사람을, '가질' 수 있다고…… 그
러니까, 뭐라고 해야 하나……."

남자가 고개를 조금 더 숙이고 테이블을 더 열심히 들여다
보았다.

"다른 사람을 손아귀에 넣고, 지배…… 할 수 있다고, ……
그렇게 생각했나 봅니다. 그 친구는 처음부터 내 아래에 있었
던 사람이니까, 계속 내 아래에 있어야 했고, 내가 무슨 짓을
하든…… 그러니까, 무슨 짓을 하더라도, 반항하거나, 남들에
게 알려서 도움을 청하거나, 자살 소동 같은 걸…… 일으켜서
는, 안 되는 거라고……."

언젠가 들은 적이 있는, 꺼져 들어가듯이 낮아지는 목소리
로 남자가 속삭였다.

"그런 식으로 잘못 생각했기 때문에, 술에 취해 제정신도
아니었고, 그래서…… 그런 상태에서 갑자기 그 친구를 봤더

니…… 화가 났던 것 같습니다. 사실 그 친구가 잘못한 것도 아니고…… 그리고 화가 났다고 해도, 제가 그 친구에게 화풀이할 자격 같은 건, 처음부터 없었는데…….”

그리고 남자는 다시 말을 끊었다.

“……그럼 그 친구분은 어떻게 됐어요?”

잠시 기다리다가, 내가 물었다. 남자가 짧게 대답했다.

“병원에 있습니다.”

병원에 ‘있다’니, 지금도? 잠깐, 그럼 이야기의 시간 순서가 어떻게 되는 거야?

속으로 혼란스러워하고 있는데, 남자가 눈을 들어 나를 보았다.

“이 년…… 됐습니다. 의식불명…… 상태로…….”

그리고 남자는 다시 눈을 내리깔았다.

나는 믿을 수가 없었다. 이 하얗고 보드라운, 모범적인 고등학생같이 생긴 남자가? 사람을 때려서, 이 년이나 의식불명?

남자가 그 낮은 목소리로 계속 말했다.

“구치소에 한, 육 개월쯤 있다가, 집행유예로 나왔습니다. 나이도 어리고, 초범이고, 술에 취해서 실수한 거라고……. 술을 마셨다는 게 어째서 용서받을 이유가 되는지, 그런 건 잘 이해할 수 없지만……."

나는 입을 조금 벌리고 남자를 멍하니 쳐다보았다. 남자는 시선을 내리깐 채로 속삭였다.

"나와 보니까, 그 친구는…… 아직도 그대로, 병원에 있었습니다. 저는, 멀쩡하게 나와서, 살던 대로 사는데…… 그 친구는, 산 것도 아니고, 죽은 것도 아니고…… 언제 깨어날지도 모르고……."

남자가 잠시 말을 끊었다가 중얼거렸다.

"병원에 한번, 찾아갔다가…… 사과하려고 간 거지만…….그냥, 가지 말았어야 했는데……."

"왜요?"

내가 물었다. 남자가 말했다.

"그 친구 어머니가…… 절 보더니, 쓰러지셔서……."

남자는 고개를 숙이고 눈을 감았다.

잠시 그대로 기다리다가, 내가 조심스럽게 물었다.

"그래서 이런 일을 시작한 겁니까? 속죄…… 하려고?"

"……속죄요?"

남자가 중얼거렸다. 그리고 조금 생각하다가 대답했다.

"벌을 받는다는 쪽이 맞을 겁니다."

그리고 남자는 다시 입을 다물었다.

나는 기다렸다. 그러나 남자는 한참 동안 아무 말도 하지 않았다.

이야기가 끝난 건가, 라고 생각하고 있는데, 남자가 갑자기 다시 입을 열었다.

"그렇게 됐는데…… 그러니까 좀, 이상하게 들리겠지만…… 그 친구가, 절 찾아왔습니다."

"누가요?"

알아들을 수 없어서 나는 되물었다. 남자가 대답했다.

"그 아이, 말입니다. 제가 때렸던……."

"찾아와요? 그럼, 의식을 회복했어요?"

남자는 말없이 고개만 저었다. 나는 어리둥절했다.

"무슨 말입니까? 안 깨어났는데, 어떻게 찾아와요?"

남자가 나를 쳐다보았다. 한참이나 망설이다가, 머뭇거리면서 말했다.

"전에 한번…… 보셨을 겁니다."

나는 대답하지 않고 남자를 가만히 쳐다보았다. 남자는 조금 더 고민하다가 주머니에서 휴대전화를 꺼냈다. 폴더를 열고 화면이 내 쪽으로 보이게 펴서 테이블 위에 놓았다.

화면은 여전히 뿌옇게 흐려져서 아무것도 보이지 않았다. 내가 무심코 손을 뻗자 남자가 날카롭게 말했다.

"만지지 마십시오."

나는 손을 움츠렸다.

남자가 천천히 말했다.

"잘못하면, 찾아올지도…… 모릅니다."

나는 그 뿌연 화면을 문질렀을 때 피어올랐던 연기와, 푸르스름하고 희끄무레한 얼굴에 번쩍 나타나 노려보던 새까만 눈동자를 생각했다. 남자를 쳐다보며 불분명한 손짓으로 휴대전화의 화면을 가리켰다.

남자는 말없이 고개를 끄덕였다. 그리고 손가락 끝만 사용하여 조심스럽게 휴대전화의 폴더를 닫았다. 똑같이 조심스러운 동작으로 휴대전화를 집어 도로 주머니에 넣었다.

내가 더듬거렸다.

"아니, 도대체 어떻게……? 병원에 누워 있는 사람이, 어떻게 휴대전화……?"

입 밖에 내고 보니 완전히 미친 소리 같아서, 말을 하다 말고 중간에 끊었다.

남자가 나를 쳐다보았다.

"저도 모릅니다. 처음에 동영상을 받았고…… 그러고 나서, ……찾아왔습니다."

"동영상? ……나한테 보냈던, 그거 말입니까?"

남자는 불편한 표정이 되어 눈을 내리깔았다.

"그것도 있지만……."

여기까지 말하고, 남자는 입을 다물었다.

기다려도 남자는 더 이상 말을 잇지 않았다. 그래서 내가 다시 물었다.

"그것'도' 있다뇨? 뭐가 또 있어요?"

남자가 한참이나 머뭇거리다가 대답했다.

"……그 친구를…… 찍은 적이…… 있습니다."

나는 남자를 잠시 쳐다보았다.

"전에 나한테 보냈던 거랑, 비슷한 거예요?"

남자가 말없이 고개를 끄덕였다.

내가 물었다.

"그러니까, 그쪽이 당한 것처럼, 똑같이 그 친구한테……?"

남자는 대답하지 않았다. 내가 다시 물었다.

"그래서, 내 전화번호가 그 사람 번호라고 생각한 거예요? 그러니까, 처음에 보냈던 그 동영상 속의, 그……?"

남자가 다시 고개를 끄덕였다.

나는 따졌다.

"그런 일이 있었으면, 그쪽도 피해자잖아요? 이렇게 일방적으로 모든 잘못을 다 뒤집어쓸 수는 없는 거 아니에요?"

이유는 모르겠지만, 나도 모르게 약간 흥분한 말투가 되어
버렸다.

"피해자요? 피해자……."

남자가 뭔가 생각하는 것처럼 테이블을 내려다보면서 중얼
거렸다.

"……저를 피해자라고 할 수 있을지, 잘 모르겠습니다."

"무슨 말이에요, 그게? 피해를 당한 게 사실인데?"

그러나 남자는 이 질문에 대답하지 않았다. 대신 고개를 들
어 나를 보면서 조금 더 분명하게 말했다.

"제가 무슨 일을 당했든, 그걸 핑계로 다른 사람에게 똑같
은 짓을 저질러서는 안 되었던 겁니다."

그건 그렇다.

남자가 말을 멈추었다. 나도 지금까지 들은 내용을 잠시 머
릿속으로 정리했다. 그리고 다시 물었다.

"그래서, 어떻게 되는 겁니까? 휴대전화 속의 그……."

'그것'을 뭐라고 해야 할지 알 수 없어서, 나는 잠깐 망설였
다. 그리고 대충 얼버무리며 말을 이었다.

"그러니까, '그'…… 찾아올 때마다, 나한테 연락하는 거예
요? 아까 한 말대로, 당신이 벌을 받고 있다는 걸, 그 친구에
게 보여주려고?"

그리고 말을 하는 도중에 생각이 나서, 나는 덧붙였다.

"그런데, 애초에 문제를 일으킨 그 인간은 어디 있어요? 그 사람을 찾아내서 친구분한테 사정을 설명하면, 어떻게 좀 해결이 되지 않겠어요?"

"그 사람 행방은 모릅니다. 그리고 그 아이는 그런 건 상관하지 않습니다. 그 아이가 원하는 건……."

남자는 잠깐 말을 끊었다. 눈을 감고, 침을 꿀꺽 삼켰다.

"……그 친구가 원하는 건, 제가 고통받는 겁니다."

그리고 남자는 다시 말없이 테이블을 내려다보았다.

내가 다시 말했다.

"하지만 그렇다고 그렇게 마냥 당하고만 있을 수도 없잖아요? 죄책감 느끼는 심정을 이해 못 하는 건 아니지만……."

"죄책감, 요?"

남자가 말을 막으며 나를 쳐다보았다. 그 표정이 너무 기묘해서 나는 되묻지 않을 수 없었다.

"아닙니까? 친구한테 미안해서……?"

남자는 잠시 그대로 나를 쳐다보았다. 그리고 무감정하게 말했다.

"사람이 고통을 받을 때, ……고통을 '견딜' 때, 발산하는 일종의 기…… 그러니까, 에너지는, 엄청나다고 합니다."

"그래서요?"

남자가 천천히 설명했다.

"그 친구가 원하는 게, 바로 그거라고…… 했습니다. 고통받는 사람이 발산하는 에너지…… 그런 에너지를 '먹고', 몸을 회복할 수 있다고……."

휴대전화의 마신만 해도 충분히 미친 소리 같은데, 갈수록 태산이로군.

"그런 말을, 믿어요?"

그러나 남자는 무표정한 얼굴로 건조하게 진술했다.

"그 친구가 깨어나기만 하면, ……그 뒤로는, 절 찾아오지 않을 겁니다. 그걸 위해서라면, 뭐든지 할 겁니다……. 다시는, 저한테 오지 않게 할 수만 있다면……."

남자의 목소리가 점점 낮아지다가 마침내 끊어졌다.

그런 남자의 굳어진 얼굴을 가만히 들여다보다가 내가 물었다.

"그래서 날 붙잡고 안 놔주는 겁니까? 아까 말한 대로 고통을 줄 사람이 필요한데, 원인 제공자는 행방을 알 수 없고, 이런 미친 소리를 다른 데 가서 할 수도 없어서? 그러니까 기왕 엮어걸린 사람하고 끝까지 같이 가보자는 거예요?"

남자가 고개를 숙였다.

"⋯⋯죄송합니다."

조금 생각하다가, 내가 다시 물었다.

"그랬다가 내가 진짜 흉악한 사람이라서 정말로 험한 일이라도 당하면 어떻게 하려고 그랬어요? 이미 몸도 다치고, 병원에 입원도 하고 그랬는데, 무섭지 않아요?"

남자가 고개를 똑바로 들고 나를 쳐다보았다.

"산 사람한테 아무리 험한 일을 당해도, '그것'⋯⋯에게 당하는 것보단 낫습니다."

남자의 표정을 보고, 나는 아무 말도 할 수 없었다.

대화는 그렇게 대충 끝이 났다. 남자는 그 길로 집으로 가서 전에 했던 대로 '도와'주기를 원했다. 그러나 내 입장에서는 시간도 늦었고 배도 고팠고, 무엇보다 이제까지 들은 이야기를 생각하니 그럴 기분이 도저히 나지 않았다. 다시 주말로 날짜를 바꾸고, 절대로 도망치거나 약속을 어기지 않겠다고 몇 번이나 다짐한 후에야 남자는 저녁이나 먹고 헤어지자는 내 제안을 받아들였다.

학교 다닐 때 후배들에게 했듯이, 그리고 지금은 회사의 인턴들에게 하듯이 남자에게 밥을 사주었다. 음식이 나오자 남자는 처음에는 머뭇거리다가 돌연 걸신들린 듯이 먹기 시작했다. 음식이 뛰어나게 맛있어서라거나 먹는 걸 특별히 좋아하기 때문은 아닌 것 같았다. 그보다는 오랫동안 굶었던 사람의 절박하고 공격적인 식욕에 더 가까웠다.

한참을 그렇게 미친 듯이 먹다가 남자는 내가 쳐다보는 것을 눈치챘다. 갑자기 동작을 멈추고 좀 부끄러운 듯한 표정이 되었다.

"죄송합니다."

입안에 아직도 음식이 가득 든 채로 남자가 웅얼거렸다.

"……아니, 괜찮아요. 먹어요."

그리고 나는 음식을 더 주문했다.

두 그릇째부터는 남자의 먹는 속도가 조금 느려졌다. 마주앉아서 계속 말없이 먹기만 하는 것이 점점 더 어색하게 느껴졌지만, 그렇다고 딱히 할 말도 떠오르지 않았다. 그래서 나는 역시 인턴사원에게 할 법한 질문을 했다.

"나이가 몇 살이에요?"

사실은 전에 경찰에게서 들었지만, 남자에게 직접 확인하고 싶었다.

남자의 대답은 경찰에게서 들은 것과 같았다. 그러니까, 나보다는 어렸지만, 처음에 얼굴만 보고 짐작했던 것보다는 나이가 꽤 많았다.

대답을 듣고 나는 남자를 새삼 다시 한 번 들여다보았다. 기묘한 청년이다. 외모만 보면 고등학생 같은데, 말하는 것도 때로는 그렇게 어리고 순진하게 보이는데, 그러다가 갑자기 세파에 한참이나 시달려 본 어른처럼 노숙하게 행동하기도 한다. 때때로 모든 것을 초탈한 것 같기도 하고, 전부 포기한 것처럼 보이기도 한다.

"학생이에요?"

남자는 고개를 저었다. 내가 다시 물었다.

"그럼, 무슨 일 해요?"

남자는 나를 쳐다보았다.

"지금은, 그냥…… '살아 있습니다'."

그리고 남자는 고개를 숙였다. 아까처럼 말없이 밥을 먹기 시작했다.

어쩔 수 없이, 나도 더 이상 묻지 않고 밥만 먹었다.

다시 어색한 침묵 속에 밥을 먹다가 마침내 내가 말했다.

"저기, 미안해요, 꼬치꼬치 캐물어서……."

"아닙니다. 죄송합니다."

남자가 사과했다. 그리고 설명했다.

"전에는 그냥, 평범했습니다. 평범한 가족이 있고, 평범한 부모님 밑에서, 평범하게 자랐습니다."

그리고 남자는 조금 생각한 뒤에 덧붙였다.

"그 일 때문에…… 제가 어떤 사람인지 '배우기' 전까지
는…… 그냥…… 보통으로 살았습니다."

이름과 나이를 제외하고, 남자의 신상에 대해 알게 된 것은
그것이 전부였다.

16.

주말에 나는, 몹시 내키지 않았지만, 어쨌든 남자의 집으로
갔다. 이전처럼 남자가 현관문을 열고 마치 과외 선생님에게
하듯이 고개를 꾸벅 숙여 인사했다. 나도 인사하고 안으로 들
어갔다.

티셔츠를 벗은 남자의 상반신은 어쩐지 전보다 더 마른 것
같았다. 멍 자국은 사라졌지만, 금이 갔다던 갈비뼈가 아무래
도 신경이 쓰였다. 그래서 나는 전처럼 두 팔을 내리고 앞에
똑바로 선 남자의 옆구리 쪽으로 일부러 주먹을 뻗었다. 과
연, 주먹이 살짝 피부를 건드렸을 뿐인데도 남자는 흠칫 몸을
움츠렸다.

"아직 다 안 나았죠?"

내가 물었다. 남자는 곤란한 표정이 되어 대답하지 않았다.

"지금도 아파요?"

"······괜찮습니다."

남자가 괜찮지 않은 얼굴로 말했다.

나는 고개를 저었다.

"이러지 말고, 차라리 그 휴대전화 내다버리고 어디로 도망을 가는 편이 낫지 않아요?"

"안 해본 게 아닙니다."

남자가 무표정하게 대답했다. 내가 되물었다.

"그런데? 어떻게 됐어요?"

"돌아왔습니다."

내가 한숨을 쉬었다.

"아니 글쎄, 왜 돌아왔냐고?"

"제가 돌아온 게 아닙니다."

남자가 웃지도 않고 말했다.

"휴대전화가······ 돌아왔습니다."

"저게······?"

나는 잠시 이해가 되지 않아서 남자를 쳐다보며 충전기에 꽂힌 휴대전화를 손으로 가리켰다.

남자가 고개를 끄덕였다. 그리고 천천히 말했다.

"버리고, 도망쳤는데······ 따라왔습니다. 가는 곳마다······."

다시 뭐라고 물어보려다가, 문득 남자의 말뜻을 깨닫고 나는 입을 다물었다.

남자가 자기 배 쪽을 내려다보았다. 허리띠의 버클을 풀었다.

"뭐 해요?"

남자는 대답하지 않았다. 허리띠를 풀더니, 반으로 접어서 내밀었다. 나는 얼떨결에 받아들었다.

남자가 바닥에 꿇어앉았다.

"뭐 하는 거예요?"

내가 다시 물었다. 남자가 고개를 돌려 나를 올려다보았다.

"신경 쓰시는 것 같아서…… 그걸로 때리십시오."

그리고 내가 뭐라고 말하기 전에 덧붙였다.

"등은 안 다쳤습니다."

나는 손에 든 허리띠와 남자를 번갈아 쳐다보았다. 남자는 손으로 무릎을 짚고 고개를 숙이고 바닥을 내려다보고 있었다.

"꼭 이렇게까지 해야 돼요?"

남자는 대답하지 않았다.

나는 망설였다. 남자는 재촉하지 않았다. 그러나 말없이 그대로 꿇어앉아 기다리는 그 모습이, 말로 재촉하는 것보다 더 효과적으로 압박해왔다.

정말로 변태 같다고 생각하면서 나는 할 수 없이 반으로 접은 허리띠를 치켜들었다. 그리고 대충 아무렇게나 내리쳤다. 그러나 처음 해보는 일이라 서툴렀기 때문에, 허리띠는 내리치는 순간 내 손을 벗어났다. 놓친 허리띠가 바닥에 떨어지기 전에 찰싹, 하고 경쾌한 소리를 내며 휘갈긴 것은 내 왼쪽 다리였다.

벌에 쏘인 것처럼 화끈한 통증이 다리를 관통했다. 나는 허벅다리를 붙잡고 쩔쩔맸다.

"다치셨습니까?"

남자가 황급히 일어섰다. 허벅지를 움켜잡고 끙끙대는 내 옆에서 어쩔 줄 모르고 서 있었다.

"죄송합니다……."

"죄송할 거 없어요, 그쪽 잘못 아니니까……. 근데 그거 되게 아프네……."

투덜거리면서, 따갑고 얼얼한 허벅다리를 문지르면서, 나는 어쩐지 이 모든 상황이 참을 수 없이 우스워졌다. 남자의 심각한 표정을 보니 웃으면 안 되겠다는 생각이 들었지만, 한편으로는 그 표정 때문에 더 웃음이 나왔다.

남자가 허리띠를 도로 주워와서 내밀었다. 받아들면서, 웃음을 참으려고 고개를 숙이고 왼손으로 얼굴을 가렸다. 그러나 참지 못하고 그만 소리 죽여 웃기 시작했다.

남자는 아무 말도 하지 않고 가만히 옆에 서 있었다. 내가 웃음을 그치기를 기다리는 것 같았다. 그러나 억눌러야 한다고 생각할수록 더 웃음이 터져 나왔다.

한참 혼자서 눈물까지 흘려가며 소리 죽여 웃다가, 나는 마침내 정신을 가다듬고 고개를 들었다.

"아, 미안해요. 내가 왜 이러지…….."

사과하면서 고개를 들었을 때 처음 본 것은 눈앞에 바짝 들이민 남자의 얼굴이었다. 걱정을 하는 건지 화가 난 건지 알 수 없는 묘한 표정을 띠고 있었다. 투명해 보이는 갈색 눈은 촉촉했고, 피부가 희다. 매끈한 뺨에는 수염 자국 하나 없고, 대신 보송보송 돋아난 솜털이 보였다. 입술은 부드러운 분홍색…….

……나도 모르게 얼굴을 가까이 가져갔다.

남자는 움직이지 않고 눈만 내리깔았다. 바로 앞에서 보니 속눈썹도 옅은 갈색이고, 생각보다 길다…….

……얼굴이 닿기 직전에 나는 흠칫 뒤로 물러섰다.

남자가 시선을 들었다. 내 쪽으로 등을 보이고 돌아서서 다시 말없이 천천히 꿇어앉았다.

처음 허리띠가 등을 후려쳤을 때 남자는 움직이지도 소리를 내지도 않았다. 그러나 두 번째 내리쳤을 때 목구멍 안쪽에서 신음하듯이 끙끙거렸다. 그 소리를 듣고 나는 허리띠를 치켜들었던 손을 내렸다.

"아파요?"

묻고 나서 생각해보니 바보 같은 질문이었다. 당연히 아프다. 조금 전에 나도, 실수로 딱 한 대 빗맞았을 뿐인데 쩔쩔매지 않았던가.

남자가 고개를 숙인 채로 말했다.

"계속하십시오……. 중간에 멈추면 더 힘들어집니다."

악다문 잇새로 내뱉는 것처럼 들렸다. 나는 마음을 독하게 먹고 다시 허리띠를 치켜들었다.

그것은 상당히…… 지독한, 경험이었다. 허리띠가 살을 때리는 날카로운 소리, 손에 전해지는 충격, 남자의 억눌린 신음과 꽉 움켜쥔 주먹, 그리고 가끔 몸을 꿈틀거리는 모습―이 모든 것이 한 대 때릴 때마다, 한 번 팔을 치켜들었다가 내리칠 때마다 마음속에 쌓였다. 남자에게 개인적으로 아무런 감정도 원한도 없었기 때문에, 더, 지독하게 느껴졌다.

이런 생각과는 반대로, 팔을 위로 쳐들었다가 내리친다는 단순한 동작은 반복할수록 익숙해졌다. 마음속에 점점 더 쌓

여가는 거부감을 이겨내기 위해서라도 나는 그 단순 반복적인 동작에만 집중했고, 몇 번이나 되풀이하면서 일종의 도취 상태가 되어 자동인형처럼 팔을 움직였다. 그렇게 동작을 반복하다 보니, 마음이 원하지 않는데 있는 힘껏 몸을 움직여 내가 느끼지 않는 고통을 타인에게 가한다는 그 부자연스러운 행위는 기이한, 절대로 인정하고 싶지 않은, 더없이 혐오스러운— 쾌감을 가져다주었다.

그래서 남자의 소리 죽인 신음을 들으면서, 등이 불그스름한 자국으로 뒤덮이는 것을 보면서, 중간에 제정신이 들 때면 몇 번이나 그만두려 했다. 그러나 남자는 그때마다 계속할 것을 종용했다.

"그만하죠."

남자의 등에서 피가 비치기 시작했을 때 내가 말했다.

"계속하십시오."

남자가 속삭였다. 내가 다시 말했다.

"피 나는데요."

"상관없습니다."

남자가 다시 속삭였다.

남자의 등을 노려보다가 나는 한 대 더 때렸다. 남은 기운을 다 모아서, 힘껏.

짜악, 하고 징그러운 소리를 내며 허리띠가 살을 후려쳤다. 남자는 소리 없이 몸을 뒤틀었다.

"그만합시다. 팔이 아파서 더는 못 하겠어요."

내가 말했다.

남자는 고개를 숙인 채로 대답하지 않았다.

나는 한 발짝 다가섰다.

"이봐요."

남자는 여전히 대답하지 않았다.

나는 옆에 다가서서 쭈그리고 앉았다.

"괜찮아요?"

남자는 울고 있었다. 내가 웅크리고 앉아서 들여다보자 고개를 돌리고 손으로 얼굴을 가렸다.

"……보지 마십시오."

남자가 속삭였다.

그 말을 듣자 뭐라고 말할 수 없는 기분이 되었다. 나는 일어서서 화장실로 갔다.

일부러 물을 시끄럽게 틀고 세수를 하고 나서, 흠뻑 젖은 얼굴로 거울을 들여다보았다. 난 여기서 대체 뭘 하고 있는 거지? 어쩌다가 이런 미친 짓에 말려들었을까?

……그러나 대답 대신 머릿속에는 눈앞에 바짝 다가와 들

여다보던 희고 보드라운 얼굴, 그리고 조금 전에 보았던 어린 소년 같은 눈물 젖은 얼굴이 차례로 지나갔다.

나는 고개를 흔들어 그 영상을 얼른 머릿속에서 지웠다.

빨리 여기서 나가야 한다. 남자가 어찌 됐든, 걱정해준다고 옆에 있다간 무슨 짓을 저지르게 될지 모른다.

수건으로 얼굴의 물기를 대충 닦아내고 나는 서둘러 화장실을 나왔다. 일부러 남자 쪽은 보지 않고, 현관으로 곧장 가려고 했다. 그때, 남자가 속삭이는 소리가 들렸다.

"……언제까지……."

나는 돌아보았다.

남자 앞에 희끄무레한 안개 같은 것이 장막처럼 둘러쳤다. 남자의 모습은 가려서 보이지 않았다. 다시 속삭이는 목소리만 들렸다.

"도대체, 언제까지…… 언제 끝나는 거야……."

대답 대신, 앞에 솟아 있던 희끄무레하고 푸르스름한 연기는 마치 사람이 몸을 숙이듯이 뭉치면서 낮아졌다. 윤곽으로 보아 남자의 몸을 완전히 뒤덮은 것 같았다.

그리고 남자는 비명을 지르기 시작했다.

처음에는 억눌린 사이로 새어 나오는 것 같은 약한 소리였다. 그러나 그 소리는 점점 커졌다. 그리고 길어졌다.

나는 뒷걸음질 쳤다. 현관에서 신발 속에 아무렇게나 발을 쑤셔 넣는 동안 비명은 숨이 넘어갈 듯 헐떡거리는 소리로 바뀌었다.

현관문을 열고, 나는 뒤도 돌아보지 않고 튀어 나갔다.

17.

오피스텔 건물을 뛰쳐나와 길 건너에 세워둔 차로 달려갔다. 주머니에서 열쇠를 꺼내다가 한 번 땅에 떨어뜨렸다. 다시 주워서 파워락 버튼을 눌러 차 문을 열고 안으로 뛰어들었다.

문을 잠그고, 안전벨트를 당겨 매고 황급히 시동을 켜려는데 조수석에서 뭔가 우웅, 하는 소리가 들렸다. 전화기가 진동하는 소리였다. 무시하고 그대로 출발했다.

전속력으로 달려서 집에 돌아와서, 아파트 지하 주차장에 차를 세웠다. 시동을 끄고 안전벨트를 풀고 운전석에 잠깐 늘어져 있다가, 간신히 몸을 일으켜 차에서 막 내리려는데 조수석에 던져놓은 전화기가 다시 우웅, 하고 진동하는 소리가 들렸다. 나는 전화기를 집어 화면을 보았다. 여자친구였다.

"어, 왜?"

"오빠, 뭐 해?"

여자친구가 물었다.

"문자 못 받았어? 아까부터 몇 번이나 전화했는데."

나는 속으로 찔끔했다.

"아, 미안…… 좀, 바빠서…… 왜, 무슨 일인데?"

"무슨 일이긴, 오빠가 보고 싶은 거지. 지금 어디야?"

"어, 지금, 회사……."

"회사?"

여자친구가 되물었다.

"나 지금 오빠네 사무실 앞에 왔는데, 아무도 없는 것 같은데?"

나는 더듬거렸다.

"……저기, 지금, 밖에 좀, 나왔어……. 자료 찾으러……."

여자친구는 아무렇지 않게 대답했다.

"그래? 그럼 내가 거기로 갈게. 어딘데?"

어디라고 해야 되지?

"……저기, 안 와도 돼. 좀 오래 걸릴 거야."

"가서 기다리지 뭐."

여자친구가 계속 아무렇지 않게 말하는 것이 오히려 더 무서웠다.

"아니, 저기…… 진짜 오래 걸려. 기다리지 마."

"왜, 무슨 자료를 그렇게 온종일 찾아?"

여자친구가 웃었다.

"내가 도와줄까?"

"아, 아냐…… 됐어."

"오빠."

여자친구가 상냥한 목소리로 말했다.

"솔직하게 말해봐. 지금 도대체 어디서 뭐 해?"

이렇게 되면 거짓말도 소용없다. 그래서 나는 버럭 화를 냈다.

"너, 나 감시하냐? 내가 어디서 뭐 하는지 일일이 너한테 보고해야 돼?"

여자친구도 지지 않았다.

"감시라니? 회사 간다고 나간 사람이 출근도 안 하고 연락도 안 받으니까 걱정이 돼서 물어본 건데 오빠가 그런 식으로 말하면 듣는 사람 섭섭하지. 내가 오빠 걱정하는 건 잘못이 아니잖아, 안 그래 오빠?"

야단을 맞고 보니, 다 옳은 말이라 뭐라고 반박할 수가 없었다. 그런데 반박할 말이 없다고 생각하니까 갑자기 피로가 몰려왔다.

"알았어, 미안해. 그만하자."

그러나 여자친구는 그대로 놓아줄 기세가 아니었다.

"그만할래? 그럼 오빠가 지금 여기로 와."

"여기라니, 거기가 어딘데?"

나는 멍청하게 되물었다. 여자친구가 대답했다.

"어디긴, 오빠네 사무실 앞이라고 말했잖아. 빨리 와."

"나, 지금은 못 가."

지금은 여자친구를 만나고 싶지 않았다. 거짓말을 했다 들켰으니 달려와서 사과해야 한다는 여자친구의 말뜻은 알아들었지만, 정말로 그럴 기분이 아니었다.

그러나 여자친구는 계속 따졌다.

"왜 못 오는데? 무슨 일이야?"

"그럴 일이 있어. ……아무튼 지금은 안 돼."

"오빠."

여자친구가 다시 그 불길하게 상냥한 목소리로 불렀다.

"오빠 요즘 들어서 갑자기 연락도 잘 안 되고, 자기가 만나자고 해놓고선 회사 핑계 대면서 약속도 취소하고, 대체로 정신이 딴 데 가 있는 사람 같거든? 사회생활 하다 보면 그럴 수도 있으니까 그건 내가 다 이해할게. 그렇지만 최소한 뻔한 거짓말을 했다가 뻔하게 들켰으면 솔직하게 사과하고 어떻게 된 건지 해명은 해야 되지 않아? 그게 예의 아니겠어, 오빠?"

평소 같으면 여자친구가 차분하게 화를 내는 이런 방식이 귀여웠을 것이다. 그러나 지금은 여자친구의 말이 머릿속에 한마디도 들어오지 않고, 그저 피곤할 뿐이었다. 그러다가 '해명'이라는 단어가 들려오자, 안 그래도 지친 머릿속을 쥐어짜서 계속 핑계를 대고 변명을 해야 하는 이 상황에 대해 순간적으로 짜증이 치솟았다.

"제발 그만 좀 하자. 나 지금 너무 피곤해서 해명 같은 거 할 기운 없어."

전화기 저편에서 여자친구는 잠시 조용해졌다. 그리고 조심스럽게 물었다.

"오빠, 정말로 무슨 일 있어?"

나는 대답하지 않았다. 여자친구가 다시 물었다.

"무슨 일 있구나, 그렇지?"

나는 대답하지 않았다.

여자친구가 근심스러운 목소리로 말했다.

"오빠, 거기 어디야? 내가 갈게."

"오지 마. 지금 너 만날 기분 아냐."

내뱉고 나서 나는 즉시 후회했다.

"혜령아, 미안해. 말이 잘못 나왔어. 그러니까, 저기……. 여보세요? 혜령아?"

그러나 여자친구는 아무 말도 하지 않았다.

"혜령아, 듣고 있어? 여보세요?"

"알았어."

여자친구가 여전히 아무렇지도 않은 목소리로 말했다.

"그럼 안 갈게."

그리고 전화가 끊어졌다.

몇 번 다시 걸었지만, 그때마다 전화기가 꺼져 있다는 안내
음성만 나올 뿐이었다. 나는 운전석에 그대로 앉은 채 멍하니
전화기를 들여다보았다.

팔이 아팠다.

뒤늦게 사무실 앞으로 달려갔지만, 예상대로 여자친구는
이미 가버리고 없었다. 전화를 해도 받지 않았다.

이럴 때는 여자친구의 자취방으로 찾아가는 게 최선이라는
건 나도 알고 있었다. 집 열쇠도 있으니까, 꽃이라도 사들고
쳐들어가서 붙잡고 무조건 내가 잘못했다고 사과를 하면 어
떻게든 기분이 풀어질 것이다.

그러나 오른팔이 점점 더 아파왔고, 그와 함께 점점 더 피
곤해졌고, 여자친구를 만나면 또 어떻게든 핑곗거리를 지어

내서 변명을 해야 한다고 생각하니 점점 더 만사가 짜증스럽고 귀찮아졌다. 그래서 나는 그냥 집으로 돌아와버렸다.

여자친구는 다음 날에도 전화를 받지 않았다. 월요일에 사무실로 전화했다. 여자친구는 내 목소리를 듣더니 차갑게 말했다.

"전화하지 마. 나도 오빠랑 얘기할 기분 아냐."

그리고 여자친구는 전화를 끊었다.

18.

그러므로 다시 주말이 돌아와서 남자의 집에 찾아갔을 때나는 머릿속이 상당히 복잡한 상태였다.

여자친구와는 일주일째 냉전 중이었다. 그 뒤로도 몇 번 전화는 해봤지만, 전화 통화로 해결할 수 있는 문제가 아니었다. 정말로 화해를 하고 싶으면 나는 지금 이 시간에 여자친구의 집에 가 있어야 한다. 그런데 그걸 알면서 왜 남자의 집으로 오는 쪽을 선택한 것인지, 나 자신도 이해할 수 없었다.

협박이 두려워서? 예전에 찍힌 동영상을 인터넷에 올릴까봐? 그런 건 이유가 되지 않는다. 이제 남자는 전혀 위협적으로 느껴지지 않았고, 상대도 그럴 의사가 없다는 걸 분명히 밝혔다.

그럼 뭐지? 남자가 불쌍해서, 도와주고 싶어서? 그러나 그 '도와주는' 방법이라는 것이 다분히 거부감이 드는 종류인 데다, 내게는 신체적으로나 정신적으로나 상당히 피로한 일이었다. 그리고 지난번에 보았던 흰 연기— 남자의 몸을 뒤덮었던 그 연기의 장막과 남자의 길고 절박한 비명은…….

차를 돌릴까? 이대로 도망칠까? 사실 따지고 보면 도망치는 것도 아니다. 지난 일주일간 남자는 연락을 하지 않았다. 그러니까 오늘 와달라고 남자가 부탁을 한 것도 아니고, 따로 약속을 정한 것도 아니다. 그러니까 지금 내가 꼭 여기 있어야 할 이유는 없다. 그냥 가버려도 되는 것이다.

그냥 가버리면…… 이곳을 떠나 여자친구에게로 가서, 무릎이라도 꿇고 싹싹 빌어서 어떻게든 화해를 하고…… 그렇게 해서 여자친구의 자취방에 전처럼 둘만 있고 싶었다. 그러면 이전처럼 평화롭고 안온한 일상으로, 안전하다…… 고 느꼈던, 그런 때로 돌아갈 수 있을 것 같았다. 쉬운 일이다. 차의 시동을 걸고 출발해서, 신호등 앞에서 유턴을 하고, 그렇게 여기를 떠나 길을 되돌아가서, 여자친구의 집으로 가기만 하면…….

……그러나 나는 차의 시동을 걸지 않고 그대로 운전석에 앉아 있었다.

갑작스러운 전화벨 소리에 화들짝 놀랐다. 조수석에 팽개쳐둔 전화기를 집어 들었다. 남자였다.

"오늘…… 바쁘십니까?"

남자가 자신 없는 목소리로 조심스럽게 물었다.

"아니, 지금 집 앞인데…… 바로 갈게요."

당연하다는 듯 대답하고, 전화를 끊고 나서 생각하니 나 자신이 조금 어이가 없었다.

전화기를 도로 조수석에 던져놓고 잠시 바라보다가, 나는 차에서 내렸다.

윗도리를 벗은 남자의 등은 아직 다 아물지 않은 멍 자국이 가득했다. 거뭇거뭇한 보라색과 푸르스름한 초록색으로 얼룩덜룩하게 물든 모습을 보자, ……끔찍했다.

남자는 전처럼 양팔을 내리고 내 앞에 똑바로 섰다. 나는 남자의 옆구리와 얼굴을 번갈아 쳐다보다가 말했다.

"허리띠 줘요."

남자는 잠깐 나를 쳐다보았다. 그러나 무표정한 얼굴로 고분고분 허리띠를 풀어서 내밀었다.

바닥에 꿇어앉으려는 남자에게 내가 말했다.

"엎드려요."

"예?"

"식탁 짚고 엎드리라고."

남자는 다시 잠깐 나를 쳐다보았다. 그리고 아무 말도 하지 않고 바지를 벗기 시작했다. 나는 당황했다.

"저기, 그건 안 벗어도 되는데……."

그러나 남자는 바지를 다 벗었다. 접이식 의자의 티셔츠 위에 걸쳐놓았다. 사각팬티만 입은 차림으로 식탁을 잡고 엎드렸다.

남자가 속옷만 입은 모습을 보니 문제의 동영상 속 장면들이 떠올랐다. 나는 눈을 감고 애써 그 영상을 머릿속에서 쫓아냈다. 눈을 뜨고, 심호흡을 하고, 팔을 치켜들었다.

남자는 이번에는 움직이지도, 소리를 내지도 않았다. 나는 남자의 허리 위를 때리지 않도록 조심했다. 그러나 가만히 서서 비교적 잘 견뎌내던 남자가 어느 순간 다리를 휘청하더니 무너졌기 때문에, 마지막 한 대는 어깻죽지에 가서 맞았다.

남자가 짧게 비명을 질렀다. 나는 허리띠를 놓고 황급히 다가갔다.

"괜찮아요?"

남자가 식탁을 붙잡고 몸을 지탱하며 천천히 힘겹게 일어섰다.

"괜찮습니다."

남자는 몸을 일으키더니 다시 아까처럼 엎드렸다. 그러나 내가 말했다.

"그만하죠."

내가 중얼거렸다.

"더는 못 하겠어요."

남자는 대답하지 않았다. 그 자세 그대로 상체를 숙이고 식탁을 짚고 서 있었다. 고개를 푹 숙이고 있어서, 얼굴은 팔에 가려서 보이지 않았다.

나는 때리지 않았다. 다시 한 번 중얼거렸다.

"……정말 더는 못 하겠어요."

남자는 식탁을 짚고 고개를 숙인 그 자세 그대로 한참이나 아무 말도 없이 서 있었다. 그러다가 갑자기 말했다.

"한 가지만 더, 부탁드려도 됩니까?"

내가 물었다.

"무슨 부탁?"

남자가 갈라진, 거의 들리지 않을 정도로 낮은 목소리로 천천히 속삭였다.

"……동영상처럼……."

잘 들리지 않아서, 한껏 귀를 기울이다가 나는 되물었다.

"뭐라고요?"

남자가 아주 느리게 속삭였다.

"예전에 보셨던, 처음의, 그 동영상…… 거기에 나온 것처럼…… 해주실 수, 있습니까?"

남자의 말을 이해하는 데는 시간이 좀 걸렸다. 내가 아무 대답도 하지 않자, 남자가 엎드린 자세 그대로 고개를 돌려 나를 쳐다보았다.

"그렇게…… 해주실 수, 있습니까?"

남자가 다시 물었다.

"아니."

나는 스스로 생각해도 이상할 정도로 차분하게 대답했다.

"그런 건 못해요."

남자가 가만히 나를 쳐다보았다. 그리고 다시 속삭였다.

"하고 싶다고 생각한 적…… 있지 않았습니까?"

나는 고개를 반쯤 돌리고 바라보는 남자의 얼굴을 마주 쳐다보았다. 수염 자국 하나 없이 하얗고 솜털이 보송보송한 뺨과 촉촉해 보이는 분홍색 입술, 그리고 투명한 갈색 눈과 긴 속눈썹을 바라보았다. 지금 내 눈앞에서, 남자는 옆얼굴에 부엌의 노르스름하고 흐린 조명과 창문에서 흘러들어 오는 가을 오후의 햇볕을 받으며 부드럽고 유혹적인 요염함을 발산하고 있었다.

"……있지."

내가 대답했다.

"그런데, 왜 안 됩니까?"

남자가 여전히 낮고 갈라진 목소리로 물었다.

나는 여자친구가 있는 몸이라든가, 남자한테는 관심 없다든가, 때리고 나서 하자는 건 정말 변태 같다든가— 머릿속에서 떠돈 대답은 대충 그런 내용이었다. 그러나 입에서 나온 말은 전혀 달랐다.

"하고 나면, 후회할 테니까."

대답하고 나서, 스스로 조금 놀랐다.

남자는 엎드린 자세 그대로 고개를 돌려 식탁을 내려다보았다.

"알겠습니다."

남자가 말했다. 그리고 식탁에서 손을 떼고 천천히 상체를 세웠다. 똑바로 서서 남자는 식탁 위, 방금 손을 짚었던 자리 바로 옆의 충전기에 꽂힌 휴대전화를 바라보았다.

"……나가십시오."

갑자기 남자가 말했다. 그와 함께, 휴대전화에서 하얀 연기가 조금씩 스며 나오는 것이 내게도 보였다.

"나가라고요."

남자가 다시 말했다. 여전히 휴대전화를 들여다보며, 손짓만으로 다급하게 문 쪽을 가리켰다.

나는 망설였다. 남자를 데리고 나가야 하지 않을까? 이대로 '저것'이 덮치게 내버려둘 수는 없지 않은가.

내가 멍하니 보고 있는 사이에, 흰 연기는 조금씩 퍼지면서 남자의 허리를 감쌌다. 남자가 상체를 숙이며 양손으로 허리를 움켜쥐고 얼굴을 찡그렸다.

"빨리, 나가요."

남자가 다시 말했다. 그 목소리는 고함치는 것처럼, ……비명을 지르는 것처럼 들렸다.

나는 뒷걸음질 쳤다. 현관에서 신발을 집어 들고 신지도 않은 채 그대로 밖으로 달려 나갔다.

0.

"늙은 거지의 이야기를 다 듣고 나서 부유한 귀족은 탄식하며 말했다.

—노인이여, 그대는 과연 악행에 빠져 큰 잘못을 저질렀다. 그러나 어리석은 젊은 시절에 한순간의 불운으로 인해 저지르게 된 일이며, 또한 그 후로 이토록 오랜 세월이 흘렀음

에도 그 잘못을 잊지 않고 평생에 걸쳐 속죄를 하였으니, 이제 그 죗값은 다 갚았다고 보아도 무방할 것이다. 그러니 이제 늙고 병든 몸을 이끌고 저잣거리에 나가 매를 구걸하는 일은 그만두고 다른 보통 사람들처럼 살아가도록 하라.

그리고 부유한 귀족은 늙은 거지에게 좋은 옷을 입히고 맛있는 음식을 먹이며 위로한 후, 많은 금은보화를 주어서 보냈다."

— 〈슬픔과 불운의 여러 이야기〉 중에서

19.

남자의 집에서 도망쳐 나오기는 했지만 나는 남자가 걱정되었다. 전화를 한번 해봐야 할지, 그냥 모르는 척 지나가는 편이 현명할지 고민하는 사이에 며칠이 지났다. 그래서 남자가 먼저 전화했을 때 내심 반가웠다.

"괜찮아요?"

남자가 무감정하게 대답했다.

"예. 괜찮습니다."

그리고 남자는 곧장 본론으로 들어갔다.

"이번 주말에, 와주실 수 있습니까?"

왜 새삼 물어보는 거지?

"……그러죠."

남자가 말했다.

"이번이 아마, 마지막이 될 것 같습니다."

"왜요, 무슨 일 있어요?"

"그날 오시면 말씀드리겠습니다."

그리고 남자는 전화를 끊었다.

주말에 찾아갔을 때, 남자는 언제나 하듯이 현관문을 열고 꾸벅 인사를 한 후 나를 안으로 들여주었다. 그러나 옷을 벗는 대신 남자는 말했다.

"그 친구가, 깨어났다고 들었습니다."

"아, 그래요? 그럼 이제 다 끝난 거네? 축하해요."

그러나 남자는 전혀 반가운 표정이 아니었다. 여전히 무감정한 얼굴로 남자가 말했다.

"병원에…… 같이 가주실 수 있습니까?"

"내가 거길 왜 가요?"

어리둥절해서 내가 되물었다. 남자가 바닥을 내려다보면서 말했다.

"부탁드리고 싶은 일이 있습니다. ……정말 마지막입니다."

20.

차를 타고 가면서 남자는 나에게 환자의 이름과 나이를 말해주었다. 내가 물었다.

"그렇게 궁금하면 같이 가보지 그래요?"

"저는 못 갑니다."

남자가 잠시 바닥을 내려다보다가 대답했다.

"가족들이…… 굉장히 싫어하실 겁니다."

주차장에 차를 세우고 로비로 들어갔다. 엘리베이터 앞에서 남자는 내게 병실 호수를 알려주었다. 나는 남자를 로비의 대기실에 앉혀놓고 혼자서 엘리베이터를 탔다.

병실 문 앞에서 한 번 심호흡을 한 뒤에 문을 당겨 열었다. 안은 매우 좁고 긴 장방형이었고, 입구 바로 맞은편에 커다란 창문이 있었다. 그리고 창문 앞에 어떤 여자가 앉아 있었다. 여자는 나를 보고 일어섰다.

"어떻게 오셨어요?"

여자는 등 뒤에 있는 창문에서 비쳐 들어오는 오후의 햇빛으로 역광을 받아서, 몸에서 후광이 비치는 것처럼 보였다. 나이는 이십 대 후반 정도. 어깨 아래로 오는 생머리를 수수하게 목 뒤에서 묶고, 역시 수수한 검은 카디건 안에 흰 셔츠를 받쳐 입고, 옅은 분홍색 긴 치마를 입고 있었다. 눈에 띄는 미인이라기보다 정갈하고 온화한, 호감 가는 인상이었다.

이런 사람한테 거짓말을 하고 싶지는 않다. 그러나 어쨌든 내친걸음이었으므로 나는 말했다.

"누님 되세요? 저, 동욱이 학교 선배입니다. 박현성이라고 합니다."

그리고 고개를 꾸벅 숙여 인사했다. 여자도 어색하게 같이 고개를 숙였다.

"제가 얼마 전까지 외국에 있다가 들어와서, 사고 소식을 지금 들었습니다. 진작 문병을 왔어야 했는데……."

"아, 예……."

내 입에서 나온 말이지만 정말이지 잘도 지어낸다. 그러나 여자는 의심하는 것 같지 않았다.

"어떻게, 상태가 좀, 나아졌나요?"

"예……. 얼마 전에 깨어나서……."

여자의 표정이 밝아졌다.

"아직 잘 움직이지는 못하지만, 눈도 뜨고, 사람도 알아보고 그래요……. 음식도 자기 힘으로 삼킬 수 있게 돼서, 코에서 튜브도 뗐고요……. 아직은 유동식이지만……."

말을 하면서 여자는 침대 곁으로 다가가서 환자의 얼굴을 살며시 쓰다듬었다.

환자가 눈을 떴다. 그리고 마치 내가 올 줄 알고 있었다는 듯, 곧장 내 쪽을 바라보았다. 시선이 마주쳤다.

휴대전화에서 흘러나온 흰 연기 속에서 보았던 그 눈이었다. 천장까지 뭉게뭉게 퍼져 올라간 희끄무레하고 푸르스름한 형체가 갑자기 번쩍 눈을 떴을 때 마주쳤던, 바닥을 알 수 없이 새까만 동굴 같은 눈동자.

"동욱아, 깼어? 너네 학교 선배님이시래. 알아보겠어?"

여자가 활짝 웃으며 침대에 누운 환자에게 말했다. 환자는 잠시 그대로 나를 쳐다보다가 눈을 천천히 깜빡였다. 그리고 손등에 링거를 꽂은, 뼈만 앙상한 왼손의 손가락을 까딱, 움직였다.

"인사를 하네요. 선배님이 오신 게 반가운가 봐요."

여자가 웃으며 말했다. 나는 불분명한 소리를 냈다.

"아, 예……."

환자의 새까만 눈이 마치 머릿속을 후벼 팔 듯이 나를 뚫어져라 쳐다보았다. 당장 돌아서서 도망치고 싶었다.

내 속을 알 리 없는 여자는 침대 옆의 소형 냉장고에서 음료수를 꺼내며 말을 이었다.

"입원한 지도 오래됐고, 그동안은 애가 의식이 없어서, 별로 찾아오시는 분들도 없고 그랬어요.”

여자가 내미는 음료수를 받으며 나는 다시 모호하게 대답했다.

“예……..”

“이렇게 친구분도 찾아오시고, 동욱이가 알아보고 인사도 하고 그러니까, 정말 좋네요……. 처음에 입원했을 땐, 이런 날이 평생 안 올 줄 알았는데…….”

여자가 조금 젖은 눈으로 웃으면서 환자 쪽을 돌아보았다. 그리고 환자의 바짝 마른 팔을 쓰다듬었다.

환자는 검은 눈을 깜빡이지도 않고 못박인 듯이 나를 계속 쳐다보았다. 그러다가 갑자기 한숨 같은 소리를 내면서 고개를 벽 쪽으로 살짝 돌렸다. 눈을 감았다.

내가 얼른 말했다.

“저기, 동욱이가 많이 피곤한 것 같은데, 전 이만 가보겠습니다.”

“아, 바쁘세요?”

여자가 조금 아쉬운 표정으로 말했다.

“와주셔서 정말 감사합니다. 또 오세요.”

“예……..”

그리고 나는 황급히 남자가 준 봉투를 꺼내서 불쑥 내밀었

다. 얼떨결에 받아들면서 여자가 의아한 표정을 지었다. 내가
둘러댔다.

"얼마 안 되지만, 친하게 지냈던 학교 친구들이 모은 겁니
다. 받아두세요."

"아니, 저기, 이런 걸……."

여자는 당황하며 봉투를 도로 돌려주려 했다. 나는 손사래
를 쳤다.

"받아두세요. 다음에 또 뵙겠습니다."

그리고 나는 도망치듯이 병실을 나왔다.

21.

로비로 돌아가자 대기실의 의자에 앉아 있던 남자가 나를
보고 일어섰다. 내가 투덜거렸다.

"다시는 이런 거 시키지 마요. 그 누님, 좋은 분 같던데, 처
음 보는 사람한테 거짓말이나 하게 만들고……."

"제가 드린 건 받으셨습니까?"

남자가 조용히 물었다. 나는 고개를 끄덕였다.

"안 받으려고 하셔서, 억지로 떠넘겼지만……."

"감사합니다."

남자가 중얼거렸다. 그리고 다시 물었다.

"그 친구는…… 어떻습니까?"

나는 환자의 누나가 했던 말을 되풀이했다.

"뭐, 눈도 뜨고, 사람도 알아보고……."

여기까지 말했을 때, 다시 환자의 그 새까만 눈동자가 떠올랐다. 나는 헛기침을 했다.

"……그, 유, 유동식도, 혼자서 삼킬 수 있다고 하더라고요."

남자는 잠시 뭔가 생각하는 것 같았다. 그리고 물었다.

"움직일 수 있습니까?"

"고개 돌리고, 손도 움직이고 그러던데, 아직 혼자 힘으로 일어나진 못하는 것 같고……."

내가 대답했다. 남자는 다시 뭔가 생각하는 표정으로 고개를 끄덕였다.

밖으로 나와서 남자는 갑자기 고개를 꾸벅 숙여 인사를 했다.

"지금까지 정말 죄송했습니다. ……그리고, 고맙습니다. 가 보겠습니다."

"왜, 내 차 같이 안 타고 가요?"

남자는 대답하지 않고 무표정한 얼굴로 나를 쳐다보았다. 내가 다시 말했다.

"태워다줄게요."

남자가 고개를 끄덕였다. 나는 주차장 쪽으로 걷기 시작했다. 남자가 말없이 따라왔다.

집으로 가는 차 안에서, 남자가 불쑥 말했다.

"그 사람, 찾았습니다."

"누구?"

좌회전 신호가 좀처럼 떨어지지 않는 신호등을 노려보면서 내가 되물었다. 남자가 조용히 말했다.

"그 사람, 말입니다……. 저를 강간하고, 이 모든 일을 시작한 사람."

나는 고개를 돌려 남자를 바라보았다. 남자가 건조하게 발음한 '강간'이라는 단어가, 칼날이 목을 스치는 것처럼 들렸다.

남자가 말했다.

"신호 바뀌었습니다."

나는 황급히 전방을 바라보며 서둘러 브레이크에서 액셀러레이터로 발을 옮겼다.

교차로를 지난 후에 내가 물었다.

"그래서 그 사람, 어디 있는데요?"

"감옥에 있습니다."

남자가 여전히 건조하게 대답했다.

나는 다시 남자 쪽을 잠깐 돌아보았다. 얼굴에 아무런 표정도 없었다.

"감옥엔 왜요?"

내가 다시 앞을 보면서 물었다.

남자가 똑같은 말투로 무감정하게 대답했다.

"사람을 죽였다고 들었습니다."

나는 놀라서 남자를 돌아보았다. 남자가 아래를 내려다보며 중얼거렸다.

"자세한 건 저도 모릅니다."

그리고 남자는 집에 도착할 때까지 더 이상 아무 말도 하지 않았다.

오피스텔 건물 앞에 도착해서 차를 세웠다. 남자가 안전벨트를 푸는 모습을 보고 있다가 물었다.

"그래서, 이제 어떻게 할 거예요?"

남자가 나를 쳐다보았다. 잠깐 망설이다가 대답했다.

"면회를…… 가볼 생각입니다."

"면회? 감옥에 있다는, 그 사람한테?"

남자가 고개를 끄덕였다.

"왜요, 가서 뭐라고 하려고요?"

대답 대신 남자는 바지 주머니에서 휴대전화를 꺼냈다. 전처럼 조심스럽게 손가락만 사용해서 끄집어내어 손바닥 위에 올려놓았다.

"할 말은 없습니다."

남자가 휴대전화를 들여다보면서 말했다.

"이걸…… 가져갈 겁니다."

나도 남자의 시선을 좇아서 휴대전화를 바라보았다. 따로 만지거나 문지르지 않았는데도, 휴대전화 주위는 안개가 낀 것처럼, 가습기에서 뿜어져 나오는 수증기가 둘러친 것처럼 부옇게 보였다.

"그 친구가…… 완전히 회복돼서, 움직일 수 있게 되기 전에……."

휴대전화를 들여다보면서 남자가 중얼거렸다.

나는 아무 말도 하지 않았다.

남자가 고개를 들었다. 나를 쳐다보았다.

"감사합니다. 앞으로 다시는 연락하지 않겠습니다."

내가 대답했다.

"잘 가요."

남자는 고개를 꾸벅, 숙여 보이고 차에서 내렸다.

오피스텔로 들어가는 남자는 왼손에 쥔 휴대전화를 가능하면 몸에 닿지 않게 하려는 것처럼 어색하게 들고 있었다. 그 왼손 주변에 달무리처럼 둥그렇게 뿌연 안개가 서린 것이 보였다. 커지지도 작아지지도 않았지만 사라지지도 않고, 그냥 그렇게 남자의 손을 둘러싸고 있었다.

22.

약속대로 남자는 다시 연락하지 않았다. 남자가 정말로 면회를 갔는지, 문제의 원인 제공자에게 휴대전화를 보여줄 수 있었는지— 이후의 사정은 전혀 알 수 없다. 가끔 궁금해질 때도 있지만, 나도 굳이 연락하지는 않는다.

여자친구와는 화해했다. '화해'라기보다는 내가 일방적으로 사과하고 매달려서 마침내 마음을 돌렸다는 편이 옳을 것이다. 단단히 기분이 상해서 무슨 말을 해도 들어주려 하지 않았기 때문에, 어쩔 수 없이 나는 여자친구에게 사정을 털어놓을 수밖에 없었다. 전부는 아니고, 일부만.

"나, 협박당했었어."

"또 거짓말이야? 사람을 속이려면 좀 그럴듯하게 해봐."

"거짓말 아냐. 어떤 사람이, 전화번호를 잘못 알아서……."

그러나 여자친구가 아무래도 믿지 않았기 때문에 나는 휴대전화를 꺼냈다. 동영상을 보여주려다가, 미리 경고했다.

"이거, 굉장히 기분 나쁜 내용이야. 정말로 괜찮겠어?"

"자꾸 바람만 잡지 말고 내놔 봐."

"기분 나쁘다고 나한테 화내면 안 된다."

"아 글쎄, 일단 줘보라니까."

동영상을 보면서 여자친구의 눈은 점점 커지고 안색은 점점 창백해졌다. 잠깐 보다 말고 여자친구는 얼른 휴대전화를 내게 돌려주었다.

"그거, 진짜야? 무슨, 설정이나, 연출 아니고?"

내가 휴대전화를 주머니에 넣는 것을 보면서 여자친구가 여전히 창백한 얼굴로 물었다. 내가 대답했다.

"⋯⋯진짜인가 봐."

"오, 오빠, 그럼, 그거 범죄 아냐? 경찰에 신고해야 되지 않아?"

나는 여기서부터 거짓말을 했다.

"신고했어."

"진짜? 경찰에서 뭐래? 범인 잡았대?"

"응. 지금 감옥에 있어."

⋯⋯꼭 그 동영상과 상관이 있는 건 아니지만, 어쨌든 감옥에 있는 건 사실이다.

여자친구가 잠시 생각하다 다시 물었다.

"그래서, 나한테 거짓말했다가 들킨 거랑 저거랑 정확히 무슨 상관인데?"

"응, 그게……."

나는 대충 둘러댔다.

"그게, 그러니까, 저기, 경찰에서, 차, 참고인으로, 조사받느라고……. 자꾸 불러내고, 조사한다고, 증거품이라고, 휴대전화도 뺏어가고……."

여자친구가 내 얼굴을 들여다보았다.

"그래서, 회사 간다고 하고서 사실은 경찰서에 불려 갔던 거야? 휴대전화 뺏겨서, 연락도 안 되고?"

"응……."

대답하면서 나는 여자친구의 눈치를 살폈다.

나로서는 다행히도, 여자친구는 이런 쪽으로 전혀 아는 게 없었다.

"그럼 그렇게 얘기를 했으면 좋았잖아? 그런 일이 있었는데 왜 나한텐 아무 말도 안 했어?"

"……이 따위 기분 나쁜 얘기를 너한테 어떻게 하냐."

그 말은 사실이었다.

여자친구가 말했다.

"그래도 얘기해, 오빠."

"뭘?"

"다음부터는, 기분 나쁜 얘기라도 나한테 다 하라고."

나는 피식 웃었다.

"그래봤자 서로 기분만 더러워지는데 얘기해서 뭐 하게, 괜히……."

"괜히는 무슨 괜히야, 얘기하면 내가 들어주면 되잖아."

여자친구가 말했다.

"누가 자기 얘기를 들어주면, 아무리 기분이 더러웠어도 좀 풀리지 않아? 오빠 그런 거 없어?"

그리고 여자친구는 덧붙였다.

"나도, 오빠가 다 얘기해주면, 괜한 걱정 안 해도 되고……"

나는 여자친구의 얼굴을 들여다보았다.

"그렇게 걱정했어?"

"당연한 거 아냐? 오빠 반성 좀 해야 돼."

"미안해."

그리고 나는 여자친구의 얼굴을 계속 들여다보았다. 여자친구가 쑥스러운 표정으로 물었다.

"왜 그렇게 봐? 내 얼굴에 뭐 묻었어?"

내가 물었다.

"정말로, 내가 얘기하면 다 들어줄 거야? 아무리 기분 나쁜 얘기라도?"

"들어준다니까."

여자친구가 고개를 끄덕였다. 내가 다시 물었다.

"앞으로, 계속? 평생 동안 내가 하는 얘기, 잘 들어줄 거야?"

여자친구가 웃었다.

"오빠, 지금 프러포즈하니?"

나는 진지하게 대답했다.

"응."

여자친구가 다시 웃었다. 뺨이 조금 발개졌다. 그리고 내 손을 잡았다.

"그래, 인심 썼다. 내가 예쁘고 똑똑하고 착하고 배려심도 많고 이해심도 넓고 그러니까, 오빠가 하는 얘기 평생 동안 지겹도록 다아 들어주지 뭐."

나는 여자친구의 작은 손을 잡고 손등에 키스했다. 그리고 여자친구의 입술에 키스했다.

잠든 여자친구를 안고 누워서 나는 천장을 바라보았다.

프러포즈는 진심이었다. 여자친구는 성숙하고 사랑스러운

사람이었다. 나라는 인간을 잘 이해하고 완전히 파악하고 있어서, 세심하게 챙겨주고 배려해주면서 적절한 때에 애교나 어리광도 부릴 줄 알았다. 때로는 여자친구의 손안에 잡혀서 꼼짝 못 한다는 생각도 들었지만, 그것이 싫지는 않았다. 대학 때 사귀기 시작한 이후로 내게는 언제나 가장 마음 편한 사람이었다.

그러나 지금, 잠든 여자친구를 한 팔로 안고, 나는 천장을 향해 다른 팔을 쳐들었다. 주먹을 쥐어보았다. 그리고 그 주먹을 쳐다보았다.

여자친구의 몸은 작고 부드러웠다. 그 몸을 어루만지면서 나는 문득 때리고 싶은 충동을 느끼고 당황했다. 타인의 살이 몸에 닿자, 바로 내 손 아래에서 다른 사람의 육체가 굴복하던 느낌— 그 강렬한 경험이 마치 실제처럼 되살아났고, 그 순간이 불현듯 그리워졌다. 당장이라도 그 순간으로 다시 빨려 들어갈 것만 같아서, 폭력에의 갈망을 실행에 옮기지 않기 위해 나는 잠시 모든 동작을 멈추고 자신을 통제해야 했다.

"오빠, 왜 그래……?"

여자친구가 의아한 표정으로 쳐다보았다. 나는 고개를 저었다.

"아냐, 아무것도."

그리고 나는 여자친구의 가슴에 얼굴을 묻었다. 여자친구가 속삭였다.

"내 가슴이 그렇게 좋아?"

"응."

나는 여자친구의 가슴에 얼굴을 더 깊이 묻고, 더 바짝 몸을 붙이면서 말했다.

"난, 네가 좋아……. 네 몸은 다 좋아."

여자친구가 웃으면서 팔로 나를 감쌌다.

그 부드러운 살덩이 속에 얼굴을 묻었을 때는, 다 잊을 수 있을 것 같았다. 이 작고 귀여운 몸을 안고, 그 몸을 사랑하고 그 몸에 감싸여 사랑받고, 그래서 평온하고 안전하다고 느끼면서, 앞으로도 오랫동안 그렇게 살아갈 수 있을 것만 같았다.

그러나 문득 잠에서 깨었을 때 곁에 누운 여자친구의 몸이 눈에 들어오자, 저 하얀 피부에 상처를 내고 싶다, 저 몸이 그 상처를 견디는 모습을 지켜보고 싶다는 생각이 떠올랐다. 그리고 그런 상상을 하는 나 자신을 마치 타인처럼 마음 한구석에 비켜서서 바라보면서, 질문하는 것이다— 이런 갈망을 평생 마음에 가둬두고 살아갈 수 있을까. 이 충동이 앞으로 더 커질까. 어쩌면, 흐르는 시간에 씻겨서, 점점 수그러들어,

사라질까……. 시간이 더 지나면…….

　……그러나 지금 이 순간, 내 존재 아래에서 타인의 존재가 무너지던 그 쾌감이 온몸으로 그리워서, 나는 잠들지 못한다. 주먹을 쥔 채, 이대로 끝없이 누워 있는 것이다.

리발관(離拔館)의

괴이

* 2019년 온라인 소설 플랫폼 〈브릿G〉 게재

사방이 허허벌판이었다. 밭은 이미 아무도 돌보지 않은 지 오래된 것 같았고 논은 말라붙어 잡초만 가득했다. 마을은커녕 제대로 된 집 한 채도 없었다. 몇 시간이나 달려온 것 같은데 황량한 풍경은 그대로였다. 청년은 계기반을 초조하게 들여다보았다. 연료계의 화살표가 아까부터 E를 가리키고 있었다. 당장 기름을 넣어야 한다. 그러나 주위를 아무리 둘러봐도 건물은 단 한 채도 보이지 않았다. 흙길의 양쪽으로 이어진 것은 오로지 나무와 풀과 전봇대뿐이었다.

"여기 대체 어디야?"

청년은 혼잣말로 신경질을 냈다.

"내비는 또 왜 말을 안 듣는데?"

계기반 위의 거치대에 끼워놓은 휴대전화의 신호수신 안테나는 아주 조그만 한 칸이었다. 휴대전화의 화면에는 아까부터 맥없는 동그라미만 계속 돌고 있었다.

"나야말로 돌아버리겠다."

휴대전화 화면에서 돌아가는 동그라미를 들여다보며 청년이 다시 한 번 짜증을 냈다. 창밖의 하늘은 서서히 어두워져가고, 비가 오든지 해가 지든지 해가 지면서 비가 오든지 뭔가 닥쳐올 것 같은 먹구름에 덮여 있었다.

"정말로 큰일 났네."

청년이 앞을 바라보며 걱정스럽게 중얼거렸다.

그 순간 멀리 건물의 윤곽이 보였다.

청년은 몸을 앞으로 내밀었다. 주택 같아 보이지는 않았다. 그러나 건물이었다. 그리고 불이 켜져 있었다.

청년은 오른발에 힘을 주어 가속페달을 밟았다.

건물의 간판에는 청년이 잘 읽을 수 없는 뭔가 복잡한 한자가 적혀 있었다. 네온사인도 아닌 그냥 간판으로, '離拔館'이라는 세 글자뿐이었다.

"이건 뭐 간판을 읽을 수가 없잖아…… 여긴 뭐 하는 가게야…… 중국집인가?"

청년은 차를 세우고 잠깐 망설였다. 배가 고프기도 했고, 지치기도 했다. 휴대전화 화면에는 여전히 동그라미가 뱅글뱅글 돌고 안테나는 여전히 하나뿐이었으며 연료계의 화살표는 이제 E보다 아래로 내려가 있었다. 그래서 청년은 휴대전화를 거치대에서 꺼내 주머니에 넣고 차의 시동을 껐다. 차에서 내려 건물 안으로 들어섰다.

노란 백열등 불빛이 가게 안을 밝히고 있었다. 문에서 딸랑, 종소리가 났으나 아무도 나오지 않았다. 청년은 가게 안을 둘러보았다. 청년의 추측과 달리 음식점은 아니었다. 벽에는 거울이 줄지어 붙어 있고 미용의자와 세면대가 있는 것으로 보아 이발소 같았다. 그리고 안쪽에는 욕조처럼 생긴 커다란 기계가 놓여 있었다.

"중국집이 아니네……"

청년은 실망했다. 불은 켜져 있지만 안에 아무도 없고 잠시 기다려도 아무도 나타나지 않았다.

청년은 계속해서 안을 둘러보았다. 이발소 벽에는 선반이 붙어 있었고 선반 위에 가발을 씌운 마네킹 머리가 몇 개씩 놓여 있었다. 청년은 그 마네킹 얼굴이 기묘하게 진짜 사람 같으면서 어쩐지 말라붙어 쪼그라든 느낌이라 기분 나쁘다고 생각했다.

"저기요."

청년은 불러보았다. 아무도 대답하지 않았다.

"저기요!"

여전히 아무도 나타나지 않았다.

청년은 주머니에서 휴대전화를 꺼내 들여다보았다. 화면 꼭대기의 신호감지 안테나는 여전히 한 칸이었다.

"이상한 동네잖아……."

청년은 짜증을 내며 휴대전화를 도로 주머니에 밀어넣었다. 그리고 시선을 돌린 순간 청년의 눈앞에 노인이 서 있었다.

청년은 깜짝 놀랐다. 뒤로 넘어질 뻔했으나 곧 정신을 차렸다. 노인에게 가장 급한 사안부터 묻기 시작했다.

"저기 할아버지, 여기가 대체 어딥니까? 이 주변에 주유소 어딨는지 아세요?"

노인은 아무 말도 하지 않고 청년을 가만히 쳐다보았다. 키가 작아서 노인의 머리가 청년의 목 아래에 닿을락 말락 했고, 낡아 누렇게 바랜 한복 같은 것을 입고 있었다. 햇볕에 타서 갈색으로 변한 쪼글쪼글 주름진 얼굴에는 아무 표정이 없었다.

"여기 주유소 있냐고요? 주유소!"

청년이 목소리를 높여 다시 물었다. 노인은 여전히 대답하지 않았다.

"할아버지? 제 말 알아들으세요?"

청년이 짜증스럽게 고함쳤다. 노인은 아무 말도 하지 않았다. 그러나 이번에는 손을 들어 안쪽을 가리켰다.

청년은 고개를 들어 노인이 가리킨 쪽을 쳐다보았다. 노인은 욕조처럼 생긴 기계를 가리키고 있었다.

"저 이발 안 해요. 이 동네 주유소 없냐고요!"

청년이 고개를 돌려 노인에게 다시 고함치듯 물었다.

노인은 사라지고 없었다.

"할아버지! 할아버지?"

청년은 주위를 둘러보며 소리쳤다. 노인은 다시 나타나지 않았다.

"아이고, 저 아직은 할아버지 아닙니다."

청년은 다시 소스라쳐 놀라며 고개를 돌렸다. 중년 남자가 욕조기계가 있는 안쪽 방에서 느긋하게 걸어 나왔다.

"머리 어떻게 잘라드릴까요? 자르신 지 얼마나 됐죠?"

중년 남자가 직업적인 시선으로 청년의 두발을 살펴보며 물었다. 청년은 고개를 저었다.

"저 머리 자르러 온 거 아니에요. 이 동네에 주유소 없어요?"

"주유소가 저 산길 돌아서 한참 가야 나올 텐데요."

중년 남자가 곤란한 표정으로 대답했다. 청년이 되물었다.

"얼마나 한참요?"

"그게 아마 한참 가야 할 텐데……."

중년 남자가 어물어물 말끝을 흐렸다. 그리고 기운차게 본

론을 꺼냈다.

"기왕 오신 김에 우리 가게에 새로 들어온 저 샴푸기계 한 번 써보고 가시죠? 인공지능 탑재해서 손님의 두피 상태에 맞춰 아주 시원하게……"

청년이 중년 남자의 말을 중간에 잘랐다.

"저 머리 자르러 온 거 아니라고 말씀드렸잖아요. 그럼 주유소 말고 이 동네에 음식점이나 모텔 같은 덴 없어요?"

"그것도 저기 산길 돌아서 한참 가셔야……."

"그러니까 한참이 얼마나 한참이냐고요?"

청년이 짜증을 냈다. 중년 남자가 불분명하게 대답했다.

"한 두어 시간은 가셔야 될걸요……."

"그렇게 멀어요?"

청년이 낙담했다. 연료계의 화살표는 한참이나 E에 있다가 차를 세울 때쯤 마침내 E 아래로 내려갔다. 대책 없이 출발했다가는 얼마 못 가 허허벌판 한가운데 차가 서버릴 것이었다.

중년 남자가 친절하게 말했다.

"그러지 마시고 저희 샴푸기계 한번 써보시죠. 지금 체험기간이라 공짜로 사용해보실 수 있거든요."

"제가 지금 샴푸가 급한 게 아니에요. 차 기름이 거의 다 떨어졌는데······."

청년이 거의 울상이 되어 말하기 시작했다. 중년 남자가 제
안했다.

"그러면 렉카를 부르시든지 보험사에 전화를 하시고, 기다
리는 동안 저희 기계로 머리 감고 가세요. 여기는 시골이라서
렉카 불러도 한 시간은 기다려야 하거든요."

청년은 다시 주머니에서 휴대전화를 꺼내 들여다보았다.
안테나는 여전히 하나였고, 이제는 배터리 표시도 노란색으
로 변해 있었다. 중년 남자의 말대로 하는 수밖에 없을 것 같
았다. 조금 수상쩍어 보이기는 했지만 최악의 상황이라고 해
봐야 공짜라고 속여서 기계를 사용하게 한 뒤에 뭔가 돈을
뜯는 정도일 것이다. 그래서 청년은 다짐하듯 다시 물었다.

"정말 공짜 맞아요?"

중년 남자가 얼굴에 함박웃음을 띠었다.

"물론이죠. 최신기계 체험기간이라니까요. 어서 들어가시
죠."

"잠깐만요."

청년은 휴대전화의 화면을 눌러 자동차 보험사 앱을 열었
다. 다시 화면에는 동그라미가 뱅글뱅글 돌았다. 한참 기다려
도 앱은 열리지 않았다. 중년 남자가 한동안 기다리다가 말

했다.

"저기 안쪽 사무실에 전화기 있어요. 그냥 제가 이 동네 렉카 불러드릴게요."

그래서 청년은 기다리다가 마침내 휴대전화를 주머니에 도로 집어넣었다. 중년 남자를 따라서 욕조기계가 있는 안쪽 방으로 들어갔다.

청년은 욕조처럼 생긴 기계 안에 누웠다. 중년 남자가 청년의 몸통 위로 뚜껑을 닫았다. 그러면서 중년 남자는 친절하게 웃으며 설명했다.

"옷에 물 튀지 말라고 이렇게 하는 겁니다."

청년은 고개를 끄덕이려 했으나 움직일 수가 없었다. 욕조는 좁았고 팔다리가 꽉 끼었으며 그 위에 뚜껑까지 닫히고 나니 옴짝달싹할 수 없었다.

"시작합니다."

중년 남자가 경쾌하게 말하며 기계의 스위치를 눌렀다.

욕조의 머리 부분에서 조그만 기계 팔들이 튀어나왔다. 물줄기가 청년의 머리카락을 적셨다. 그리고 기계 팔들이 청년의 머리카락을 어루만지기 시작했다.

기계는 제법 실력이 좋았다. 기계 손가락들이 부드럽게 샴푸의 거품을 내어 청년의 모발과 두피를 문질렀다. 물은 기분 좋게 따뜻했고 기계 손가락이 머리를 살살 만져주는 감촉과 낮고도 유쾌하게 노래하는 것 같은 기계음과 약한 진동 때문에 청년은 눈을 감고 욕조 안에 움직이지 못하는 채 누워 있다가 자기도 모르게 졸기 시작했다.

이마에 찬물이 닿아서 청년은 흠칫 눈을 떴다.

"저기 사장님, 물이 차가운데요."

청년이 말했다. 중년 남자는 욕조 옆, 청년의 머리맡에 서 있었다. 청년의 말을 듣고도 중년 남자는 조금 전과 같은 미소를 띤 채 아무 말도 하지 않았다.

차가운 물이 얼굴에 튀었다. 눈으로 입으로 찬물이 들어오기 시작했다.

"사장님, 물 잠가주세요. 차갑다고요! 입에 물 들어오잖아요!"

청년이 기침을 하며 외쳤다. 중년 남자는 대답하지 않았다.

"사장님!"

청년이 얼굴이 반쯤 물에 잠긴 채 힘겹게 외쳤다. 여전히 몸은 뚜껑 닫힌 욕조에 갇혀 꼼짝도 할 수 없었다. 칸막이로

막힌 얼굴 부분에 점점 찬물이 차올랐고 무언가 청년의 목을 조르기 시작했다.

"물론 물이 차갑겠지."

중년 남자가 욕조 머리맡에 서서 청년의 얼굴을 내려다보며 말했다.

"찬물이어야 피가 잘 빠지거든. 더운물을 쓰면 피가 굳어버려."

말하면서 중년 남자는 혼자서 웃기 시작했다.

"선지처럼 돼버려. 머리 감다가 선짓국이 돼버리지. 하하하하."

청년은 중년 남자에게 뭔가 더 말하려 했으나 입을 열 때마다 찬물이 쏟아져 들어왔다. 팔도 다리도 움직일 수 없었다. 기계 팔이 머리를 꽉 붙잡고 있어서 목을 돌릴 수도 없었다. 목의 피부 위로 날카로운 것이 느껴졌다. 그리고 따끔한 감촉과 함께 피부가 칼날에 베어지는 불길한 통증이 목 앞부분에 퍼지기 시작했다. 청년은 비명을 질렀다. 그러나 비명은 찬물 속에 묻혔고 코와 입으로 물이 쏟아져 들어왔다. 목의 날카로운 통증이 점점 심해졌다.

그 순간 누군가 이발소 문을 쾅 열고 들어와서 외쳤다.

"멈춰!"

중년 남자가 깜짝 놀라 욕조기계가 있는 안쪽 방에서 뛰쳐 나왔다.

"아니 너는! 또 왔구나!"

이발소에 뛰어들어온 남자가 중년 남자의 말에 아랑곳하지 않고 다시 소리쳤다.

"그 기계를 멈춰!"

"안 돼! 네놈이 또다시 나의 계획을 방해하게 내버려두지 않겠다!"

이발소에 뛰어들어온 남자는 욕조기계가 있는 안쪽 방으로 달려 들어가려 했다. 중년 남자가 막아섰다. 몸싸움이 벌어졌 다.

청년은 욕조 안에서 몸부림치며 비명을 지르고 있었다.

"꺼내줘! 살려줘!"

청년의 입이 이미 물에 잠겨서 비명소리는 명확하게 들리 지 않았다. 욕조 속에서 가느다랗고 섬세한 기계 팔들이 청년 의 머리를 단단히 붙잡았다. 조그만 기계 팔이 청년의 목 위 로 작고 날카로운 칼날을 움직이고 있었다. 욕조의 머리 부분 에 차오른 차가운 물속으로 청년의 피가 빨갛게 번졌다.

"오늘은 정말로 결판을 내고야 말겠다!"

이발소에 뛰어들어온 남자가 중년의 이발소 주인과 엎치락

뒤치락하며 소리쳤다. 이발소 주인도 지지 않았다.

"너야말로 내가 끝장을 내주마! 배북排北 리씨 리동진 장군 67대손의 명예를 걸고 다시는 헛소리를 못하게 밟아주고야 말겠다!"

"나야말로 역사학자의 명예를 걸고 너의 잘못된 관념을 깨부숴 주겠다!"

이발소에 뛰어들어온 역사학자가 중년 남자의 이마에 박치기를 하며 고함쳤다.

"그런 장군은 없다고 몇 번을 말해!"

"거짓말하지 마라!"

중년 남자가 역사학자에게 주먹을 휘두르며 맞받아쳤다.

"리동진 장군께서는 1703년 배북민란을 일으켜 탐관오리를 토벌하고 수탈한 재산을 빼앗아 민초들에게 돌려주셨다! 그러나 부하의 배신으로 민란은 실패하고 결국 관군에게 진압당해 효수되고 말았지! 배북 성벽 밖에 내걸렸던 머리는 사흘 뒤에 사라졌고 가족들이 아무리 찾아도 결국 머리를 찾을 수 없었다! 그 때문에 이후 배북 리씨 집안에는 장손에서 장손으로 그 머리를 대신할 제물을 바쳐야 할 책임이 전해져 내려왔다! 나는 리동진 장군의 직계 후손으로서 적당히 잘생긴 젊은이의 머리를 찾아 명절과 제사 때마다 장군께 바쳐야 하는 의무를 다하고 있다!"

욕조 속에서 기계 팔에 머리를 붙잡힌 채 목을 썰리고 있던 청년이 이 말을 듣고 분노했다.

"적당히 잘생겼다니! 나는 그냥 참 잘생겼다고! 꺼내줘!"

그러나 청년의 입은 여전히 찬물 속에 잠겨 있었고 청년의 비명은 아무도 듣지 못했다.

중년 남자의 설명은 싸우면서 외치기에는 지나치게 길었다. 역사학자는 중년 남자의 설명을 다 듣지 않고 중년 남자 위에 올라타서 주먹을 휘둘렀다.

"1703년은 러시아 계몽군주 표트르 1세가 지금의 상트페테르부르크를 건립한 해이며 이 해에 조선에 기록된 민란은 없었다고 내가 오조오억 번 말하지 않았냐! 리동진 장군이라는 사람도 마찬가지야! 당시 그 어떤 기록에서도 찾을 수 없다고! 애초에 정변이 아니라 민란을 일으켰으면 농민이라는 얘긴데 조선시대 농민한테 성이 어딨어! 네가 말하는 너의 그 조상이라는 사람의 무덤에 묻힌 사람은 네 조상이 아니야! 비석이나 제대로 읽고 말하라고!"

"너야말로 비석이나 제대로 읽어라, 이 돌팔이 가짜 역사학자야!"

중년 남자가 자기 몸통 위에 올라타고 주먹을 휘두르는 역사학자를 뿌리치려 애쓰면서 소리쳤다.

"적당히 잘생긴 청년의 머리를 보름달이 뜰 때마다 바치면 보름달이 170번 뜨고 진 후에 리동진 장군께서 무덤에서 부활해 돌아오셔서 개벽을 일으켜 동방정토의 새 세상을 열 것이라고 비석에 새겨져 있다고! 어쩔래!"

'적당히 잘생긴'이라는 말이 들릴 때마다 욕조 속의 청년은 목에서 피를 흩뿌리며 비명을 지르고 몸부림쳤다. 그러나 뚜껑 닫힌 욕조는 꼼짝도 하지 않았고 청년은 이제 가느다란 기계 팔에 달린 칼날이 언제라도 목의 동맥을 뚫고 들어올 것이라고 느꼈다.

"개벽은 계룡산 정도령이 하는 거고 정토는 불교 용어이고 무덤에서 부활하는 건 예수잖아! 한 가지만 해, 한 가지만!"

역사학자가 짜증을 냈다. 중년의 이발소 주인은 온 힘을 다해 역사학자를 밀어젖히고 일어섰다. 얼굴에 신비로운 미소를 띠고 주문을 외우기 시작했다.

"골로바*, 골로븨, 골로볘, 골로부, 골로보이, 골로볘……"

"이 머저리 새끼가 뭔 헛소릴 씨부리는 거야! 너나 골로 가라!"

---

* голова, '머리'라는 뜻의 러시아어 단어 단수형 격변화—저자주

역사학자가 달려들어 중년 남자에게 미식축구 선수처럼 태클을 걸었다. 중년 남자는 쓰러져서 역사학자 밑에 깔린 채로 신비로운 미소를 잃지 않고 주문을 계속 외웠다.

"골로븨, 골로프, 골로밤, 골로븨, 골로바미……."

"그만하라니까!"

역사학자가 주먹을 휘두르며 분개했다. 그러나 중년 남자는 역사학자를 똑바로 쳐다보며 의기양양하게 마지막 주문을 외쳤다.

"골로바흐!"

그 순간 이발소 건물의 모든 전원 스위치가 일제히 차단되었다. 이발소와 적당히 잘생긴 욕조 속의 청년과 역사학자와 중년 남자는 한순간 어둠 속에 잠겼다.

"어어, 안에 계십니까?"

누군가 이발소 문을 두드렸다.

"안에 아무도 안 계십니까?"

이발소 문을 두드린 사람이 안으로 들어왔다. 손전등을 켰다.

"장군님!"

중년의 이발소 주인이 벌떡 일어나 목청껏 외쳤다.

"드디어 재림하셨군요! 장군님!"

중년 남자가 손전등을 들고 들어온 사람 앞에 엎드렸다.

"허허, 장군은 아니고 경위입니다, 경위. 여기 신고하신 분 누구시지요?"

손전등을 들고 들어온 경찰이 물었다.

경찰의 목소리를 듣고 엎드렸던 이발소 주인이 고개를 들었다. 기다리던 '장군'이 아니라 엉뚱한 다른 사람이라는 것을 알고 이발소 주인은 낙담해서 주저앉았다.

"제가 신고했습니다!"

새하얀 손전등 불빛 속에서 역사학자가 마치 초등학생처럼 손을 번쩍 들었다.

"여기 이 남자는 샴푸기계로 위장한 살인기계를 이용해서 이발소에 찾아오는 손님들의 목을 자르는 연쇄살인마입니다! 당장 체포하세요!"

"어이구, 연쇄살인마요? 살인기계? 허허, 선생님 농담도 참, 영화를 너무 많이 보신 모양이네요."

"농담이 아닙니다! 저기 증거물도 있어요!"

역사학자가 선반에 놓여 있는 마네킹 머리를 가리켰다.

"저걸 가져다 국과수에 의뢰해서 분석해보십시오! 저거 다 사람 머리라고요!"

"국과수요? 어이구, 우리 선생님이 드라마를 참 좋아하시는 모양이네요, 허허허."

경찰은 너털웃음을 웃었다.

"아니 드라마가 아니라니까요! 엄연히 범죄가 일어나서 신고를 했는데 농담따먹기나 하고 계시면 어떡합니까!"

역사학자가 격분했다. '농담따먹기'라는 말에 경찰도 표정이 달라졌다.

"국과수가 무슨 동네 편의점인 줄 아십니까? 요즘 사람들이 테레비를 너무 많이 봐서 큰 착각들을 하시던데 국과수는 동네 이발소 마네킹 머리 분석해주는 데가 아니에요. 자꾸 허위신고하시면 선생님이야말로 체포당하십니다, 크험험!"

경찰이 손전등을 위아래로 흔들며 준엄하게 말하고 헛기침을 했다.

그때 안쪽 방에서 뭔가 떨어지는 소리가 들렸다. 경찰이 성큼성큼 안쪽으로 들어가서 손전등을 비추었다. 욕조에서 기어 나온 청년이 바닥에 누워 양손으로 피 흐르는 목을 붙잡고 있었다.

"허위신고가 아니에요……"

청년이 가느다란 목소리로 말했다.

"저 기계…… 제 목을 베서…… 죽이려고……."

청년은 말을 다 마치지 못하고 기침을 하기 시작했다. 기침으로 인해 몸이 흔들릴 때마다 목을 거머쥔 손가락 사이로 핏줄기가 흘러나왔다.

"어이구 저런, 젊은 분이 많이 다치셨네."

경찰이 손전등으로 청년을 비추며 혀를 끌끌 찼다.

"면도하다 벤 모양이지요? 사장님, 저분은 그냥 공짜로 해 드리시죠, 어떠세요?"

"그게 아니라니까요……."

청년이 분개했으나 큰 소리로 말할 기운이 없었다.

"나보고…… 적당히 잘생겼다고…… 목을 베려고……."

"어이구, 잘생긴 얼굴에 상처가 났다고 경찰에 신고하시려고요? 면도하다 벤 걸 가지고 그러시면 곤란하지요."

경찰이 타일렀다. 청년이 반박했다.

"그냥 잘생긴 게 아니라…… 적당히 잘생겼다고 했어요…… 그리고 목을……."

"그래서 요금은 안 받겠다고 아까 사장님이 그러지 않으셨습니까?"

경찰이 다시 너털웃음을 웃었다. 이발소 주인이 자신은 그런 말을 한 적이 없다고 반박하려 했으나 경찰은 틈을 주지 않고 말을 이었다.

"좋은 게 좋은 거 아니겠습니까? 굳이 물고 늘어지지 마시고 그냥 좋게 넘어가세요. 괜히 고소했다가 상대방이 무죄 나오면 무고죄로 역고소당할 수 있는 거 모르십니까?"

"목을 베려고 했다잖아요!"

역사학자가 분노해서 경찰에게 외쳤다.

"사람을 죽이려고 했다니까요! 진지하게 말을 하면 좀 들으세요!"

경찰이 눈살을 찌푸렸다.

"어이구 선생님, 근무 중인 경찰관한테 이렇게 공격적으로 나오시면 곤란합니다. 공무집행 방해죄라는 거 모르십니까?"

"방해는 무슨, 공무집행을 지금 안 하고 있잖아요! 당신이!"

역사학자가 소리쳤다. 경찰이 마주 소리쳤다.

"당신? 다앙신? 어디서 봤다고 당신이야? 어? 당신 몇 살이야? 얻다 대고 삿대질이야?"

이 모든 말다툼의 와중에 중년의 이발소 주인은 어둠에 잠긴 이발소 바닥에 무릎을 꿇고 앉아 주문을 외우고 있었다. 역사학자는 전혀 겁먹지 않고 경찰에게 따졌다.

"저기 저 새끼가 지난 십오 년 동안 명절과 제사 때마다 손님 목을 잘라서 자기 조상 묘에 바치고 있다고 내가 몇 번이나 신고를 했어! 저 미친놈 잡아가라니까 왜 나한테 지랄이야!"

경찰은 손전등을 한 손에 든 채 다른 손으로 수갑을 꺼내기 시작했다.

"지랄? 지랄이라고 했냐? 너 오늘 임자 만났다. 콩밥 한번 먹어봐라!"

"그래 한번 먹여봐라, 새끼야! 너 내가 옷 벗겨주고 만다!"

역사학자가 마주 소리쳤다.

다음 순간 경찰의 손전등이 꺼졌다. 이발소 안은 다시 한 번 칠흑 같은 어둠에 휩싸였다.

불이 켜졌을 때 경찰은 바닥에 쓰러져 있었다.

역사학자와 이발소 주인과 욕조 앞에 누워 양손으로 목을 감싼 청년이 지켜보는 가운데 낡고 빛바랜 한복을 입은 쪼글쪼글하고 키 작은 노인이 그 옆에 웅크리고 앉아 경찰의 목을 물어뜯었다. 노인은 놀랄 만큼 빠른 속도로 경찰의 목을 갉고 뜯어먹고 피를 핥았다. 경찰의 목이 완전히 떨어져 나가자 노인은 경찰의 얼마 남지 않은 머리카락을 붙잡아 무심하게 위로 획 던졌다. 경찰의 목은 이발소 선반 위로 날아가서 기묘하게 말라붙은 마네킹 머리라고 생각했던 물체들 옆에 안착했다.

노인은 그대로 웅크리고 앉은 채 경찰의 시체를 붙잡고 잘린 목에 입을 대고 쪽쪽 소리 내어 빨았다. 노인이 경찰의 목에서 흘러나오는 피를 빠는 소리를 들으며 역사학자와 이발소 주인과 욕조 옆에 쓰러진 청년은 움직일 수도 말을 할 수도 없었다.

이윽고 피를 다 빨고 나서 노인은 일어섰다. 혀로 입술을 핥으며 세 사람을 둘러보았다. 입안에 언뜻 보이는 노인의 치아는 유난히 크고 뾰족했다.

그리고 노인은 세 사람이 겁에 질려 말없이 지켜보는 가운데 목이 잘린 경찰의 시체를 한 손으로 가볍게 끌고 걸어 나가서 이발소 밖의 어둠 속으로 사라져버렸다.

좀비

내

친구

* 2010년 환상문학웹진 〈거울〉 게재

* 2013년 단편집 《왕의 창녀》(온우주) 수록

1.

동창회에는 사람이 별로 없었다. 생각해보면 원래부터 그다지 살뜰한 동기 사이도 아니긴 했다. 귀국한 지 갓 석 달째라 고국의 모든 것이 다 무조건 반갑던 참에 또 마침 졸업 십주년 기념이라고 해서 호기심 반, 얄팍한 감상 반으로 얼굴을 내민 내 쪽이 애초에 너무 많은 걸 기대했던 건지도 모른다. 누군지 잘 알 수 없는 사람들, 혹은 전혀 모르는 사람들과 어색하게 웃음을 지으며 눈인사를 나누고 적당한 자리에 앉아 말라빠진 뷔페 음식으로 대충 배를 채운 후에 낭비한 시간과 식사비와 차비를 아까워하며 눈에 띄지 않게 빠져나온 것까지는 좋았는데 (사실 눈에 띄었다고 해도 굳이 붙잡을 사람도 없는 분위기였지만) 호텔을 나오기 전에 화장실에 들렀다가 마주친 것이 그녀였다. 그래서 우리는 근처 커피 가게로 자리를 옮겨 둘이서 진짜 동창회를 시작했던 것이다.

그녀가 누구냐 하면 나랑은 대학교 동기다. 그러나 같은 과도 아니었고 같은 동아리에 있었던 것도 아니고 단지 어쩌다가 수업을 한두 번쯤 같이 들은 게 전부인데 그러다가 친해져서 사 년 내내 단짝까지는 아니었지만 꽤 가깝게 지냈고, 졸업하고 내가 유학을 떠난 뒤에도 한 삼사 년 정도는 정기적으로 연락을 유지했으니 생각해보면 그것도 꽤 신기한 인연임은 틀림없다. 물론 이제는 서로 소식 못 들은 지가 오륙 년이나 지나서 나는 그녀가 결혼한 것도 몰랐고 그녀는 내가 귀국한 것도 몰랐다. 그러나 그렇게 돼버린 지금도 호텔 화장실 같은 데서 마주쳤을 때 곧바로 얼굴을 알아보고, 서로의 인생에서 일어난 큰 사건들, 그러니까 결혼이라든가 귀국이라든가 이런 얘기를 하면서 세월 무섭네, 시간 정말 빨리 간다, 라고 말하긴 했지만, 그래놓고 한숨을 쉰 게 아니라 반갑고 기뻐서 깔깔 웃고는 당장 의기투합하여 커피숍으로 출동하면서 동창회 온 보람이 아주 없지는 않다고 우리 둘 다 생각했다.

2.

대학을 졸업한 후 그녀의 인생은 전혀 예상하지 못했던 방향으로 흘러갔다.

물론 스물 몇 살에 인생의 방향을 정해봤자 그게 그대로 흘러갈 만큼 사는 게 만만한 일은 아니다. 그리고 실용성이라고는 약에 쓰려 해도 찾을 수 없는 애매모호한 문과 계통 전공으로 고만고만한 대학에서 졸업장 하나 받은 사람치고 그 전공과 딱 맞는 일을 하면서 예측 가능한 인생을 평탄하게 안정적으로 살아가는 사람은 거의 없다고 봐도 좋을 것이다.

내 친구도 그랬다. 졸업한 후에 그녀는 예술 계통으로 전공을 바꿔서 다른 학교에 편입을 했다. 그리고 교직 과정을 이수해서 교사 자격증을 땄다.

여기까지는 나도 알고 있었다. 예술 계통이라니 뜻밖이었지만, 선생님은 여러 가지 측면에서 흔히 말하는 대로 '좋은 직업'인 데다 그녀에게도 잘 어울린다고 생각했기 때문에 나는 그녀를 응원했다.

내가 몰랐던 것은 그녀가 졸업하고 선생님이 되지 않았다는 사실이었다. 두 번째 학교를 졸업하고 그녀는 예술 분야를 전문으로 다루는 좀 마이너한 잡지사에 취직을 했다. 일 년을 채 못 다니고 잡지사가 망했기 때문에 그녀는 다른 잡지사로 직장을 옮겼다. 그러나 이번에도 다닌 지 일 년이 좀 넘었을 때 잡지사가 또 망했다. 정확히 말하자면 재정난 때문에 다른 회사로 소유권이 넘어갔는데, 그러면서 잡지의 성격이 완전히 달라져버렸다. 그래서 그녀는 계속 다니라는 권유를 과감하게 뿌리치고 퇴직을 했다.

직장을 그만두고 그녀는 대학원에 들어갔다. 그리고 첫 직장을 다닐 때 만나서 사귀던 남자와 결혼을 했다. 그것이 사년 전의 일이다.

이후로 그녀의 인생은 제자리걸음을 하면서, 이야기를 들어보아 하니 조금씩 표류하는 중이었다. 대학원을 계속 다니고는 있지만 가까운 시일 내에 졸업할 가능성은 보이지 않았다. 정확히 말하자면 학위를 마쳐도 그 뒤에 어떻게 해야 할지 알 수 없어서 졸업을 미루는 것 같았다.

"사실 대학원도 내가 가고 싶어서 간 게 아니고 우리 엄마가 하도 성화를 해서 간 거야. 너도 알잖아, 나 학부 들어갔을 때부터 엄마가 박사, 박사 노래 부르신 거."

그녀의 어머니를 직접 만나본 적은 없지만, 이야기를 듣고 보니 어렴풋이 기억이 났다. 그녀가 조금 쓸쓸하게 웃으며 덧붙였다.

"부모님은 대학원만 졸업하면 곧바로 교수 되는 줄 아시지만, 너도 알다시피 현실은 그런 게 아니잖아."

그렇다고 잡지 일은 다시 하고 싶지 않고, 학교 선생님은 어떠냐는 내 물음에도 그녀는 지금 다시 시작하기엔 나이가 너무 많아서, 라고 중얼거리며 고개를 가로저었다.

사실 그녀가 정말 바라는 건 전업 예술가가 되는 일이라고
했다. 그러나 그렇게 되려면 재능보다도 인맥과 돈이 훨씬 더
중요하다는 것이 그녀가 내린 결론이었다.

"그런데 나는 양쪽 다 없잖아."

그녀가 다시 쓸쓸하게 웃으며 말했다.

나는 모호하게 고갯짓을 했다. 그녀는 눈을 내리깔고 커피
잔을 집어 들었다.

우리 둘 다 커피를 마시며 잠시 아무 말도 하지 않았다.

"참, 너 걔 소식 들었니?"

"누구 소식?"

그녀가 갑자기 물었기 때문에 나는 어리둥절했다.

"있잖아, 왜. 선이."

그녀가 커피 잔을 탁자 위에 내려놓으며 말했다. 나는 조금
멍청하게 입을 벌리고 고개를 주억거렸다.

"아, 선이……."

선이도 그녀처럼 나와 전공은 달랐지만 수업을 같이 들으
면서 친해진 친구였다. 그녀와 선이는 전공이 같았기 때문에,
그리고 솔직히 말해서 선이가 나보다는 그녀 쪽과 더 성정이
맞았기 때문에, 그녀와 훨씬 더 친했다. 그러나 4학년이 되면
서 선이는 돌연히 고시 공부를 하겠다고 선언하고는 책과 학

원에 파묻혀버렸고, 내가 유학을 가게 되면서 흐지부지 연락이 끊어졌다.

"예전에 일시 귀국했을 때 한 번 만났는데 그 뒤로는 소식 못 들었어. 넌 계속 연락해? 어떻게 지낸대?"

"그게…… 좀……."

말을 하다 말고 그녀는 입을 다물었다.

나는 예의상 조금 기다렸지만, 그녀는 다시 입을 열지 않았다. 그러면서 그녀는 점점 더 당혹스러운 얼굴이 되었고, 입을 열듯 말 듯하면서도 망설이고만 있었다. 궁금해서 더 참을 수가 없어졌기 때문에 나는 재촉했다.

"왜, 무슨 일인데?"

그녀는 대답 대신 주위를 둘러보고, 내 얼굴을 한번 쳐다보았다. 그리고 커피 잔을 들여다보면서 또 망설였다. 한번 더 재촉할까 하는 순간 고개를 들고 내 얼굴을 다시 쳐다보았다.

"저기, 너 다른 애들한테는 이런 얘기 안 할 거지?"

"왜, 무슨 얘긴데?"

나는 점점 더 흥미가 동했다. 그녀는 곤란한 표정으로 주위를 다시 둘러본 후에 한 번 더 다짐했다.

"진짜 이상한 얘기거든. 내가 얘기했단 말, 절대로 하면 안 돼."

"내가 어디 가서 얘기를 하겠어. 나 지금 동창들이랑 전부 연락 끊어진 지 오래됐어."

"그래? 하긴……."

그녀는 조금 안심하는 얼굴이 되었다. 또 고개를 숙이고 한동안 주저하다가 한숨을 푹 쉬더니, 고개를 들고 나를 보았다.

"정말이지 내가, 어디 가서 이런 얘기 할 데도 없고……. 그런데 혼자서 생각하면 할수록 너무 이상해서……."

그녀는 또 한숨을 푹, 내쉬었다. 그리고 이야기하기 시작했다.

3.

결론부터 말하자면 선이는 고시에 실패했다. 그 뒤로도 이런저런 '공부' 혹은 '준비'를 한다고는 했는데, 실질적으로 아무런 성과도 내지 못하고 언제나 뭘 하는지 모르게 지내고 있었다.

"이것저것 손댄 게 얼마나 많은데. 내가 아는 것만 해도 고시 그만두고 나서는 공무원 시험 준비하다가, 그것도 금방 때려치우더니 갑자기 공인중개사 시험을 보겠다고 했다가, 한 달도 못 가서 그만두더니 또 무슨 컴퓨터 아트 학원을 다니다가, 너 유학 가고 얼마 안 됐을 때는 갑자기 자기도 독일로 유학 가겠다고 독일어 학원도 다녔고, 그런데 그것도 아마 오래 못 갔을 거야. 유학 갔다는 소식은 못 들었거든."

어쨌든 매번 만날 때마다 '준비'하는 종목이 바뀌었기 때문에 그녀도 슬슬 걱정이 되었다. 뭐든 한 가지를 붙잡고 끝까지 해봐야 하지 않겠냐고 충고했지만 별 효과는 없었다.

"이렇게 눈을 초점 없이 크게 뜨고는, 마치 자기는 다른 일에 손댄 적 한 번도 없고 평생 지금 하는 거 한 가지만 붙들고 열심히 해왔는데 너 무슨 소리 하느냐는 얼굴로 멍하니 쳐다보는 거 있지. 친구로서 충고를 해주려고 해도 도대체 말이 통해야 말이지."

그녀는 잠시 생각하더니 가볍게 몸을 떨었다.

"게다가 그 멍한 얼굴이, ……지금 생각하니까 너무 소름 끼쳐서."

그녀는 고개를 흔들었다. 그러고는 이야기를 계속했다.

선이는 아주 어렸을 때 사고로 아버지를 잃었다. 선이의 어머니는 젊어서 과부가 된 이래 딸과 단둘이 지내왔고, 그래서인지 딸에게 몹시 집착하는 것 같았다. 학교 때도 선이는 저녁에 해만 지면 서둘러 집으로 돌아가곤 했다. 낮에도 같이 있다 보면 어머니에게서 몇 번씩이나 호출(휴대전화가 일상화

되지 않았던 시절이니까)이 오곤 했다. 선이 자신도 종종 불평은 했지만, 어쨌든 호출이 오면 고분고분 집에 전화를 하고, 미팅이나 술자리가 있어도 뿌리치고 해가 지면 어김없이 집으로 돌아갔다.

졸업한 후에도 그런 일은 계속되었던 모양이었다. 그녀가 선이와 만나서 밥을 먹거나 차를 마시거나 이야기를 하고 있을 때면 언제나 선이의 어머니에게서 전화가 왔다. 선이가 그녀와 함께 있다고 말한 뒤에는 반드시 그녀도 전화기에 대고 선이의 어머니에게 목소리를 들려드려야만 안심을 했다.

"나 같으면 애저녁에 돌아버렸을 텐데, 걔는 너무 익숙해져서 그런지 아니면 원래 엄마랑 친한 건지 짜증도 안 내더라. 엄마가 전화를 하면 고분고분 받아서 물어보는 대로 대답 다 하고, 엄마가 날 바꿔달라고 하면 또 고분고분 바꿔주는 거야."

친구의 어머니에게 매번 자신들의 위치와 활동내용을 신고하는 것도 고역이라면 고역이었지만, 원래 그렇다는 걸 오래전부터 알고 있었기 때문에 그녀는 크게 신경 쓰지 않았다. 그렇다고 선이의 어머니가 어떤 식으로든 그녀를 의심하는 것도 아니었고, 목소리를 들으면 언제나 무척 반가워하셨기 때문에 전화 통화 자체는 딱히 불쾌한 일도 아니었다.

"그렇게 딸한테 의존하는 게, 그때는 좀 불쌍했거든…….
그런데 그 어머니도 그렇고 선이도 그렇고, 둘 다 확실히 정
상이 아니더라고."

"왜, 무슨 일이 있었어?"

내가 물었다. 그녀는 당혹스러운 얼굴이 되었다.

"그러니까 무슨 일이 있긴 있었는데…… 어떻게 얘기해야
될지 잘 모르겠네…….."

그리고 그녀는 완연히 불편한 표정이 되어 이제는 다 식은
커피를 또다시 홀짝였다.

선이는 나이에 비해 어린애 같은 구석이 있었다. 조금만 친
절하게 대해주면 아무나 쉽게 믿었고, 언제나 주위에 사람이
있어야만 안심했다. 그런 면은 아마 어머니의 영향일 거라고
우리는 짐작했다. 그래서 선이가 갑자기 고시 공부를 하겠다
고 선언했을 때는 내가 아는 선이의 성격과 너무나 어울리지
않아서 나도 그녀도 무척 놀랐다.

선이는 고시 공부를 시작하면서 첫 일 년 정도는 연락을 완
전히 두절했다. 그러나 이 년째가 되었을 무렵에 다시 그녀에
게 연락을 해왔다. 그리고 그때부터는 이전과 똑같이 친하게
지냈다고 했다. 그녀가 두 번째로 들어간 학교를 다니던 무렵
이었다. 그때 선이는 예고도 없이 불쑥 그녀를 찾아와서 수업

들어가야 한다는 그녀에게 놀아달라고 조르기도 했고, 심지어 그녀를 따라서 전공 수업을 같이 들어간 일도 있었다. 실기 수업이었기 때문에 완전히 문외한인 선이는 수업 시간 내내 아무것도 하지 못하고 멍하니 옆에 앉아 있을 수밖에 없었다. 다행히 교수가 내쫓지는 않았지만, 그녀도 선이도 무척 창피했다고 했다.

"그래도 그때는 내가 학생이었으니까 상관없었지 뭐. 다른 애들은 다 졸업하고 바빠져서, 학부 때처럼 자주 만나서 같이 놀 만큼 한가한 사람도 별로 없었고……."

그녀는 다시 말을 멈추었다. 기계적으로 커피 잔을 집어 들었다. 이미 다 마신 것을 깨닫고는 곤란한 표정으로 빈 커피 잔을 내려다보았다.

"리필해달라고 할까?"

내가 물었다. 그녀는 고개를 저었다.

"아니, 괜찮아."

그녀는 눈살을 조금 찌푸린 채 빈 커피 잔 바닥을 들여다보았다. 그러다가 갑자기 다시 입을 열어 이야기를 이어 나갔다.

4.

그녀가 잡지사에 취직을 하면서 선이와는 잠시 사이가 멀어졌다. 선이는 여전히 전화도 자주 하고 회사 앞으로 찾아오기도 하면서 어떻게든 이전처럼 친하게 지내려고 했지만, 직장인이 된 그녀로서는 학생 때처럼 아무 생각 없이 선이가 원하는 대로 놀아줄 수 없었다.

"미안하기도 하면서, 한편으로는 부담스럽고 짜증이 나더라고. 대학 졸업했으면 사회인인데, 어쩌면 그렇게 마냥 어린애 같을 수가 있니?"

그래도 그녀와 선이는 어쨌든 친구였다. 그리고 선이만큼이나 그녀도 직장과 관계없이, 자유롭던 학생 시절처럼 만나서 수다를 떨고 맛있는 것을 먹고 같이 재미있는 일을 할 상대가 필요했다. 그래서 그녀와 선이는 주말에 만나곤 했다.

선이가 조금 이상하다고 그녀가 느끼기 시작한 것은 이 무렵이었다.

"딱 집어서 뭐가 잘못된 건 아닌데……. 그 왜, 있잖아. 그냥 기분이 안 좋은 거."

발단은 그러니까 옷차림이었다. 그녀의 직장은 옷차림이 자유로운 편이었지만, 그래도 처음 하는 직장 생활이고, 일 관계로 외부 사람을 만나야 할 때도 있어서 그녀는 가능한 한 정장에 가까운 차림을 하고 다녔다. 그런데 언제부터인가 선이가 자신의 옷차림을 따라 하고 있다는 사실을 깨달았다.

"그때가 아마 컴퓨터 학원 다니면서 자격증 시험 준비하다가 때려치우고 유학 가겠다고 독일어 학원에 다니기 시작했던 그 무렵일걸. 학원이야 뭐, 다들 자기 마음대로 하고 다니잖아. 선이도 학교 다닐 때처럼 그냥 아무렇게나 입고 다녔고."

여자들 사이에서는 이런 게 은근히 중요한 법이다. 그녀도 선이도, 그렇게 따지면 나도, 본래 옷차림이나 화장 등에 공을 들이는 성격은 아니었다. 애초에 서로 친해진 이유도 아마 꾸미지 않고 편하게 다니는 걸 선호한다는 면에서 취향이 잘 맞았기 때문이었을 것이다. 그녀가 취직한 지 얼마 안 되었을 때까지만 해도 선이는 언제나 똑같이 편한 옷차림으로 다녔다. 운동복 바지에 구겨진 티셔츠 차림으로 그녀의 회사 앞으로 오기도 했고, 그런 선이에게 그녀는 부럽다고 말한 적도 있었다. 그래서 갑자기 선이가 정장을 차려입고 직장인 같은 모습으로 나타났을 때 그녀는 내심 놀랐던 것이다.

"어디 좋은 데 가느냐, 혹시 소개팅 하느냐고 물어봤지. 그냥 농담이었어. 사실 선이 그렇게 꾸민 거 처음 봤는데, 굉장히 예뻤거든."

그녀가 더욱 놀라면서 동시에 기분이 나빠진 것은 선이의 반응 때문이었다. 평소 선이의 성격으로 보아 기뻐하거나 부끄러워하면서 똑같이 농담으로 받아칠 줄 알았는데, 선이는 정색을 하고 이렇게 말했던 것이다.

"학원 갔다 오는 길이라고, 스터디하고 사람 만나느라 피곤해 죽겠다는 거야. 그런데 그 말투가 왜, 회사원들이 예를 들면 영업 뛰느라 피곤해 죽겠다는 그 말투 있지? 딱 그거였어."

옷차림이나 겉모습뿐만이 아니라 말투도 표정도, 그녀가 아는 선이와는 전혀 다른 사람 같아서 그녀는 조금 섬뜩했다고 했다. 그리고 바로 며칠 전에 통화하면서 마감 때문에 피곤해 죽겠다고 불평했던 것이 생각나자 그녀는 더욱 기분이 나빠져버렸다.

"그날 선이 진짜 이상했거든. 계속 정색을 하고 앉아서 무슨 말을 해도 피곤하다느니 바쁘다느니 딱딱거리기만 하고. 사람이 완전히 달라진 것 같았어."

그다지 기분이 좋지 않은 채로 헤어지면서 그녀는 자신이 직장인인 데 비해 선이는 아직까지 진로가 정해지지 않았기 때문에 뭔가 열등감이라도 느끼는 모양일 거라고 해석하고 더 깊이 생각하지 않았다. 그러나 그 뒤로도 선이를 만날 때마다 비슷한 상황이 벌어졌다.

 "매번 만날 때마다 옷차림만이 아니고 신발이랑 화장이나 머리 모양까지, 바로 그 전번에 만났을 때 내가 했던 차림이랑 거의 똑같이 하고 나타나는 거야. 그러면서 내가 만나기 바로 직전에 전화로 했던 얘기를 자기 버전으로 바꿔서 똑같이 되풀이해. 내가 이번 호 마감 무사히 끝내서 다행이라고 하면 그다음에 만났을 때는 자기 이번 시험 무사히 끝내서 다행이라고 하고, 기삿거리가 없어서 고민이라고 하면 자기도 '아르티켈'을 써서 학원에 '넘겨야' 하는데 소재가 없어서 고민이라는 거야. 그게 작문 숙제지 무슨 아티클이니?"

 가장 어이가 없었던 것은 원고 청탁 이야기를 하고 며칠이 지났을 때 선이가 함께 스터디하는 사람들에게 '발제를 청탁' 했다고 말한 것이었다. 그 말을 듣고 그녀는 하마터면 소리 내어 웃어버릴 뻔했다. 그러나 선이는 어디까지나 정색을 하고, 아무렇지도 않게 대화를 이어 나가는 것이었다.

 "처음에는 얘가 날 놀리나 싶었는데, 아무리 봐도 너무 진지한 얼굴로 그런 말을 하는 거야. 그게 정말로 자기 생활이라고 믿는 것 같았어. 그러니까 그 왜 있잖아, 자기도 나처럼 원고 쓰고 마감하고, 뭔가 아주 중요한 일을 매일매일 하고 있다는 그런 얼굴로 얘기하는 거야."

선이가 자신이 쓴 '쿤슈트'에 대한 '아르티켈'을 읽어달라고 그녀에게 보내기 시작한 것도 그 무렵이었다.

"쿤슈트가 뭐야?"

"독일어로 예술이래."

"너한테 독일어로 쓴 걸 보냈다고? 그걸 무슨 수로 읽어?"

"한국어 번역 붙여서 보내더라."

선이의 '아르티켈'은 그녀의 평가에 따르면 중학생의 작문 수준이었다. 배운 지 얼마 안 되는 외국어로 쓴 것을 다시 한국말로 옮겼으니 어찌 보면 당연했다. 곤란해진 그녀가 아무런 답변도 하지 않자 선이는 다른 잡지에도 투고를 했다. 그러다가 어느 잡지였는지 채택이 돼서 독자 투고란에 한번 실렸다.

"선이 말로는, 담당 기자하고 통화를 했는데 자기더러 독일에서 유학했냐고 물어보더라는 거야. 내가 보기에는 그쪽에서 그냥 의례적으로 물어본 것 같은데, 선이는 정말 진지하게 기뻐하면서 자기 실력을 인정받았다고 생각하더라고."

그 뒤에도 선이는 여기저기 몇 번 더 투고를 했던 모양이지만, 채택된 경우는 없었다.

이런 일들을 겪으면서 그녀는 선이가 점점 더 불편해졌다. 또 마침 그 무렵에 연애를 시작했기 때문에, 선이와는 점차 만나지 않게 되었다.

5.

"그게 끝이야? 그 뒤로 연락 안 해?"

그녀는 대답 대신 눈살을 찌푸렸다. 그리고 카운터를 향해 손을 들었다.

"여기요."

종업원이 다가오자 그녀는 리필을 부탁했다. 종업원이 커피 잔을 가지고 사라진 뒤에도 그녀는 한동안 아무 말도 하지 않았다.

"왜, 무슨 일인데?"

종업원이 리필된 커피를 가지고 돌아올 때까지도 그녀는 아무 말도 하지 않았다. 눈살을 찌푸린 채로 탁자를 내려다볼 뿐이었다. 그러다가 뜨거운 커피를 한 모금 마시고는 다시 입을 열었다.

선이는 그 뒤로 몇 년간 연락하지 않았다. 그사이에 그녀는 두 번째 직장을 그만두었고, 대학원에 들어갔고, 결혼을 했다. 선이는 결혼식에도 오지 않았다.

"사실은 내가 일부러 안 불렀어. 그 전에 이상하게 굴던 거 생각하면 결혼식장에 와서 무슨 짓을 할지 좀 불안했거든. 나랑 똑같이 웨딩드레스라도 차려입고 나타나면 큰일이잖아?"

그래도 미안한 마음이 없지는 않았기 때문에, 그녀는 선이
가 혹시 다른 친구들에게라도 연락받고 나타나지 않을까, 반
쯤은 걱정하고 반쯤은 기대했다. 그러나 선이는 나타나지 않
았다. 그녀가 결혼한 후에도 한동안은 아무 소식도 듣지 못
했다.

"그러다가 갑자기 전화가 왔어. 아마 재작년쯤 됐을 거야."

화면에 나타난 것은 모르는 번호였다. 무심코 받았는데, 상
대방은 천천히 무겁게 숨을 몰아쉬면서 아무 말도 하지 않았
다. 그래서 그녀는 변태의 장난전화라고 생각하고 화를 내며
전화를 끊었다. 잠시 후에 다시 전화가 왔지만 그녀는 받지
않았다. 그리고 십 분쯤 더 지나서 이번에는 집으로 전화가
왔다.

"그때가 저녁이었는데, 나 집에 혼자 있었거든. 갑자기 전
화벨이 울려서 깜짝 놀랐어. 그런데 설마 그 전화가 그 전화
일 줄은 모르고 그냥 받았지."

수화기 저편에서 들려온 것은 이번에도 천천히 무겁게 몰
아쉬는 숨소리였다.

"등줄기에 소름이 쫙 끼치더라고. 그 숨소리도 기분이 나빴
지만, 저녁이라 해 떨어지고 어둑어둑할 땐데 휴대전화도 아

니고 집으로 그런 이상한 전화가 오면 진짜 무섭잖아."

그래도 그냥 끊으면 계속 전화가 올 것 같아서, 그녀는 경찰에 신고하겠다거나 하는 의례적인 맞대응이라도 해주려고 떨리는 목소리를 가다듬어 입을 열었다. 그러나 그녀가 뭐라고 말하기 전에 수화기 저편에서 들려온 것은 선이의 목소리였다.

"자기 지금 많이 아프니까, 보러 와달라는 거야……. 입원했다고, 병원 이름이랑 입원실 번호 가르쳐주더라. 어디가 어떻게 아픈지 물어봐도 대답도 안 하고, 다 죽어가는 목소리로 꼭 만나러 와달라고, 그 소리만 되풀이하는데……."

연락이 끊어진 지 몇 년이나 되었고, 그렇게 되기까지의 정황이 그다지 유쾌하지 않았던 것은 사실이었다. 그러나 오랜만에 전화해서 아프니까 만나러 와달라고 부탁하는 친구의 꺼져가는 목소리를 듣자 그녀는 어쩐지 눈물이 났다.

"그래서 당장 가겠다고, 조금만 기다리라고 그랬거든. 그랬는데……."

그녀는 잠시 말을 멈추고 주저했다.

"그런데, 전화 끊기 전에 선이가 이상한 소리를 하더라고."

"뭔데?"

"와서 자기 좀 데리고 나가달래."

"그렇게 아픈데 어떻게 데리고 나가?"

"모르지. 그때야 그냥 얘가 너무 아파서 헛소리를 하는구나 싶었지."

"선이가 너네 신혼집 전화번호는 어떻게 알았대?"

내 질문에 그녀는 한순간 공포에 질린 표정이 되었다.

"몰라."

어쨌든 그녀는 부랴부랴 과일을 조금 사서 병원으로 향했다.

도착했을 때는 해가 완전히 지고 주위가 깜깜해져 있었다. 면회 시간이 끝나지 않았을까 걱정했지만, 병실로 올라가는 그녀를 아무도 붙잡지 않았다.

엘리베이터에서 내린 그녀는 처음에 방향을 잘못 잡아 반대쪽으로 한참이나 갔다가 복도 거의 끝까지 가서야 잘못 왔다는 것을 깨닫고 돌아서서 또 한참을 걸어야 했다. 다시 아까 내렸던 엘리베이터 앞에 도달해서야 그녀는 자신이 왜 본능적으로 반대쪽을 향했는지 깨달았다. 그녀가 가야 하는 방향, 그러니까 엘리베이터를 내려서 오른쪽 복도는 조명이 반쯤 꺼져서 어둠침침했던 것이다. 반대쪽 복도는 병원답게 형광등이 심하다 싶을 정도로 환히 켜져 있었는데, 이쪽은 거기에 대비되어 더 어두워 보였다. 그래도 자신이 찾는 병실이 이쪽에 있었기 때문에, 그녀는 침침한 복도에 서서 불안하게 깜빡이는 전등 불빛에 의지하여 병실 문 옆에 붙은 방 번호를 하나씩 확인하며 천천히 나아갔다.

선이가 알려준 병실은 복도 끝에 있었다. 미닫이문에 달린 조그만 창문으로 들여다보이는 방 안은 깜깜했다. 자는 걸까 싶어서 돌아서려다가, 선이가 그렇게 간절하게 전화했는데, 들고 온 과일이라도 두고 가서 자기가 다녀갔다는 흔적 정도는 남기는 것이 낫겠다고 생각을 바꾸었다. 그래서 그녀는 가능한 한 소리를 내지 않으면서 조심스럽게 미닫이문을 열었다.

복도가 어둠침침했다면, 방 안은 마치 검은 천이라도 덮어씌운 것 같은 완전한 암흑이었다. 안에 들어서자 아무것도 보이지 않아서 그녀는 한동안 문가에 서 있었다. 어느 정도 어둠이 눈에 익고 나서 그녀는 천천히 발소리를 죽이며 침대로 다가갔다.

선이야, 자니, 하고 불러보려는 순간, 그녀는 침대 위에 사람 크기 정도의 뭔가 거무스름한 덩어리 같은 것이 올라앉아 있는 것을 보았다. 그와 함께, 선이에게 전화가 왔을 때 수화기 너머에서 들려오던 무겁고 깊은 숨소리를 다시 들었다. 그리고 그 숨소리가 날 때마다 침대 위의 검은 덩어리는 앞뒤로 조금씩 천천히 흔들렸다.

너무 놀라서 그녀는 소리도 내지 못하고 못박인 듯 그 자리에 우뚝 서 있었다. 거무스름한 덩어리는 계속해서 힘겨운 숨소리를 내면서 앞뒤로 조금씩 움직였다. 한참이었는지 아주 잠깐이었는지, 얼마인지 모를 시간 동안 그렇게 침대 옆에 움직이지 못하고 서 있다가 그녀는 그 검은 덩어리가 기다란 혀를 내밀어 침대에 누운 사람을 핥고 있다는 것을 깨달았다. 혀를 내밀어 침대에 있는 사람을 휘감을 때와 감았던 혀를 거두어들일 때 검은 그림자의 몸체는 앞뒤로 흔들렸다. 그리고 검은 그림자의 혀가 들고날 때마다 침대에 누운 사람은 고통스러운 듯 힘겨운 숨소리를 냈다. 검은 덩어리가 혀를 빨아들였을 때, 언뜻 침대에 누운 사람의 얼굴이 눈에 들어왔다.

"선이야."

그녀가 자기도 모르게 불렀다.

"선이야, 괜찮아? 어떻게 된 거야?"

검은 덩어리와 침대에 누운 사람이 동시에 그녀를 돌아보았다.

"……명이야."

선이가 그녀의 이름을 대답해 불렀다. 수화기 너머에서 들려왔던, 꺼져가는 목소리였다.

"명이야…… 나 좀 살려줘……."

"어떻게 된 거야? 너 왜 이렇게 됐어?"

대답 대신 선이는 그녀를 향해 팔을 뻗었다. 칠흑 같은 어둠 속에서, 사람의 팔이라고는 믿을 수 없을 정도로 빼빼 마른 막대기 같은 것이 침대에서 자신을 향해 가늘게 떨리면서 뻗어오는 모습을 그녀는 보았다.

"제발, 나 좀, 데리고, 나가줘……."

선이가 속삭였다.

그녀도 무심코 손을 내밀어 선이의 손을 잡으려 했다. 그러나 그 순간, 그녀는 자기 쪽을 돌아본 침대 위의 검은 덩어리가 머리(그 부분을 머리라고 가정한다면)를 점점 가까이 기울이는 것을 보았다.

검은 덩어리가 입을 벌렸다.

"어머, 명이 왔니?"

그 입에서 흘러나온 것은 전화로 몇 번이나 들었던 선이의 어머니 목소리였다.

목소리는 몇 년 전과 다름없이 상냥하고 사근사근했다. 시각과 청각의 괴리에 너무나 충격을 받아서 그녀는 아무 말도 할 수 없었다.

"선이 문병 왔구나? 고마워서 어쩌나? 저런, 뭘 또 그렇게 사왔어?"

검은 덩어리의 머리(일 것 같은 부위)가 조금 더 가까이 다가왔다. 그녀는 살그머니 한 발을 뒤로 빼서 약간 뒷걸음질쳤다.

"그렇게 서 있지 말고 앉아, 앉아. 과일 사왔구나? 무겁지? 이리 줄래?"

그와 함께 선이를 핥던 혀가 그녀 쪽으로 뻗어왔다.

"그래서 어떻게 했는데?"

그녀는 들고 있던 과일 봉지를 떨어뜨렸다. 그리고 그대로 돌아서서 도망쳤다.

그녀가 선이를 본 것은 그때가 마지막이었다.

6.

이야기가 끝난 후에도 우리는 한동안 아무 말도 하지 않았다. 각자 커피 잔을 들여다보며 생각에 잠겨 있었다.

그러다가 내가 먼저 입을 열었다.

"나 사실은 작년에 선이 만났어."

"뭐? 진짜?"

그녀가 입에서 커피 잔을 떼고 고개를 휙 들어 나를 보았다. 놀랐다기보다 겁먹은 얼굴이었다.

"어땠어? 아무 일 없었어? 선이, 어때 보였어?"

"별로 안 좋았어."

내가 중얼거렸다. 그녀가 재차 물었다.

"왜, 선이 계속 아프던? 병원에 있었어?"

"아니, 그건 아닌데……."

학부 때부터 계속 쓰던 메일 주소로 어느 날 갑자기 메일이 왔다. 다분히 횡설수설이라 무슨 말인지 잘 알 수 없었지만 내 나름대로 요약해본 바, 요즘 힘들고 우울하다, 그냥 생각나서 한번 메일 보내본다는 이야기인 것 같았다. 마침 내가 한국에 있을 때였기 때문에 또 그 '호기심 반 감상 반'이 발동하여 만나자는 답장을 보냈고, 그리하여 나는 선이와 만났다.

겉보기에 선이는 대학 때와 그다지 변한 점이 없었다. 다만 내 기억 속의 모습보다 많이 말라서 홀쭉해 보였다. 그러나 자리를 잡고 앉아서 '어머, 진짜 오랜만이다. 잘 지냈어?' 등의 인사라기보다 감탄사에 가까운 말로 서로 반가워 어쩔 줄 모르는 단계가 지나고 나자 눈앞에 앉은 사람이 대학교 때 내가 알던 그 선이가 아니라는 사실이 차츰 명백해지기 시작했다.

"왜, 오랜만에 만나면 보통은 서로 그동안 뭐 하고 지냈는지 그것부터 얘기하잖아. 그런데 선이는 계속, 난 앞으로 뭘

할 거고, 앞으로 이것도 할 거고 저것도 할 거고, 그런 얘기만 계속 하더라고."

오랜만에 만난 친구의 미래 계획을 듣는 것도 그 자체로는 나쁘지 않았을 것이다. 그러나 선이는 앞에 앉은 내가 아니라 자기 손을 내려다보면서 서로 연속성도 공통점도 없는 여러 가지 계획을 두서없이 늘어놓았다. 나는 혼란스러워지기 시작했다.

"그래서 내가 뭐부터 먼저 하고 싶냐고 물어봤거든. 그랬더니 나를 이렇게 흘끗 보고는 나도 유학 갈 거야, 나도 외국 가서 공부할 거야, 나도 외국 가서 유학할 거야, 이렇게 똑같은 말을 계속 되풀이하잖아."

돌연히 이야기의 방향이 바뀌어서 나는 더 당황했다. 그래도 장단을 맞춰주기 위해 뭘 공부할 건지, 어디로 갈 예정인지를 물어보았다.

"그랬더니 또 갑자기 자기 엄마 얘기를 하는 거야. 엄마가 유학 보내준댔어, 엄마가 대학원 보내준댔어, 엄마가 고시 공부도 붙을 때까지 다 도와준댔어, 계속 그러더라고. 그때는 서른이 한참 넘은 다 큰 어른이 말끝마다 엄마, 엄마 하는 것만 이상하게 생각했는데, 네 얘기 듣고 나니까 좀 이해가 된다."

'엄마'라는 말에 그녀는 다시 겁먹은 얼굴로 나를 쳐다보았다.

"……혹시 전화도 왔어?"

나는 고개를 끄덕였다.

"너한테도 바꿔주고?"

나는 다시 고개를 끄덕였다.

그녀는 가볍게 진저리를 치며 들고 있던 커피 잔을 탁자 위에 내려놓았다. 그녀의 표정을 보고 내가 달랬다.

"그냥 별일 없었어. 걔네 엄마가……."

"됐어, 그만해."

그녀가 손사래를 치며 소리쳤다. 공포와 혐오감으로 굳어진 그 얼굴을 보고 나는 입을 다물었다.

"선이, 앞으로는 연락하지 마. 그게 좋을 거야."

그녀가 한참이나 굳은 표정으로 커피 잔을 들여다보다가 말했다.

7.

남은 시간 동안 우리는 애써 화제를 돌려 다른 친구들에 대해 이야기했다. 잘 풀린 사람도 있었고, 소식을 모르게 된 사람도 있었다. 한 가지 놀랐던 점은, 삼십 대 중반을 달리는 나이에도 여전히 이것저것 '준비'만 하면서 인생의 가닥을 잡지 못하는 사람이 동기 중에 의외로 많다는 사실이었다.

"전에는 그런 얘기 들으면 그러고 사는 애들이 한심했는데, 이제는 세상이 뭔가 잘못됐다는 생각이 들어. 우리가 막 큰 걸 바란 게 아니잖아? 서른이 넘으면 어쨌든 직장이 있고, 결혼해서 아이가 있고, 안정된 생활이 있고, 그럴 거라고 생각했는데…… 그런데 고작 그거 이루기가 왜 이렇게 힘드니. 아주 약간 다르게 사는 게 뭐가 그렇게 큰 죄라고? 대체 어디서부터 엇나간 걸까?"

그녀는 무기력한 자조의 웃음을 띠었다.

"나만 해도, 직장 두 군데 다녔는데 둘 다 경력 될 만한 기간도 못 채웠고, 대학원에 이름은 걸어놨지만 졸업이나 제대로 할지 모르겠고……"

"그래도 넌 결혼을 했잖아. 그것만 해도 크게 한 가지는 이룬 거 아냐?"

내가 위로했다. 그녀는 다시 쓴웃음을 짓더니, 마치 기다렸다는 듯 털어놓았다.

남편과 그녀는 겉보기에는 무난하게 결혼 생활 사 년차에 접어들었지만, 실상은 눈에 띄지 않게 조금씩 소원해지는 중이었다. 가장 큰 원인은 아기를 가지라는 주위의 압박이었다.

"시댁이나 친정이나, 어른들 눈으로 보기에는 취직을 해서 어딜 매일 다니면서 돈을 벌어오지 않으면 다 노는 거잖아. 대학원 다니면서도 계속 아르바이트하고 내 나름대로는 노력을 하는데, 어른들은 남편 등골 빼서 놀고먹는 줄 알아. 그러면서 계속 무위도식하지 말고 한 살이라도 젊을 때 빨리 애를 낳으라는 거야. 시댁이랑 친정 양쪽에서 달달 볶아서 아주 노이로제 걸릴 지경이야."

그녀는 한숨을 쉬었다.

"그런데 애를 나 혼자 낳는 게 아니잖아. 남편이 애라고 하면 무슨 돈 먹는 기계쯤으로 생각하거든. 아이 얘기 꺼낼 때마다 펄쩍 뛰면서 지금 우리 살림에는 절대로 안 된대. 근데 남편 혼자 출판사 다니는 월급 가지고는 앞으로도 무슨 떼돈 버는 수가 생길 것 같지도 않고……."

"너는 어떤데? 아이, 갖고 싶어?"

내가 물었다. 그녀는 시선을 피하며 말끝을 흐렸다.

"글쎄……. 그렇지만 남편이 저 모양인데, 내가 갖고 싶다고 애가 저절로 생기는 것도 아니고……."

"그래도, 아이를 낳아도 결국은 네가 낳는 거고, 대학원도 결국은 네가 다니는 거니까, 네가 하고 싶은 대로 해야. 네가 원하는 쪽으로 결정해서 밀고 나가는 게 너한테는 최선

아닐까?"

그녀는 다시 무기력한 자조의 웃음을 지었다.

"너 진짜 순진한 소리 한다. 사는 게 그렇게 자기가 마음먹은 대로 되니?"

"마음먹은 대로 된다는 게 아니라, 최소한 자기가 원하는 게 뭔지는 확실히 알아야……."

그러나 그녀는 말을 끝까지 마칠 기회를 주지 않았다.

"네가 결혼도 안 하고 외국에서 오랫동안 혼자 살아서 세상을 잘 몰라서 그러나 본데, 마음먹는다고 생각대로 다 될 정도로 사는 게 그렇게 쉬운 일 아니다, 너. 다들 좀 부족해도 적당히 맞추고 포기하고 타협해 가는 거야."

포기하거나 타협하지 말라는 얘기가 아니었는데, 라고 입을 열려고 했지만, 이번에도 그녀는 말할 틈을 주지 않았다. 대신 화살을 내게 돌렸다.

"그런데 넌 요즘 뭐 해? 어디 강의 나가?"

"아니. 나 그냥 백수야."

"어머, 왜? 학교에서 강의 안 줘?"

"학교에서 내가 귀국한 거 몰라."

학부 졸업하고 곧바로 떠나서 내내 아무 연락 없다가 십 년 만에 갑자기 나타나서 일자리를 구걸한다는 게 보통 배짱으로 할 수 있는 일은 아니다. 그래서 나는 아직 귀국한 지 얼마 안 된 것을 핑계로 미적미적 미루면서 망설이고 있었다.

그녀는 눈을 동그랗게 떴다.

"그럼 지금이라도 교수님들한테 인사 다녀야지? 네가 한국 학교 사정을 잘 몰라서 그러나 본데……."

그리하여 나는 그녀에게 한국의 대학원 상황에 대한 강의를 잔뜩 들었다. 그리고 이어지는 질문은 예측 가능하게도 사귀는 사람이 있느냐는 것이었다.

"내가 누구 좀 소개해줄까? 너 설마 어렸을 때처럼 외모니 조건이니 따지는 건 아니지? 결혼이야말로 자기 마음먹기 나름인 거야. 해야겠다고 마음을 먹어야지, 결심 안 하면 평생 결혼 못 한다."

딱히 결심할 생각이 없는데, 라고 우물우물 대답하려 했으나, 그녀가 다시 말을 가로막았다.

"지금은 네가 잘 모르겠지만, 기왕 귀국했으니까 남자도 열심히 만나보고 적당한 사람 보이면 얼른 붙잡아서 더 늦기 전에 빨리빨리 가. 이미 한참 늦었는데 완전히 퇴물 되는 거 순식간이다, 너."

어린아이를 타이르는 말투로 진지하게 충고하는 그녀의 표정과 목소리에는 어째서인지 당사자인 나보다도 더 절박한

구석이 있었다. 그래서 나는 잠자코 고개를 끄덕였다.

8.
고향에 고향에 돌아와도
그리던 고향은 아니러뇨.

집으로 향하는 전철 안에서 창밖을 바라보면서 나는 생각했다.

작년에 만났을 때, 선이는 헤어지기 직전에 나를 보면서 이렇게 말했다.

"다시 만날 수 있지? 다음번엔 우리 어디 여행 가자."

그 순간만큼은 내가 알던 대학교 때의 선이로 돌아간 것 같았다. 선이는 눈을 반짝이며 내 손을 꼭 쥐었다.

"우리, 여기 떠나서 어디 멀리 가자."

그러나 그때 나는 출국을 해야 했다. 떠난다고 전화했을 때 선이는 다시 그 생기 없는 목소리로, 나도 유학 갈 거야, 나도 외국 갈 거야, 엄마가 보내준댔어, 라는 말만 되풀이했다.

선이에게 전화라도 해볼까, 생각하면서 나는 전화기를 꼭 쥔 채로 앉아서 멍하니 전철 창밖을 바라보았다. 그녀에게 들은 이야기가 사실이라면 선이를 어떻게든 구해낼 수 있을 가능성은 거의 없어 보였다. 무엇보다도, 그러기 위해서 내가 뭘 해야 할지 알 수 없었다. 나는 괴물과 싸우는 용사가 아니다. 그리고 선이를 구해낸다 해도, 이곳을 떠난다 해도, 달리 갈 데가 없었다.

내가 할 수 있는 일은 아무것도 없다. 기분 나쁜 상황은 피하는 게 상책이다…….

전화기를 들여다보며 계속 망설이다가, 나는 통화 버튼을 눌렀다.

신호가 가는 소리를 들으면서 지금이라도 빨리 끊는 편이 좋지 않을까 계속 망설였다. 신호음은 오랫동안 끈질기게 울렸고, 나는 오랫동안 끈질기게 망설였다.

그리고 돌연히 누군가 전화를 받았다.

"……선이야? 선이니?"

상대가 아무 말도 하지 않았기 때문에, 내가 먼저 물었다.

"……윤이야……"

마치 강 건너에서 외치는 소리가 바람결에 전해지듯이, 그렇게 작고 희미한 목소리가 내 이름을 불렀다.

"선이야? 여보세요?"

"윤이구나? 어머나, 이게 얼마 만이니? 귀국했나 보네? 아주 온 거야?"

전화기 저편에서 갑작스럽게 기운찬 목소리가 들려왔다.

말투는 선이보다 선이 어머니 쪽에 가까웠다. 목소리만으로는 누구인지 짐작할 수 없었다.

그대로 전화를 끊어버리려다가, 나는 심호흡을 하고 목소리를 가다듬고 대답했다.

"저기, 여보세요? 어, 죄송하지만, 선이 전화죠? 선이랑 통화하고 싶은데요."

"어머, 어쩌나. 선이 지금 전화 못 받는데?"

나는 손으로 전화기를 가리고, 통화구에 입을 바짝 대고 조용히 속삭였다.

"선이, 바꿔주세요."

전화기 저편에 잠시 침묵이 흘렀다. 마침내 누구인지 알 수 없는 목소리가 대답했다.

"선이, 이제 여기서 못 나간다. 앞으로 연락하지 마라."

그리고 전화는 끊어졌다.

9.

방금 일어난 일을 믿을 수 없어서 나는 전화기의 조그만 화면을 멍하니 들여다보았다. 하얗게 밝았던 화면은 설정된 시간이 지나자 곧 까맣게 죽어버렸다. 다시 전화했지만, 아무도 받지 않았다.

나는 다시 통화 버튼을 눌렀다. 전철에서 내려야 하는 순간까지, 공허한 신호음이 계속 새어 나오는 전화기를 귀에 대고 있었다.

나이 먹는 게 원래 그런 거다, 사는 게 원래 그렇다는 말만은, 어쩐지 아무래도 받아들일 수가 없었다.

내일의
어스름

＊2011년 환상문학웹진 〈거울〉 게재
＊2013년 단편집 《왕의 창녀》(온우주) 수록

사이비 종교의 형태에는 여러 가지가 있을 수 있지만 그 근본은 모두 같다. 가장 중요한 특징은 보통 사람을 신으로 섬긴다는 것이다. 여기에서 파생되는 또 한 가지 특징은 신도들을 사회적으로 고립시키고 경제적으로 파탄에 이르게 한다는 것이다. 이렇게 되면 정상적인 사회생활이 불가능해진 신도들은 더욱더 사이비 종교와 사기꾼 교주에게 매달릴 수밖에 없다. 그리고 매달릴수록 정상적인 사회생활은 불가능해진다. 악순환이다.

그들은 세상이 끝날 것이라 했다. 벌써 이십 년 전의 이야기다.

그리고 내 부모는 그들을 믿었다.

교주는 두 명이었다. 남자는 자신을 '천존상제', 즉 옛날이야기에 나오는 옥황상제의 현신이라고 했다. 여자는 그 아내인 '천상선녀'라 했다.

두 사람이 정말로 부부였는지는 알 수 없다. 정상적인 부부 사이에서 남편이 수없이 많은 다른 여자들과 정기적으로 잠자리를 하는 것을 알면서 허용할 뿐더러 심지어 권장해주다 못해 일정표까지 짜주는 아내란 상상하기 힘들기 때문이다. 그러나 다시 생각해보면, 자신들이 옥황상제와 선녀의 현신이라고 믿는 미치광이들인데 무슨 짓인들 못하랴 싶기도 하다.

내 부모가 그들을 믿은 이유는 평범했다. 인간은 약하고 인생은 종종 지나치게 무거우며, 누구에게나 마음을 기댈 곳이 절실히 필요할 때가 있기 때문이다. 우선은 외할아버지가 중풍으로 쓰러졌다. 그리고 아버지가 아주 오랜 기간 친하게 지냈던 선배에게 사기를 당해 집안 재산을 전부 날렸을 뿐만 아니라 거액의 빚까지 졌다. 내 부모로서는 각자 세상이 이미 무너졌다고, 혹은 무너져 가고 있다고 느꼈을 것이다―그것도 서서히, 가장 가혹하고 견디기 힘든 방식으로. 차라리 모두 다 함께 세상의 끝을 향해 웃으면서 절벽으로 행진하고 있다고 믿는 편이 더 위안이 되었을지도 모른다. 그런 상황에서, 아무라도 그 절벽의 끝에서 붙잡아주겠다고 하는 사람이 나선다면, 구세주로 보였을 수도 있다.

거기까지는 나도 이해할 수 있다. 내가 이해하지 못하고 이해할 의향도 없는 것은 다른 부분이다.

천존상제와 천상선녀는 삼생, 즉 전생, 현생, 내생을 지배한다고 했다. 현생에서 천존상제와 천상선녀를 만나 '가르침'을 받고 '은혜'를 입은 사람들은 전생에서부터 덕업을 쌓아 인연이 이어져 선택받았기 때문이며, 현생에서도 두 교주를 잘 모시면 내생에 다시 그 은덕을 입게 되리라 했다. 더구나 현생은 이제 끝날 날이 얼마 남지 않았고, 그 이후에는 영원한 내생만이 이어질 것이니 지금부터라도 교주 부부를 신으로 받들어 복덕을 쌓지 않으면 현생의 종말이 찾아와 모든 것이 무너져버린 뒤에 빠져나올 수 없는 무저갱의 어둠 속에서 영구히 헤매어 다니게 될 것이라고 그들은 말했다. 국민학교(그때는 국민학교였다) 4, 5, 6학년에 해당하는 삼 년이라는 시간 동안 매일같이 하루에도 몇 번씩 귀에 못이 박이도록 들었던 이야기다. 이십 년이 더 지난 지금도, 필요하다면 그대로 외울 수 있다.

나는 어째서 다니던 학교를 그만두고 이런 이야기들만 매일같이 외워야 하는지 이해할 수 없었다. 물론 처음에는 재미있었다. 어쨌든 나는 아이였으니까. 학교를 가지 않아도 되는 것이 기뻤고, 지루한 교과서 대신 처음 들어보는 옛날이야기들을 온종일 듣는 것도 즐거웠다. 그러나 곧 친구들이 그리워졌고, 선생님도 보고 싶었다. 넓은 강당에 수십, 수백 명이 거적 같은 이부자리를 깔고 자고 식당에서 공동으로 형편없는 음식을 먹어야만 하는 생활은 며칠 만에 질려버렸다. 부모님과 함께 사는 집이 있고 내 방이 있었던 때가 그리웠다. 휴일도 주말도 휴식 시간도 없이 밥 먹는 시간과 최소한의 수면 시간만 빼면 언제나 딱딱하고 차가운 바닥에 꿇어앉아 교주의 말씀을 읽고 '치성'을 드리는 일과가 참을 수 없이 지겨웠다. 평일에는 학교를 가고 동네 아이들과 함께 학원을 다니고 주말이면 엄마와 함께 텔레비전을 보고 아빠와 손잡고 나들이 가기도 하던 안정된 일상으로 돌아가고 싶었다.

이런 이야기를 하면 부모님은 나를 때렸다. 모든 사람들이 지켜보는 강당에서 부모님에게 큰 소리로 야단을 맞으며 함부로 얻어맞는다는 것은 어린아이의 마음에도 굉장한 모욕이었다. 그리고 그런 후에는 언제나 '선생님'이라는 사람들이 나를 데려다가 '반성'할 때까지 어두운 방에 가두었다.

그러나 내가 금방 적응해서 고분고분해진 결정적인 이유는 이런 처벌 때문이 아니라 영양 부족과 수면 부족 때문이었던 것 같다. 공동 식당에서 배급해주는 음식은 맛이 없을 뿐만 아니라 양도 질도 밑바닥이었다. 바짝 메마르고 냄새가 나는 밥에 멀건 국물이 거의 전부였다. 그런 식사를 하루에 두 번, 어떨 때는 한 번만 할 때도 있었다. 그리고 '하늘이 열리는' 시간에 맞추어 '치성'을 드리기 위해 한밤중에도 자다 말고 몇 번씩이나 벨을 울려 사람들을 모두 깨웠다. 10시에 취침했다가 12시에 깨서 '치성'을 드리고, 1시에 다시 잤다가 새벽 4시에 또 일어나서 '치성'을 드리고, 다시 조금 잔 뒤에 해가 뜨는 시각에 맞추어 '치성'을 드린 후 하루 일과를 시작하는 것이 기본이었다. 그곳에서 지낸 시간이 길어져 부모님이 어느 정도 '복덕'을 쌓은 후에 음식은 조금 나아졌고 세 끼를 다 먹을 수 있게 됐지만 수면만은 언제나 부족했다. 그런 날들이 이어지다 보니 나는 얼마 지나지 않아서 언제나 반쯤 몽롱한 상태가 되어버렸다. 부모에게 반항하기는커녕 이전의 생활이 어땠는지, 아니 지금 여기가 어디이고 내가 무엇을 하고 있는지조차 잘 파악할 수 없게 되었다. 할머니가 그곳에서 나를 데리고 나가던 날도 나는 그렇게 몽롱한 상태였다.

그날 낮에 나는 초경을 시작했다. 다리 사이에서 이유 없이 피가 흘러나왔지만 그게 무엇인지 알지도 못했고 그다지 무섭지도 않았다. 다만 닦아도 닦아도 멈추지 않아서 어머니에게 말했다. 그러자 어머니는 순간적으로 몹시 어두운 표정이 되었다.

저녁 식사 시간에 어머니와 아버지는 뭔가 심각한 대화를 나누었다. 식사 시간에 말하는 것은 금지되어 있었으므로 부모님은 속삭이는 목소리로 이야기했다. 그래서 정확히 무슨 이야기인지는 알 수 없었다. 그러나 아버지가 화를 냈고, 어머니는 슬퍼하면서도 고개를 끄덕였다.

식사가 끝나고 나서 어머니는 다른 어른 여자들과 함께 설거지를 하러 주방으로 들어갔다. 아버지는 식당을 나가기 전에 식사 지도를 하던 '선생님' 하나를 붙잡고 뭔가 말했다. '선생님'은 고개를 끄덕이고 어디론가 사라졌다. 나는 아버지와 함께 저녁 치성을 드리기 위해 강당으로 돌아갔다.

그날따라 치성을 드리는 것이 몹시 괴로웠다. 배가 아파서 무릎을 꿇고 앉아 있는 것이 굉장한 고역이었다. 게다가 강당 바닥이 유난히 차갑게 느껴졌다. 다리를 타고 냉기가 전해져 올라와 배가 점점 더 아파왔다. 배를 붙잡고 끙끙 앓다가 나는 꿇어앉아 웅크린 채로 잠깐 졸았다.

꿈속에서 나는 어느 커다란 기와집으로 들어가고 있었다. 이상할 정도로 긴 복도에 한지로 바른 문들이 줄줄이 이어져 있었다. 그곳을 지나 한없이 앞으로 나아가서 드디어 복도 끝에 이르렀다. 역시나 한지로 바른 미닫이문을 열었다. 가구라고는 없는 조그맣고 휑한 방이었다. 허술한 이부자리 안에 어떤 아저씨가 누워 있었다. 옆에는 조그만 양은 주전자와 보리차가 담긴 플라스틱 컵이 놓여 있을 뿐이었다.

내가 들어서자 아저씨는 고개를 돌려 나를 보았다. 눈이 마주쳤다. 아저씨는 웃으면서 힘겹게 몸을 조금 일으켰다.

—아가, 너무 빨리 왔구나.

아저씨가 말했다. 목소리가 조용하고 부드러워서, 왠지 안심이 되면서 몹시 그리웠다.

—나중에 다시 오렴. 꼭 다시 만나자.

……그리고 나는 잠에서 깨었다. 깨고 나서도 약 일이 초 정도는 귤처럼 노랗던 아저씨의 이상한 얼굴빛과 그 쓸쓸해 보이던 표정이 눈앞에서 사라지지 않았다.

밖이 몹시 시끄러웠다. 강당 안에 있던 사람들도 술렁이기 시작했다. 그때 '선생님'이 한 명 들어왔다. 강당 안을 두리번거리다가 나를 발견하고는 큰 소리로 아버지의 이름을 불렀다. 아버지는 나를 데리고 일어섰다. 그때 큰아버지가 강당으로 뛰어들어 왔다. 이어서 할머니가 따라 들어왔다.

대소동이 벌어졌다. 큰아버지는 막아서려는 '선생님'들과 멱살을 붙들고 드잡이를 했고 아버지에게 삿대질을 하며 목청을 높여 욕을 퍼부으며 싸웠다. 한참이나 그렇게 다투다가 흥분한 아버지와 큰아버지가 드디어 주먹다짐을 시작하려고 할 무렵에 어느 '선생님'이 들어와서 다른 선생님들을 말리는 바람에 상황이 진정되었다. 아버지는 나를 놓아주었고, 큰아버지와 할머니가 나를 사이에 끼다시피 해서 데리고 나왔다. 부모님을 본 것은 그때가 마지막이었다.

나오면서 나는 뒤를 돌아보았다. 아버지는 말리는 '선생님'에게 붙잡힌 채 뭔가 몹시 아쉬워하는, 억울하다는 표정이었다.

초경을 시작한 처녀를 교주에게 바치면 그 가족 모두 삼생의 업이 전부 소멸하고 내생에 굉장한 복록을 쌓을 수 있다고 한다. '천존상제'가 그런 교리를 설파하며 9-13세의 미성년 소녀들을 여럿 강간했다는 사실은 몇 년 후에 그가 체포되고 사이비 종교단체 '천제법도'에 대한 여러 가지 추문이 각종 신문 방송에 오르내리고 나서도 한참이나 더 지나 내가 어른이 되어 그런 기록들을 일부러 찾아본 뒤에야 알게 되었다.

자기 핏줄을, 그것도 아직 어린애에 불과한 딸아이를 과대망상증에 걸린 사기꾼에게 제물로 바친다는 자체만으로도 무시무시한 업을 쌓는 짓이라고 나는 지금도 생각한다. 교주 부부는 결국 감옥에 갔다. 그러나 그 이유는 다른 사람들의 몸과 마음을 망가뜨렸기 때문이 아니라 실재하는지 증명할 수 없는 내세의 '복록'을 위해 이런 쓰레기에게 어린 딸을 제물로 바치는 똑같은 쓰레기들의 돈을 훔쳤기 때문이었다.

그런 쓰레기 중에 나의 부모도 있었다. 처음에는 내가 아이를 낳으면 절대로 내 부모와 같은 짓은 하지 않겠다고, 정상적인 가정에서 따뜻하게 사랑하며 기를 것이라고 맹세했다. 세월이 조금 더 지나면서 그런 사람들을 부모로 둔 나 같은 인간은 아예 아이를 낳지 않는 것이, 존재하지 않는 자식을 가장 위하는 길이라고 생각하게 되었다.

그러나 인연이란 사람의 힘으로 어쩔 수 없다. 인간 사이의 인연, 남녀 간의 연뿐만 아니라, 부모와 자식의 연도 마찬가지다.

그렇게 말해준 사람은 나의 할머니였다.

미치광이 사기꾼에 불과했던 교주 부부와는 달리, 할머니는 진짜로 '보는' 사람이었다.

나는 절반은 친할머니의 혈육이다.

이것은 생물학적인 사실이다. 증명은 아주 간단하다. 친할머니의 X 염색체와 친할아버지의 Y 염색체가 아버지에게 전해진다. 이렇게 아버지의 XY 염색체 중에서 다시 X 염색체가 딸인 나에게 전해진다. 어머니가 나에게 전해준 X 염색체는 외할머니에게서 왔을 수도 있고 외할아버지에게서 왔을 수도 있다. 그러나 아버지가 나에게 전해준 X 염색체는 친할머니에게서 왔을 수밖에 없다. 그러므로 나의 XX 염색체 중 절반은 친할머니의 것이다.

그 때문이었는지도 모른다. 할머니는 나를 '보았다'고 했다. 불충분한 음식을 먹고 잠을 제대로 자지 못한 채 사기꾼이 읊어주는 쓰레기 같은 이야기들을 온종일 차가운 맨바닥에 꿇어앉아 외워야 하는 생활에 갇힌 손녀딸을 매일매일 '보면서' 한없이 슬펐다고 했다. 그러다가 할머니는 내가 초경을 맞이한 것도 '보았고', 그것이 어떤 의미인지도 함께 이해했다. 그래서 할머니는 큰아버지를 불렀다. 가족과 친척들은 모두 할머니가 '볼 수 있다'는 것을 어느 정도 이해하고 있었다. 특히나 사이비 종교에 빠져버린 동생을 언제나 못마땅하게 여기던 큰아버지는 할머니의 호출에 발 벗고 달려왔다.

큰아버지도 큰어머니도 나를 돌봐줄 수 있다고 주장했다. 그것도 그다지 나쁘지는 않았을 것이다. 그러나 할머니의 강력한 요청과 나의 동의로 나는 할머니와 함께 살게 되었다.

할머니와의 생활은 가난했다. 할머니는 구식이었다. 행동이 느리고 대신 잔소리가 많았다. 내가 부탁한 자질구레한 일들이나 학교에서 필요한 준비물 같은 것을 종종 잊어버리기도 했다. 가끔 이상한 냄새가 나는 향을 피워 온 집 안을 연기로 가득 채웠다.

그리고 할머니는 나를 사랑했다. 아무 이유 없이 그저 할머니의 X염색체를 절반 이어받은 혈육이기 때문에 사랑했다. 나도 같은 이유에서 똑같은 방식으로 할머니를 사랑했다. 그래서 앞서 말한 할머니의 특징들이 가끔 약간씩 짜증스럽기는 해도 내게는 별로 큰 의미가 없었다.

나에 대한 사랑을 할머니는 음식물로 표현했다. 세상의 거의 모든 정상적인 할머니들과 거의 대부분의 정상적인 어머니들이 그러하다는 사실을 나는 다시 학교에 다니면서 보통의 정상적인 아이들과 한참이나 교류한 뒤에야 이해하게 되었다. 자칭 천존상제와 천상선녀와 정신 나간 부모 때문에 한창 자랄 나이에 굶주리며 보냈던 삼 년 세월을 할머니와 함께 지내면서 나는 충분하고도 넘칠 정도로 보상받았다. 나는 무척 잘 먹었고, 할머니는 그래서 기뻐했다. 집에 놀러 온 나의 친구들도 마찬가지로 무척 잘 먹었고, 할머니는 더욱 기뻐했다. 친구들은 그런 할머니를 재미있어했다. 그리고 음식물로 인해 돈독해진 먹성 좋은 친구들과의 교우관계는 삼 년이

나 지체되고 중간에 한 단계 건너뛰어 매우 혼란스러워진 나의 학교생활에 어떤 식으로든 도움이 되었다.

할머니는 내게 공부나 성적을 강요하지 않았다. 성적을 잘 받으면 기뻐했지만 못 받는다고 그다지 화내거나 신경 쓰는 것 같지 않았다. 좋은 대학을 가야 한다고 짓누르지도 않았다. "사람은 다 갈 길이 있는 법이니 너도 어찌 됐든 네 길을 가게 될 거다." 할머니는 언제나 이렇게 말했다. "가야 할 길은 알아서 가는 거니까, 무조건 밥 잘 먹고 건강한 게 최고다." 나도 여기에는 진심으로 동의했다. 그러나 그 '가야 할 길'이 정확히 어떤 길이냐고 물어보면 할머니는 대답해주지 않았다.

언젠가 끈질기게 캐물은 날이 있었다. 그때 나는 고등학교 졸업장을 받은 뒤에 대학을 가야 할지 아니면 취직을 하는 편이 나을지 잘 결정할 수 없었다. 할머니는 '보는' 사람이니까 이렇게 중요할 때 딱 한 번만 알려줄 수도 있지 않을까 생각했다. 그러나 할머니는 의외로 완강하게 거절했다. 그때 단 한 번 나는 할머니와 싸웠다.

화를 내며 방에 틀어박혀 있는 나에게 할머니는 언제나 그렇듯이 먹을 것을 갖다주었다. 그것을 입에 욱여넣으며 나는 괜히 울음을 터뜨렸다. 나이 스물이 넘은 다 큰 손녀의 철없는 어리광이었다. 할머니는 내 어깨를 도닥여주며 속삭였다.

"네 길은 네가 알아서 보게 될 거다."

나는 눈물을 닦고 고개를 들어 할머니를 쳐다보았다. 할머니는 한숨을 쉬었다.

"피는 속일 수가 없으니……. 네 아버지가 그런 이상한 길로 빠진 것도, 어쩌면 내 탓인지도 모르겠다."

그때 나는 근 십 년간 잊고 있었던, 초경하던 날의 꿈을 떠올렸다. '나중에 꼭 다시 만나자'고 했던 모르는 아저씨의 귤처럼 노란 얼굴과 지친 듯 기운이 없지만 부드러웠던 목소리를 떠올렸다.

어째서 그 꿈이 떠올랐는지는 알 수 없다. 할머니에게 이야기하려다가 나는 입을 다물었다. 입 밖에 내어서는 안 될 것 같은 기분이 절반이었고, 말하지 않아도 할머니라면 이미 아실 것 같다는 기분이 또 절반이었다.

나는 대학에 진학했다. 매우 실용적인 학과를 단기로 마치고 졸업장과 함께 자격증을 받아서 취직을 했다. 첫 월급을 받아서 큰아버지 가족과 할머니에게 고기를 대접했다. 우리 집에서는 어쨌든 먹을 것이 최고였다.

할머니는 그 뒤로 오 년을 더 사셨다. 무척 평온한 오 년이었다. 무릎이 아프고 허리가 시리고 손목이 쑤시고 눈이 침침하다고 수시로 투덜거리면서도 나와 함께 나들이처럼 병원에 다니며 할머니는 건강했다. 돌아가시기 전날까지도 혼자 저녁상을 차려 드시고 퇴근해 돌아와서 설거지를 하는 나에게 세제를 너무 많이 쓴다고 잔소리를 했다. 함께 텔레비전을 보다가, 졸다가 할머니는 이제 자러 가야겠다고 방으로 들어가면서 이렇게 말했다.

"피곤하니까 내일은 깨우지 마라."

나는 방문이 닫힌 뒤에도 한참이나 멍하니 서 있었다.

어렴풋이 짐작할 수는 있었지만, 절대로 받아들일 수 없었다. 절대로 결단코 인정하고 싶지 않았다. 그래서 마지막 밤을 할머니와 함께 보내는 대신, 너무나 바보스럽게도 나는 내 방으로 들어가 잤다.

아직도 후회하고 있다. 아마 평생 후회할 것이다.

……길을 걷고 있었다. 사방은 어두웠지만, 길 끝은 동이 트려는지 푸르스름하게 보였다. 새벽하늘에서만 볼 수 있는, 맑고 차갑고 깨끗하고 더없이 아름다운 푸른빛이었다. 그래서 나는 그 푸른 하늘을 향해서 걸었다.

그 길에 나보다 앞서가는 사람이 있었다. 뒷모습을 보니 젊은 여자였다. 나는 그 여자에게 급히 할 말이 있었다. 그래서 따라갔다.

그러나 여자는 걸음이 빨랐다. 아무리 열심히 걸어도 따라잡을 수가 없었다. 걷다가 뛰다가 안간힘을 쓰다가 결국 지쳐서 나는 여자를 불렀다. "저기요, 잠깐만요!" 여자가 뒤돌아보았다.

할머니였다. 지금의 할머니가 아니고 젊은 시절의 할머니였다. 어떻게 알아보았는지는 모르겠다. 꿈이란 게 원래 그런 거라고 말할 수밖에 없다. 젊은 할머니는 꽃처럼 아리따웠다.

내가 입을 열기 전에 젊은 할머니가 내게 외쳤다.

—네 길은 이쪽이 아냐!

내가 뭐라고 대답하기 전에 할머니가 다른 쪽을 가리켰다.

—저쪽이야, 저쪽! 안 보이니?

나는 할머니가 가리키는 곳을 돌아보았다. 그곳에는 커다랗고 휑뎅그렁한 기와집이 있었다.

어쩐지 낯익은 기와집이었다. 내가 가는 길은 어둡고, 할머니가 서 있는 곳은 푸르스름했는데, 기와집이 있는 곳은 빛바랜 사진 같은 갈색을 띤 노란빛이었다. 저기가 뭐 하는 데냐고 물어보려고 나는 고개를 돌렸다.

그러나 할머니는 없었다. 할머니를 찾아서 나는 헤맸다.

정신없이 헤매다가 전화벨이 울려서 퍼뜩 깨어났다. 큰어머니였다. 큰아버지가 간밤에 꿈자리가 몹시 사나웠다고, 전화해보라고 했다는 말씀이었다.

창밖으로 보이는 새벽하늘은 꿈속에서 보았던 것처럼 푸르스름했다. 그 푸른빛이 너무나 무서워서, 나는 침대에서 일어났지만 방을 나갈 수 없었다. 내가 울기 시작했기 때문에 큰어머니와 큰아버지가 달려왔다.

장례식이 끝난 뒤에도 얼마 동안 나는 밤에 사방이 조용해지면 그때의 전화벨 소리가 귓가에 울려서 잠을 잘 수 없었다.

이후로 석 달 정도 나는 음식을 제대로 먹지 못했다. 음식물이 위장으로 들어가면 불덩이를 삼킨 것처럼 쓰라렸다. 나중에는 배가 아무리 고파도 음식이 눈에 들어오면 겁부터 났다. 옷이 전부 헐렁해졌다. 거울을 보면 갈비뼈의 갯수와 골반의 윤곽을 눈으로 확인할 수 있었다.

혈육의 죽음을 애도하는 방식에는 여러 가지가 있는 것이다. 할머니가 돌아가셨기 때문에 잠을 자지 못하고 음식을 먹지 못하는 것이 적절하고 정당하다고 느꼈으므로, 나는 괴로웠지만 굳이 억지로 자거나 먹으려 하지 않았다.

텅 비어버린 집에서 할머니의 흔적들과 함께 지냈다. 그러나 할머니는 그 뒤로 다시는 '보이지' 않았다.

큰아버지는 그것이 할머니가 좋은 곳으로 이미 가셨기 때문이라고, 다행한 일이라고 말했다. 조금은 섭섭했지만, 그래도 위안이 되었다.

남자를 만난 것은 그렇게 잠을 자지 못하고 밥을 먹지 못하던 무렵이었다. 남자는 내 친구의 남편의 친구였다.

할머니가 없는 텅 빈 집이 괴로워서, 주말이면 나는 주로 큰아버지 댁에 가거나 가끔 친구 집에 놀러가곤 했다. 친구는 학창 시절부터 먹성이 좋아 할머니에게 귀여움을 받았던 아이였고, 지금은 남편과 함께 영상 계통에 관련된 조금 특이한 직업에 종사하고 있었다. 친구도 남편도 집에서 작업을 하는 일이 종종 있었는데, 그럴 때면 작업에 관련된 스탭들이 집에 무시로 드나들었다. 나처럼 낯선 사람이 하나쯤 더 얹혀 있는 것을 아무도 신경 쓰지 않는 것 같았다. 친구도 친구의 남편도 모두 주변에 사람이 많은 것을 좋아했다. 나도 마음이 허전했기 때문에 북적거리는 것이 좋았다.

친구와 남편은 다른 스탭들과 함께 열띠게 회의를 하고 있었다. 그럴 때면 나는 주로 일하는 사람들에게 차를 끓여주고 과자를 내주는 역할을 했다. 그런 뒤에 한구석에 조용히 앉아서 별 목적 없이 인터넷을 돌아다니고 있었다. 그때 초인종이 울렸다. 회의하는 사람들은 목청을 높이는 중이라 아무도 듣지 못한 것 같아서 내가 나갔다.

　문밖에는 손에 종이봉투를 든 남자가 서 있었다. 무척 낯익은 사람이었다. 나를 보고 남자는 종이봉투를 내밀며 다짜고짜 명령조로 말했다.

"이것 좀 감독님한테 전해줘요."

　내가 스탭이라고 생각한 모양이었다. 나도 딱히 설명하지 않고 고분고분 주는 대로 종이봉투를 받아들었다. 안에는 울긋불긋한 헝겊 신발과 인형 같은 것이 들어 있었다. 아마도 촬영용 소품인 것 같았다.

"감독님이 찾으시면 나 갔다고 그래요."

　남자는 이렇게 말하고 돌아서려다가 멈칫 걸음을 멈추더니 주머니에 손을 넣었다. 우웅, 우웅 하고 진동하는 전화기를 꺼내 귀에 대었다.

"어, 나 여기 너네 집 앞. 뭐? 어, 스탭한테 줬는데. 뭐가? ……빨간색밖에 없던데? ……보라색? 못 봤어. ……진짜 없었다니까? 얌마, 그렇게 필요했으면 처음부터 말을 제대로 했어야지!"

　남자는 전화기에 대고 화를 내더니 내 손에서 종이봉투를 휙 낚아채고는 뭐라고 말하기도 전에 안으로 성큼성큼 걸어

들어갔다. 나도 당황해서 따라 들어갔다.

남자는 친구의 남편과 잠깐 말다툼을 했다. 그러나 그다지 심각한 일은 아닌 모양이었다. "에이, 찐따 같은 새끼…… 저리 비켜!" 하더니 남자는 친구의 남편을 쫓아내고 노트북 컴퓨터 앞에 앉았다. 작업할 태세를 취하고 남자는 그때까지도 어쩔 줄 모르고 한옆에 서 있던 나를 흘끗 보더니 다시 명령조로 말했다. "커피 줘요. 설탕 넣지 말고."

"야, 저분 스탭 아냐."

친구의 남편이 옆에서 킥킥 웃었다.

"뭐?"

남자가 짜증이 잔뜩 난 얼굴로 친구의 남편을 올려다보았다. 친구의 남편이 다시 말했다.

"진짜야. 영은이 친군데 그냥 놀러 오신 거야."

남자의 얼굴이 짜증 난 표정에서 당황한 표정으로 서서히 변했다. 친구의 남편이 다시 킥킥 웃었다.

"스탭인 줄 알았구나? 야, 생전 처음 보는 형수님 친구분한테 커피 내놔라, 설탕은 넣지 마라, 그게 뭐냐?"

남자는 친구의 남편과 나를 번갈아 쳐다보면서 점점 더 당혹스러운 얼굴이 되었다. 주섬주섬 일어나더니 고개를 숙였다.

"아, 저기, 죄송합니다. 저는 당연히 스탭인 줄 알고……."

"아뇨, 뭐……."

나도 같이 당황했다. 스탭이면 처음 보는 사람에게 그렇게 명령조로 이래라 저래라 해도 되는 건지 아까부터 궁금했지만 분위기상 입 밖에 내어 물어보기는 곤란했다. 망설이는 사이에 남자가 다시 주춤주춤 자리에 앉았다.

나는 남자가 원한 대로 커피를 끓였다. 커피를 갖다주자 남자는 다시 한 번 몹시 당혹스러운 얼굴로 올려다보았다. 엉거주춤 일어나려다 말았다.

"아, 저기, 죄송합니다. 감사합니다."

"설탕 안 넣었어요."

남자는 아주 잠깐이지만 야단맞은 어린아이 같은 표정이 되었다.

저녁에 내가 집에 돌아간 후 남자는 친구와 그 남편에게 내 연락처를 물었다고 했다. 사흘 뒤에 남자가 전화했다. '사과한다'는 명목으로 별 이유 없이 밥을 사겠다고 제안했다. 나는 거절했다. 주말이 되자 남자는 역시 별 이유 없이 친구의 남편을 찾아와 공연히 객쩍은 이야기를 늘어놓으며 기다리다가 내가 나타나자 노트북을 붙잡고 몹시 바쁜 척하기 시작했다고, 친구가 웃으며 일러바쳤다.

알고 보니 남자도 '스탭'은 아니었다. 단지 내 친구의 남편의 친구일 뿐이었다. 그래픽 계통 일을 하고 있어서 가끔 급할 때 도와주는 편이라고 했다. 주말에 놀러 가면 꿰다놓은 보릿자루인 내 옆에서 남자도 함께 보릿자루 노릇을 해주었다. 왠지 조금 기뻐하는 것도 같았다.

당시 나는 아직 음식을 제대로 먹지 못했다. 남자는 내가 다시 정상적으로 식사를 할 수 있게 될 때까지 기다려주었다. 그리고 이후 약 일 년 반 정도 남자는 별 이유 없이 내게 밥을 사주었다. 나도 별 이유 없이 남자에게 커피를 사주거나 끓여주었다. 설탕은 넣지 않았다.

어느 날 남자는 한때 할머니와 함께 살았던 내 집에 찾아왔다. 내가 끓여준 커피를 마신 후에 앞으로도 계속, 평생 이렇게 커피를 끓여줄 수 있겠느냐고 물었다. 민망해진 나는 진부한 멘트라고 비판했다. 남자는 다시 한 번 그 야단맞은 어린아이 같은 표정이 되었다. 나는 커피를 한잔 더 끓여서 남자가 보는 앞에서 설탕을 잔뜩 넣어 내밀었다. 남자는 별말 없이 받아서 끝까지 다 마셨다.

남자가 처음부터 몹시 낯익었다는 말을 나는 그때도, 이후에도 하지 않았다.

남자가 어째서 그렇게 낯익었는지는 결혼하고도 일 년이

지난 뒤에야 알게 되었다.

그때 나는 임신 중이었고, 모든 것이 이미 너무 늦었다. 혹은, '늦었다'는 표현은 어폐가 있을지도 모른다. 어쩌면 그것이, 좋건 싫건 내가 가야 할 길이었을지도 모른다. 그렇게 생각하며 나는 애써 자신을 위로하곤 한다.

어머니도 아버지도 할머니도 없었으므로, 내 인생의 대소사가 있을 때면 언제나 그렇듯이 큰아버지와 큰어머니가 나섰다. 남자를 만나본 뒤에 두 분 다 만족했다. 결혼이라는 주제에 관한 큰아버지의 지론은 비슷한 사람끼리 서로 알아보는 법이라는 것이었다. 다만 큰아버지의 표현에 따르면 알아'보는' 것이 아니라 '냄새를 맡는다'고 했다.

"그런 건 봐서 아는 게 아냐. 겉모습만 봐선 아무것도 모르지. 사람 속에 뭐가 들었는지는 냄새를 맡아서 아는 거야. 비슷한 사람끼리 서로 비슷한 냄새를 맡으니까, 꼭 만나야 될 사람끼리는 천리 밖에 떨어져 있다가도 언젠가는 만나게 되는 거다."

그것이 얼마나 정확한 표현인지 그때는 알지 못했다.

남자는 가족과 사이가 좋지 않았다. 큰아버지에게는 단 한

가지 그 사실만 말하지 않았다.

남자에게는 아버지가 없었다. 꽤 오래전에 병으로 돌아가셨다고 했다. 어머니만 계시는데 도시 외곽의 조금 떨어진 곳에 혼자 사신다고 했다. 형도 하나 있는데 결혼하고 분가해서 도시 반대편 외곽의, 역시나 꽤 멀리 떨어진 곳에서 산다고 했다.

남자의 형을 나는 결혼식 때 단 한 번, 아주 잠깐 보았다. 사진도 제대로 찍지 않고 식이 끝나자마자 서둘러 도망치듯이 가버렸다. 남자의 형수는 결혼식에 오지 않았다. 아이 둘을 맡아줄 사람을 구하지 못했고, 여섯 살, 세 살밖에 안 된 어린아이들을 결혼식장 같은 곳에 몰고 올 수도 없었다고 남자의 형이 설명했다. 그러나 식이 끝난 후에도, 남자와 내가 부부가 된 후에도, 주말이 지나고 명절이 지나도 남자의 형과 형수는 다시 나타나기는커녕 이후 연락도 한번 없었다. 조금 이상하다는 생각이 들지 않은 것은 아니었다. 그러나 남자가 별말을 하지 않았고 신경 쓰지도 않는 것 같았으므로 나도 굳이 묻지 않았다.

남자는 마찬가지로 자기 어머니와도 그다지 가깝지 않았다. 웬만해서는 찾아가려 하지 않았고, 전화를 하든 직접 말하든 대화할 때는 언제나 표정도 목소리도 굳어 있었다. 남자는 특히 어머니가 나에게 연락하는 것을 대단히 경계했다. 남자의 어머니는 가끔 나에게 전화했으나, 아들의 눈치를 몹시 보았으므로 결과적으로 거의 왕래가 없게 되었다.

결혼과 시댁에 대한 세간의 이야기들, 즉 남자는 결혼하고 나면 갑자기 효자가 된다든가, '홀시어머니'라는 존재의 무시무시함이라든가, 이런 것들을 주변에서 말로만 전해 듣고 잔뜩 긴장하고 있던 나는 시간이 지나면서 어쩐지 맥이 빠지는 느낌이었다. 부모 없이 청소년 시절을 보낸 관계로 '시'자가 붙었어도 어쨌든 '어머니'라는 존재에 대해 조금은 환상을 가지고 있었다. 딸 같은 며느리가 되리라는 얼토당토않은 결심을 하기도 했었다. 그러나 그럴 기회도 필요성도 없었다. 그리고 어쨌든 신혼이었다. 내게는 남자의 형과 형수와 조카와 어머니를 모두 합친 것보다도 남자가 훨씬 더 중요했다.

그리고 나는 다시 기와집의 꿈을 꾸기 시작했다.

꿈을 꿀 때마다 매번 기와집에 들어가기까지 걷는 거리가 길어졌다. 처음에는 복도를 걷는 데서 시작했다. 그 다음에는 마루에서, 그 다음에는 섬돌에서 마루로 올라서는 지점부터 시작했다. 그 뒤에는 마당부터, 그 다음에는 대문에서부터 안으로 들어갔다. 그러나 종착지는 언제나 같았다. 긴 복도가 있었고, 미닫이문이 줄지어 있었다. 나는 가장 안쪽으로 걸어 들어가서 문을 열었다. 얼굴빛이 이상한 아저씨가 나를 맞이했다. 여기까지는 같았다. 그의 대사만 매번 조금씩 달라졌다.

　—왔구나. 잘 지냈니?

　—왔구나. 지금 얼마나 됐지?

　—왔구나. 이제 얼마나 남았지?

　나는 마지막 질문에 대답하지 못하고 깨어나곤 했다. 그리고 꿈의 의미에 대해서 오랫동안 생각했다.

　모르는 산길을 걸어 대문 앞에 선 것으로부터 꿈이 시작되던 날, 나는 얼굴빛이 이상한 아저씨 외에도 처음으로 그 꿈속에서 한 사람을 더 보았다. 그는 내게 대문을 열어주었다. 만면에 친절한 미소를 띠고 안쪽으로 안내해주었다. 나는 그를 알아보았지만, 그는 나를 전혀 알아보지 못했다. 최소한 겉보기에는 그런 것 같았다. 어차피 이것은 꿈이라는 걸 알고 있었으므로 나도 굳이 별말은 하지 않았다.

　그날따라 복도가 길었다. 발걸음이 무거웠다. 힘겨운 복도를 천천히 지나 가장 안쪽으로 들어갔다. 문을 밀어 열자 언제나 그렇듯이 얼굴색이 이상한 아저씨가 나를 맞이했다.

　—왔구나. 잘 지냈니?

그리고 내가 뭐라고 대답하기 전에 이렇게 말했다.

—……을 봤지? 이제 때가 됐구나.

나는 잠에서 깨어났다.

오래된 신문 기사를 찾아보았다.

할머니와 큰아버지가 나를 구출해서 데리고 나온 지 삼 년 뒤에 '천제법도'는 경찰 수사에 의해 무너졌다. 그 시기를 전후한 몇 년 동안 여러 가지 사이비 종교단체들이 제각각 종말론을 외쳐댔고 그중 한두 곳은 정말로 커다란 사건을 일으켰다. 그래서 경찰은 더 공격적으로 더 꼼꼼하게 수사했다. '천제법도'의 교주 부부를 비롯한 핵심 인사들은 탈세, 횡령, 사기, 강간, 폭행 등의 화려한 혐의로 기소되었다. 그리하여 남자 교주는 팔 년, 여자 교주는 칠 년형을 선고받고 감옥으로 향하는 것으로 '천제법도' 이야기는 일단락되었다.

교주 외에 체포된 '핵심 인물'들의 명단을 훑어본 뒤에 나는 큰아버지에게 전화했다. 큰아버지는 한숨을 푹 쉬고 대답하지 않았다. 나는 고집을 부렸다. 큰아버지가 졌다.

"네 어머니가 한 번 연락하긴 했었다. 그 사달 나고 다 잡혀간 직후였지, 아마."

그때 나는 한창 예민할 나이였고, 삼 년이 지나 간신히 학교생활에 적응해서 평범한 또래의 소녀들처럼 살아가고 있었다. 큰아버지 부부도 할머니도, 어렵게 되찾은 평범한 청소년 시절을 망칠 생각은 없었다. 무엇보다도, 할머니는 어머니를 용서하지 않았다. 그 점에서는 큰아버지도 마찬가지였다. 어머니가 몇 번인가 울면서 전화했고 찾아온 적도 있었지만 다 물리쳤다고 했다. 마지막으로 전화했을 때 어머니는 일본으로 떠날 예정이라 했다. 이후의 소식은 알 수 없다.

아버지는 할머니가 나를 데리고 나온 후 '천제법도'가 무너질 때까지 삼 년 동안 그 안에서 상당히 출세한 듯했다. 교주 부부와 함께 체포되어 실형을 선고받은 사람들의 명단 중에 아버지의 이름도 있었다.

남자 교주는 감옥에서 병을 얻어 죽었다. 여자 교주가 형기를 마치고 출소한 뒤에 '천제법도'는 이름을 바꾸어 부활했다. 홀로 남은 여자 교주를 선녀로 모시는 교리는 이전과 비슷하지만 시대의 바람을 타고 방향을 약간 바꾸기는 바꾼 모양이었다. 종말론과 내세의 영원한 복록 대신 '천상심법회'에서는 근래의 대세인 '웰빙'을 예견했는지 여자 교주가 불치병을 낫게 해준다고 선전했다. 그것이 십 년 전의 일이었다.

내세의 복록은 현실에서 증명할 길이 없지만 불치병이 낫지 않으면 사람이 죽는다. 약 사 년쯤 전부터 피해자의 유가

족들이 모여서 단체로 소송을 준비했다. 그러나 '천상심법회'
는 의료시설이 아닌 종교단체로 등록되어 있었다. 게다가 모
든 광고, 선전, 홍보에서 의료행위에 대한 언급을 교묘하게 피
하고 '수련'이나 '기도'를 하면 '의식 개혁'을 통해 '몸과 마음
의 생명력을 자생시킨다' 등속의 상투적이고 애매모호한 표현
을 사용했다. 그리하여 이리저리 전문가들을 만나보았으나 딱
집어 법적인 조치를 취하기는 어렵다는 것이 중론이었다.

   피해자 유가족들은 인터넷에 카페나 홈페이지를 운영하며
지금도 사이비 종교단체를 성토하고 법적인 조치를 고민하
고 있었다. 한편 '천상심법회'에서는 여전히 '신도' 혹은 '수
련생'이라는 이름으로 중병에 걸린 절박한 사람들과 괴로워
하는 가족들을 끌어들여 거액의 돈을 받아낸 후 환자가 죽어
서 아무런 항의도 할 수 없게 될 때까지 감금하고 방치하고
있었다. 이 모든 것이 현재 진행형이었다.

   사이비 종교단체의 실태를 파헤치는 시사교양 프로그램에
서도 '천상심법회'를 다루었다. 취재진이 '법회'의 사무실을
찾아갔고, 그곳 관계자가 여러 책자와 서류 등을 펼쳐 보이며
'법회'의 행정적 적법성과 영적이고 철학적인 정당성을 주장
했다.

   나는 그 '관계자'의 얼굴을 알아보았다. 꿈속에서 기와집의

대문을 열어준 사람이었다.

아버지는 이제 낯선 타인 같았다.

아이는 네 살이다. 그래서인지 가끔 아이는 모든 것을 기억
하는 것처럼 보인다.

아이를 임신했을 때 나는 한 번도 아프지 않았다. 그 흔한
입덧도 전혀 없었다. 임신 초기부터 오히려 건강이 더 좋아졌
다. 배가 부르고 완연히 임산부 티가 나게 된 후에도 허리도
아프지 않았고 발도 그다지 붓지 않았다. 마치 누군가 몸 안
에서부터 나와 아이를 받쳐주고 있는 것만 같았다. 기묘한 표
현이지만 내 느낌은 그랬다. 출산도 초산인 걸 생각하면 예외
적일 정도로 순산이었다.

태어난 아이는 노란색이었다. 눈과 얼굴뿐 아니라 온몸과
손바닥, 발바닥까지 모두 노란색이었다. 신생아 황달은 보통
태어난 후에 며칠 지나서 알게 된다고 했다. 아이는 갓 낳았
을 때부터 눈에 띄게 노란색이었다. 나는 몹시 무서웠다. 병
원에서는 며칠 두고 보자고 했다. 의사는 일주일이라 했다.
열흘이 넘게 걸렸다. 그러나 어쨌든 시간은 흘렀고, 아이는
따로 치료받지 않고도 보통의 아기들이 그렇듯이 뽀얀 분홍
빛으로 돌아왔다.

아이는 한 번도 아프지 않았다. 기침 한 번 하지 않고 콧물한 번 흘리지 않았다. 피부에 발진 한 톨 돋은 적이 없었다. 아이는 잘 먹고 잘 컸다. 배가 고프면 곧장 소리부터 질렀고 배가 부르면 웃었으며 졸리면 곧바로 곯아떨어졌다. 중간에 투정 부리거나 보채는 일이 거의 없었다. 이전에 유아와 접촉한 경험은 별로 없었지만 본래 아기들이 이렇지 않다는 걸 나도 알고는 있었다. 걱정해야 할지 기뻐해야 할지 잘 알 수 없었다. 아이는 아랑곳없이 배고프면 소리 지르고 배부르면 잤다. 아이가 순하고 건강하다는 이유로 병원에 데려갈 수는 없는 노릇이었다. 그리고 병원에 갈 때마다 의사의 결론은 언제나 같았다. 아이는 순하고 건강했다.

그리고 아이는 기다리고 있었다. 지금도 기다리고 있다.

남자의 아버지는 간암으로 죽었다. 그것이 마지막으로 병원에 가서 정식 진단을 받은 공식적인 병명이었다. 피해자 유가족 단체의 홈페이지와 인터넷 카페에 올린 게시 글에서 남자의 형은 영양실조와 중금속 중독을 의심했다.

병원에서는 수술을 하지 않으면 희망이 없다고 말했다. 남자의 어머니는 이 문장 중에서 '희망이 없다'는 부분만을 귀담아들었다. 그리하여 희망을 줄 수 있는 다른 가능성을 모색하기 시작했다. 그리고 '천상심법회'에서는 모든 사람에게 언제나 희망이 있다고 주장했다.

남자의 형과 남자는 아버지가 정식 의료기관에서 '요양 치료'를 받는 것으로 잘못 알고 있었다. 남자의 형은 당시 첫 아이가 태어났기 때문에 경제적으로나 정신적, 물리적으로나 몹시 여유가 없었다. 남자는 늦게 입대해서 아직 군복무 중이었다. 그러므로 어머니가 아버지를 치료할 방법을 찾아냈다고 말했을 때 두 사람 다 그 말을 믿었다.

냉난방도 제대로 들어오지 않는 기와집의 쪽방에서 빼빼 마른 채 배만 부어오른 시신이 된 아버지를 보았을 때 남자의 형은 자신의 어머니와 사이비 종교단체 양쪽에 대하여 격분했다. 아버지의 시신 머리맡에 놓여 있던 양은 주전자에 담긴 물값으로 어머니가 노후 자금을 전부 쏟아넣은 것은 물론 상당한 빚까지 졌다는 사실을 알고 형의 분노는 극에 달했다. 피해자 유가족 단체에서 자체적으로 조사한 바에 따르면 그 물에는 사람이 섭취해서는 안 되는 중금속과 독성 물질이 다량 함유되어 있었다. 그러나 남자의 어머니는 그 물을 마신 덕분에 아버지의 암이 치료되었고 생명이 연장되어 병원에서 말한 기간보다 훨씬 오래 살다가 가셨다고 주장했다. 남자의 형은 아들로서 어머니가 진 빚을 떠안을 수는 있었으나 어머니의 잘못된 믿음은 감당할 수 없었다. 감당하기를 원하지도 않았다. 돈 문제를 일단락 지은 후에 남자의 형은 어머니와 연락을 끊었다.

남자도 마찬가지로 충격을 받고 슬퍼하고 분노했다. 그러나 그 분노의 대부분은 어머니가 아닌 형을 향했다. 그 이면에는 군에 갇혀서 가족이 이런 파국에 이르도록 아무것도 하지 못했던 자기 자신에 대한 자책도 있었던 듯하다. 남자는 어머니를 심정적으로 감싸면서 '제 새끼, 제 마누라만 챙기다가 아버지 돌아가시는 것도 몰랐던' 형을 '제일 나쁜 놈, 아버지를 죽게 한 개새끼'라고 비난했다. 몇 번의 고성과 주먹다짐이 오간 후에 형은 남자와도 한동안 연락을 끊었다.

남자가 먼저 형에게 다시 연락한 이유는 어머니가 아버지의 죽음을 겪고도 '천상심법회'에 대한 믿음을 버리지 않았기 때문이었다. 남자가 주는 생활비를 헌납하는 것은 물론이고 몰래 부업까지 해서 돈을 만들어 가져다 바쳤다. 그리고 남자에게 끊임없이 '마음을 고쳐먹고', '의식을 개선'하라고 종용했다. 시달리다 못한 남자가 화를 내면 짐을 싸서 '기도하러 간다'고 며칠씩, 심할 때는 몇 주일씩 사라져버리곤 했다. 남자는 결국 포기했다. 어머니의 집을 나와 따로 거처를 구하고 의절을 언급했다. 그 때문인지는 몰라도 어머니는 더 이상 남자에게 '의식 개선'이나 '마음 치료'를 종용하지는 않게 되었다. 이 일을 계기로 형과의 관계도 약간 개선되었다. 그러나 갈라진 가족 관계는 근본적으로 치유되지 못했다.

이런 사연들을 남자는 결혼 전에도, 결혼한 후에도, 아이가 태어난 뒤에도 나에게 전혀 이야기해주지 않았다.

굳이 이야기해줄 필요도 없었다. 결혼과 가정의 행복을 즐기던 어느 부드러운 순간에 나는 남자의 어린 시절 사진첩을 부탁했다.

사진 속 남자의 아버지는 꿈속의 기와집에 누워 있던 모습보다 젊었다. 얼굴빛도 노랗지 않았다. 남자의 형과 어머니까지 단란한 네 가족이 함께 찍힌 사진들은 내게 사진 속의 이미지보다도 훨씬 더 많은 영상들을 보여주었다. 나는 남자와 나 자신과 아이에 대해서 여러 가지를 아주 깊이 이해할 수 있었다. 그러나 내가 깨달은 것을 어떻게 받아들여야 할지는 알 수 없었다. 지금도 알지 못한다.

아이는 기와집의 그림을 그린다. 네 살 꼬마의 솜씨라고 볼수 없을 정도로 정교하다. 남자가 보지 못하도록 나는 매번 그림을 숨긴다. 그러면 아이는 또 그린다.

아이는 그 집에 함께 가자고 조른다. 나는 안 된다고 거절한다. 아이는 울거나 보채지 않는다. 묵묵히 기와집의 그림을 또 그린 후에 그곳에 함께 가자고 또 조른다. 매번, 마치 지금 이 처음이라는 듯, 문득 생각났다는 듯이 행동한다. 그 천진난만함이 때로는 견디기 힘들다.

아이에게 이유를 물었다. 네 살짜리에게서 이성적인 대답은 기대하지 않았다. 아이는 아주 또렷하게, '그 집을 끝내야 하니까'라고 대답했다.

아이는 여전히 한 번도 아픈 적이 없다.

남자는 결혼 전에 두통을 자주 앓았다. 설탕 넣지 않은 커피를 입에 달고 살았던 이유가 그 때문이라고 했다. 끊임없이 카페인을 섭취하지 않으면 머리가 깨지는 것 같았으며, 처음 만났을 때 그처럼 무례했던 이유도 두통 때문이었다고 변명했다. 그러나 아이가 태어난 후로는 두통의 횟수가 현저하게 줄었다. 직장에 나가 있을 때 간혹 두통이 생겼다가도, 집에 들어와 아이를 안아주면 씻은 듯이 낫는다고 했다. 그렇게 말하는 남자의 얼굴에는 아이를 향한 온화한 사랑이 가득했다. 부성애와 관계없는 객관적인 사실이라는 것을 남자는 알지 못했다.

나는 기관지가 약했다. 환절기나 황사 철에는 늘 기침을 심하게 했다. 그러나 뱃속에 아이를 품은 순간부터, 한 번도 아 팠던 적이 없다.

아이는 어린이집에 다닌다. 그곳의 다른 아이들이 아프거 나 다치면 아이가 가서 달래준다고 한다. 그러면 다치거나 아 픈 아이는 더 이상 괴로워하지 않는다. 어린이집 선생님들은 아이가 참 착하다고 칭찬한다. 어린 남자아이가 그런 식으로 행동하는 것은 본 적이 없다고 놀라워한다…….

꿈속의 기와집에 더 이상 얼굴빛이 나쁜 아저씨가 등장하 지 않는다. 대신 나는 아이가 기와집에 있는 꿈을 꾼다. 되풀 이되는 꿈속에서 아이는 점점 자란다. 여섯 살이나 일곱 살 정도. 아홉 살이나 열 살 정도. 열서너 살.

소년이 된 아이는 대청마루 위에 올라서 있다. 마당에는 사 람들이 가득하다. 마당을 가득 채우고 대문 밖까지 늘어선 사 람들이 하나씩 차례대로 마루에 올라선다. 아이는 아픈 사람 에게 손을 대고 기도를 한다. 아이가 기도를 마치면 앓던 사 람은 평온한 얼굴이 되어 마루에서 내려온다. 그리고 다음 사 람이 올라선다.

아이의 곁에는 나의 아버지가 만족한 표정으로 서서 마당 을 내려다보고 있다. 구름처럼 모여든 사람들이 마루 위로 우르르 몰려들지 못하도록 정리하기도 한다. 아버지는 이제 노인이다. 특이하게 고쳐 만든 화려한 한복을 입고 있다. 그 모습은 언젠가 어린 시절 단 한 번 보았던 '천존상제'와 비슷해 보인다.

사방이 어둡다. 마당에는 여기저기 횃불이 타오른다. 기와집의 지붕 너머로 보이는 하늘은 푸르스름하다.

그런 꿈을 꿀 때면 나는 새벽에 깨어나 다시 잠들지 못한다. 옆에 누운 남자가 깨지 않도록 조심하면서 일어나서 아이의 방으로 간다. 소리 없이 문을 열고 들어가서 아이의 침대 곁에 앉는다. 세상모르고 자는 아이의 얼굴을 들여다본다.

오래전의 꿈속에서 마지막으로 보았을 때, 기와집 쪽방에 누워 있던 남자의 아버지는 '때가 왔다'고 말했다. 그리고 나는 임신했다.

아이의 얼굴을 들여다보면서, 나는 꿈에서 몇 번이나 보았던 익숙한 얼굴 윤곽을 찾아본다. 찾아낼 수 없기를 간절히 바란다. 그러나 어쩐지 들여다볼 때마다 아이는 더욱더 남자의 아버지를 닮아가는 것 같다.

방 안은 어둡다. 아이의 창문 밖으로 보이는 하늘은 푸르스름하다. 새벽하늘에서만 볼 수 있는 맑고 깨끗한 푸른빛이다. 저 푸른빛이 옅어지면, 완전히 녹아서 흩어지고 나면 동이 틀 것이다.

꿈속의 기와집 지붕 너머로 보았던 푸르스름한 하늘을 생각한다. 그것이 해질 무렵 어둠을 기다리는 저녁의 어스름인지, 동틀 무렵 해 뜨기 전의 어스름인지는 분간할 수 없다.

그렇기 때문에, 나는 다시 침실로 돌아가 남자의 곁에 몸을 눕히지 못한다. 해가 뜨기를, 아이의 창문으로 햇살이 스며들기를 기다려야 한다. 내 눈으로 보아야만 한다. 적어도 지금 이 순간, 아이의 얼굴에 드리운 이 푸르스름한 어둠은 조금만 기다리면 물러날 것이다. 그 사실은 일시적이나마 위로가 된다.

그러나 내일도, 모레도, 어스름은 언제나 찾아올 것이고, 잠든 아이의 얼굴 위에는 밤마다 어둠이 드리워질 것이다. 그 어둠은 지나고 또 새벽이 오겠지만, 그렇게 하루가 흘러갈 때마다 아이는 그만큼 자라날 것이다. 그리고 언젠가는, 내가 머리맡에 앉아서 지켜주지 못하는 날에, 내가 막아줄 수 없는 어스름이 닥칠지도 모른다.

그런 날이 혹시라도 오지 않기를, 밤이 지나고 새벽이 올 때마다 아이의 기억 속에서 기와집의 모습이 차츰 희미하게 흐려져 마침내 사라지기를, 밤이 지나고 새벽이 다가오는 어느 날에 아이가 단 한 번이라도 열이 오르고 단 한 번이라도 기침을 해주기를, 그리하여 남자를 깨워 허둥지둥 아이를 차에 싣고 서둘러 병원으로 향하여 자격 있는 의사의 위로를 받고 믿을 수 있는 약봉지를 받아들고, 주사를 맞고 울다 지쳐 잠든 아이를 둘러업고 녹초가 되었지만 안심한 채로 집에 돌아오는 보통 부모의 행운이 한 번만 나를 찾아오기를⋯⋯ 푸르스름한 어스름이 드리운 방 안에서 잠든 아이의 머리맡에 앉아 나는 누구인지 모를 존재를 향해, 어딘지 모를 우주를 향해 바라고 또 바라는 것이다⋯⋯ 그저 바라는 것 외에는, 지구가 태양의 주위를 스스로 도는 한 내일도 모레도 찾아올 어스름의 순간을 막아내기 위해 내가 할 수 있는 일이라곤 아무것도, 진정 아무것도 없기 때문에.

사흘

* 2008년 환상문학웹진 〈거울〉 게재
* 2013년 단편집 《왕의 창녀》(온우주) 수록

—……자신이 살아 있으며 자신과 자신이 사랑하는 사람들이 죽으리라는 사실 외에는 아무것도 확신할 수 없다. 삶에서 의미를 찾으려는 욕구는 삶의 목적과 의미를 본질적으로 알 수 없다는 사실로 인해 언제나 좌절될 수밖에 없다. 자신이 왜 살아 있으며 왜 죽는가라는 질문에는 절대로 확실하게 대답할 수 없다.*

어머니는 마약중독자였다. 그녀는 어렸을 때부터 그 사실을 알고 있었다. '마약' 혹은 '중독'이라는 단어의 뜻을 아직 이해하지 못하던 나이였을 때부터 그녀는 어머니에게 세상에서 가장 중요한, 딸인 그녀보다도 남편인 아버지보다도 세상의 그 어떤 사람이나 사물보다도 더 중요한, 비밀스러운 무엇인가가 있다는 사실을 눈치채고 있었다. 조금 더 나이가 들

---

* 데이비드 웬델, 《죽음의 그림자 속에서 고통의 가치에 대하여》, 128쪽

고는 그 '무엇인가'가 어머니를 때로는 매우 즐겁게 해주지만 때로는 제정신을 앗아가며 결과적으로 매우 곤란한 상황을 초래하기도 한다는 사실 또한 이해하게 되었다.

　그녀는 그것이 어머니라는 개인의 특정한 습관이 아니라 어른이라는 상태의 특성이라고 이해했다. 어른이 되면 그렇게 소중하디소중한, 제정신을 빼앗기고도, 다분히 곤란한 상황을 당하고 나서도 다시 찾을 만큼 중요한 무엇인가가 생겨나게 되는 것이라고 생각했다. 그래서 그녀는 어른이 되기를 몹시 갈망했다.

　아버지가 그녀와 어머니를 떠났을 때 그녀는 열네 살이었다. 그녀가 어머니를 떠났을 때 어머니는 마흔여섯 살이었다.

　그녀는 걱정하지 않았다. 어른이 된다고 해서 모든 사람에게 다 그토록 소중한 어떤 것이 생기지는 않는다는 사실을 이제는 알 정도로 그녀도 어른이 되어 있었다. 그러나 어머니는 달랐다. 어머니에게는 딸보다도 남편보다도, 자기 자신보다도 더 소중한 **그것**이 있었다.

　어머니가 죽어가고 있다는 소식을 듣고 돌아왔을 때 어머니는 쉰여섯 살이었다. 어머니 곁에는 그녀와 나이가 비슷해 보이는 젊은 남자가 있었다. 그녀는 신경 쓰지 않았다. 어머니에게 **그것**보다 더 소중한 사람이 세상에 존재할 리 없었다.

그러므로 남자는 어머니에게 별 의미가 없었고, 그러므로 그녀에게도 그다지 의미가 없었다.

그녀가 돌아왔을 때 이미 어머니는 의식이 없었다. 일주일간 의식이 없다가 어머니는 죽었다.

남자도 어머니도 병원 장례식장에 빈소를 빌릴 만한 돈이 없었다. 그녀는 그런 돈을 내놓을 의향이 없었다. 원래는 있었지만 십 년 만에 돌아와 일주일간 병원에서 어머니의 약물 남용과 관련하여 의사와 간호사에게 시달리고 경찰서에도 몇 번 드나든 끝에 몇백만 원이나 되는 병원비를 뒤집어쓴 후 있던 의향이 사라졌다. 그래서 빈소는 집에 차렸다.

문상 올 사람은 많지 않았다. 그러나 어쨌든 삼 일간은 집을 지켜야만 했다. 첫날 이모와 외가 쪽 친척 한두 명이 잠시 다녀간 후 문상객의 발길은 끊어졌다. 밤이 되자 그녀는 남자와 단둘이 남았다. 남자가 그녀에게 하나밖에 없는 안방을 양보했다. 그녀는 문을 닫아걸고 잠자리에 누웠다.

날씨는 살갗을 물어뜯는 듯이 추웠고, 언덕 꼭대기 달동네에 자리 잡은 쓰러져 가는 단층집은 난방이 제대로 들어오지 않았다. 냉골에 이불을 깔고 누워 그녀는 추위 때문에 잠을 이루지 못했다. 이리저리 뒤척이다 결국 그녀는 일어나서 불을 켰다. 시계를 보았다. 12시가 조금 넘은 시각이었다. 짐 가방을 열었다. 오래 머무를 예정이 아니었기 때문에 변변한 옷가지는 없었다. 하는 수 없이 그녀는 옷장을 열고 어머니의 옷가지를 뒤지기 시작했다.

달각.

그녀는 뒤를 돌아보았다. 아무도 없었다.

잠자리에 들기 전에 그녀는 분명히 방문을 닫고 문손잡이의 꼭지를 눌러 잠갔다.

그녀는 잠시 기억을 더듬으며 방문을 노려보았다. 문은 분명히 잠갔다. 그리고 닫혀 있었다.

그녀는 다시 옷장을 뒤지기 시작했다. 제법 따뜻해 보이는 카디건을 발견했다. 잠옷 위에 껴입었다. 그러나 여전히 다리가 시렸다. 서랍을 열고 입을 만한 바지를 찾기 시작했다.

달그락. 삐걱.

그녀는 다시 뒤를 돌아보았다. 문이 살짝 열려 있었다. 문틈으로 바깥의 어둠이 보였다.

"상현 씨?"

그녀는 남자의 이름을 불러보았다. 문틈에서는 아무 대답도 들리지 않았다.

그녀는 다시 한 번 불렀다. 이번에도 문틈에서는 아무런 대답도 들리지 않았다.

그녀는 벌어진 방문 쪽으로 조심스럽게 다가갔다.

방문이 갑자기 열렸다. 그리고 죽은 어머니가 방 안으로 들어왔다.

그녀는 물러섰다.

그녀가 물러서는 대로 어머니의 시체는 성큼성큼 방 안으로 걸어 들어왔다.

그녀는 이불에 걸려 주저앉았다.

어머니의 시체는 그녀에게 눈길조차 주지 않았다. 방 안으로 들어올 때처럼 아무렇지도 않은 걸음걸이로 성큼성큼 벽장 쪽으로 다가갔다. 그녀가 바지를 찾느라 열어젖힌 서랍 앞에 웅크리고 앉았다. 그리고 손 싸개를 벗어던지고는 서랍 안의 물건들을 하나하나 꺼내기 시작했다.

그녀는 그런 어머니를 바라보며 그대로 이불 위에 앉아 있었다. 아무 생각도 나지 않았다. 목소리가 나오지 않았다. 몸이 움직여지지 않았다.

어머니의 시체가 두 번째 서랍을 열어젖혔다. 왈칵 여는 바람에 서랍이 빠졌다. 어머니의 시체는 빠진 서랍을 바닥에 엎었다. 그리고 뒤지기 시작했다.

그녀는 다리에 힘을 모아 간신히 일어섰다. 그리고 가능한 한 조용히, 살금살금 걸어서 방을 나왔다. 거실에 들어섰다.

불을 켰다. 제단을 모셔두었던 곳은 관 뚜껑에 밀려 병풍이 쓰러지고 향로가 바닥에 엎어져 엉망진창이었다. 그 와중에도 남자는 거실 한구석에서 색색 고르게 숨을 쉬며 죽은 듯이 잠들어 있었다.

그녀는 남자를 흔들었다.

남자는 반응하지 않았다.

그녀는 남자를 좀 더 세게 흔들었다.

"상현 씨."

남자는 여전히 반응하지 않았다.

그녀는 남자를 있는 힘껏 흔들었다.

"상현 씨!"

"에?"

남자가 눈을 떴다. 잠시 어리둥절한 표정으로 그녀를 쳐다보았다. 그 멍한 표정이, 흐릿하게 탁한 눈이 굉장히 낯익다고 그녀는 생각했다.

남자가 잠에 취한 목소리로 물었다.

"왜요? 무슨 일이에요?"

그녀는 대답하지 않고 침실 쪽을 가리켰다.

남자는 쓰러진 병풍과 엎어진 향로를 보고 몸을 일으켰다. 조심스럽게 안방으로 갔다. 그녀는 거실에 그대로 서 있었다.

남자가 안방 문가에 서서 그녀를 돌아보았다. 그리고 고개를 끄덕였다.

"괜찮아요."

남자가 입 모양으로 말했다.

"내가 알아서 할게요."

그리고 남자는 안방으로 들어갔다.

그녀는 그대로 거실에 선 채 한동안 망설였다.

안방에서 남자가 뭔가 말하는 소리가 들렸다.

그녀는 안방 쪽으로 다가갔다. 문가에서 멈춰 섰다. 조심스럽게 안을 들여다보았다.

남자가 익숙한 솜씨로 주사기를 톡톡 치고 공기를 뺐다. 그리고 수의를 입은 어머니의 팔에 바늘을 꽂았다.

어머니의 시체는 곧 축 늘어졌다. 그리고 움직이지 않게 되었다.

남자는 잠시 기다렸다. 그리고 어머니의 시체를 안아 들었다. 남자가 문가로 다가왔다. 그녀는 비켜섰다. 남자가 어머니의 시체를 안은 채 거실로 나갔다. 그녀도 따라갔다. 남자는 어머니의 시체를 도로 병풍 뒤의 관에 눕히고 관 뚜껑을 닫았다. 병풍을 바로 세우고 향로를 제자리에 얹고 향을 꽂았다. 바닥에 쏟아진 향로의 재를 손으로 모아 대충 치웠다.

그녀는 남자 뒤에 서서 그 일련의 과정을 지켜보고 있었다.

제단을 수습하고 향을 꽂고 불을 붙인 후 남자는 고개를 숙이고 눈을 감고 잠시 움직이지 않았다. 눈을 뜨고 남자는 돌아서서 그녀에게 말했다.

"이제 괜찮을 거예요."

남자는 그녀를 안심시키려는 듯이 조금 웃었다.

"그냥 약이 필요했……"

그녀는 남자의 뺨을 때렸다.

불의의 일격을 당하고 남자는 그대로 서서 움직이지 않았다. 그녀가 낮게 속삭였다.

"개새끼."

그리고 그녀는 돌아서서 안방으로 들어갔다. 문을 잠갔다.

남자는 거실에 그대로 서 있었다. 화끈거리는 뺨에 손을 대보았다.

방 안에서 그녀가 흐느끼는 소리를 들으며 남자는 중얼거렸다.

"미안해요……."

그녀는 오랫동안 흐느꼈다. 남자는 그대로 서서 그녀가 흐느끼는 소리를 들으며 몇 번이나 되풀이해 중얼거렸다.

"미안해요……."

—······이 치유의 과정이 완료되고 의식이 다시 한 번 그 일체감을 되찾으면, 치유된 마음은 처음 상처 입었을 때보다 더욱더 완전해진다. 그것은 이제, 이전처럼 황폐화되지 않고도 똑같은 상황의 공격을 받아내고 감수할 수 있는 것이다.*

이틀째인 다음 날 문상객이 한 명도 오지 않았다. 그녀는 남자와 언덕 꼭대기의 쓰러져 가는 단층집에서 단둘이 하루를 지냈다. 그 하루 동안 그녀는 남자에게 한마디도 하지 않았다.

해가 저물기 시작했을 때 그녀는 제단 뒤로 돌아갔다. 관 뚜껑을 열었다. 천금天衾**을 헤쳤다. 남자가 대충 도로 수습해놓은 염포殮布***를 풀고 면모面帽****를 벗겼다. 어머니의 얼굴이 드러났다.

죽은 어머니의 얼굴은 여위고 창백하고 뻣뻣했다. 그녀는 어머니의 코밑에 손을 대보았다. 어머니는 숨을 쉬지 않았다. 그녀는 어머니의 가슴에 손을 대보았다. 심장은 뛰지 않았다.

---

* 알렌 P. 페르지거, 《죽음과 성장: 고통의 문제》, 146-147쪽

** 시신을 싸는 이불

*** 염습할 때 시체를 묶는 베

**** 얼굴싸개

"엄마."

그녀는 나지막하게 불러보았다. 어머니는 대답하지 않았다.

"엄마. 눈 떠봐."

어머니는 눈을 뜨지 않았다.

"엄마, 눈 뜨고 나 좀 봐봐."

어머니는 반응하지 않았다.

뒤에서 누군가 가볍게 그녀의 어깨를 건드렸다.

"혜진 씨."

남자가 뭔가 말하려 했다.

그녀는 어깨에 닿은 남자의 손을 거칠게 쳐냈다. 면모를 대충 얼굴에 덮고 그 위에 천금을 도로 덮었다. 관 뚜껑을 닫았다.

밤이 되자 그녀는 전날처럼 안방으로 들어가 문을 잠갔다. 그리고 자리를 깔고 누웠다.

자정이 되었다.

이불 속에서 그녀는 추위와 긴장감으로 빳빳하게 굳은 채 문을 노려보며 앉아 있었다.

달각.

문손잡이가 움직였다.

그녀는 숨을 멈추었다.

달그락.

문손잡이가 다시 움직였다.

그녀는 벌떡 일어섰다.

어머니의 시체가 방 안으로 걸어 들어왔다. 그리고 전날처럼 옷장 앞으로 갔다. 옷장 문을 열고 서랍을 차례차례 빼어 방바닥에 엎었다. 그리고 옷가지와 잡동사니 속을 뒤지기 시작했다.

그녀는 방을 나갔다. 거실 불을 켰다. 전날처럼 병풍이 쓰러지고 향로가 나뒹굴고 재가 쏟아져서 거실은 또다시 난장판이 되어 있었다. 그런 와중에도 남자는, 전날처럼, 숨을 고르게 쉬며 깊이 잠들어 있었다.

"상현 씨."

그녀는 남자를 흔들었다. 남자는 일어나지 않았다.

"상현 씨!"

그녀는 좀 더 세게 흔들었다. 남자는 여전히 일어나지 않았다.

그녀는 남자의 허리를 발로 찼다.

남자는 한쪽으로 굴렀다가 벌떡, 몸을 일으켰다. 전날과 같이 멍청한 표정에 눈이 흐릿했다. 그러나 그 눈은 그녀를 알아보고 곧 초점을 되찾았다.

"왜 그래요? 무슨 일⋯⋯"

그녀는 말없이 안방을 가리켰다.

남자는 일어섰다. 그리고 안방으로 들어갔다.

이번에 그녀는 남자를 따라가지 않았다. 남자가 축 늘어져 움직이지 않는 어머니의 시체를 안고 방에서 나올 때까지, 그녀는 거실에 그대로 서 있었다.

남자는 전날처럼 어머니를 관에 눕혔다. 복건을 도로 머리에 씌우고 면모를 도로 얼굴에 씌우고 염포를 도로 묶었다. 천금을 도로 덮고 관 뚜껑을 닫았다. 병풍을 세우고, 향로를 도로 제단에 얹고, 바닥에 흩어진 재를 손으로 쓸어 모아 치웠다. 향로에 향을 꽂고 불을 피웠다. 전날처럼 잠시 고개를 숙이고 눈을 감고 그대로 움직이지 않고 서 있다가 남자는 눈을 떴다. 그리고 그녀를 향해 돌아섰다.

그녀는 남자를 쳐다보았다. 남자의 얼굴에는 아무 표정도 없었다. 그러나 남자의 눈은 맑고 부드러웠다.

남자가 조용히 물었다.

"안 때려요?"

그녀는 대답하지 않았다. 안방으로 들어가 문을 닫았다.

남자는 그대로 거실에 서서 귀를 기울였다. 안방에서는 아무런 소리도 들리지 않았다.

남자는 안방 문틈으로 비쳐 나오던 불빛이 꺼진 후에도 한동안 그대로 서 있었다.

―……고통을 나누는 것, 동참하는 이들의 연합된 동맹은 아낌없이 주고 희생하며 보호하는 등의 속성을 적극적으로 장려한다. 간단히 말해, 고통을 나누는 동참자들의 연합된 동맹은 사랑할 수 있는 인간의 능력을 확장시킨다. 고통의 부정은 인간적 사랑을 축소시킨다.*

발인發靷이던 사흘째에는 아침부터 눈이 왔다. 눈이 녹아 질척거리는 골목길이 미끄러워서 언덕 꼭대기까지 운구차가 올라오지 못했다. 남자를 제외하면 운구할 사람이 없었고, 그녀는 남자에게 운구하도록 허락하지 않았다. 그래서 인부들이 올라와서 운구차까지 관을 들고 내려가야 했다. 중간에 몇 번이나 인부들이 미끄러졌고, 몇 번인가 관을 떨어뜨렸다. 다행히 관을 잘 묶어놓았기 때문에 관 뚜껑이 열리거나 시신이 튀어나오는 사고는 발생하지 않았다.

관이 떨어져 땅에 닿을 때마다 그녀는 자신도 모르게 몸을

* 데이비드 웬델, 《죽음의 그림자 속에서 고통의 가치에 대하여》, 131-132쪽

움츠렸다. 보다 못해 남자가 그녀의 어깨에 손을 얹었다. 그녀는 남자의 손을 쳐냈다.

시신을 화장하고, 유골을 안치소에 안치하고, 자질구레한 수속을 모두 마치고 나왔을 때에는 눈발이 점점 굵어지고 있었다. 지하철역을 나와 언덕 꼭대기의 단층집으로 가는 골목길에 들어섰을 무렵에는 앞을 분간할 수 없을 정도로 눈이 펑펑 쏟아졌다. 정장을 입고 구두를 신은 그녀가 두 번쯤 비탈길에서 미끄러졌을 때 남자는 그녀를 붙잡아주며 말했다.

"위험하니까 집까지 안 올라가는 게 좋겠어요. 어디 다른 데서 하룻밤만 묵는 게……"

그녀는 고개를 저었다. 남자가 다시 말했다.

"다른 뜻이 있어서 그러는 게 아니에요. 그런 구두 신고 이 눈 속에 비탈길 올라가다간 다쳐요."

그녀는 다시 고개를 저었다. 언덕 꼭대기의 집 안방에는 그녀의 짐 가방이 있었다. 그녀는 집에 돌아가고 싶은 것이 아니었다. 그 짐 가방을 가지고 언덕 꼭대기의 집을 나오고 싶은 것이었다. 그리고, 절대로 뒤도 돌아보지 않고, 떠나온 먼 곳으로 돌아가서 이곳에서의 일을 다시는 생각하지 않고 살아가고 싶은 것이었다.

그녀는 몇 발자국 간신히 올라온 비탈길을 다시 내려갔다.

골목길의 시장통으로 가서 싸고 바닥에 요철이 강한 장화를 샀다. 비탈길 앞에서 구두를 벗어 손에 들고 장화로 갈아 신고 그녀는 올라가기 시작했다. 남자도 말없이 뒤를 따랐다.

장화를 신고도 몇 번인가 미끄러지고 구른 끝에 그녀와 남자는 눈과 진흙과 땀으로 범벅이 되어 집에 도착했다. 그녀는 곧장 안방으로 들어가 짐 가방을 가지고 나왔다.

다시 장화를 신는 그녀를 남자가 말렸다. 그녀는 남자를 노려보고 아무 말도 하지 않았다. 현관을 나섰다. 마당으로 나왔다.

해는 이미 졌고, 하늘은 깜깜했고, 이제는 천지를 분간할 수 없을 정도의 눈보라가 휘몰아치고 있었다. 마당이라고 이름 붙이기조차 부끄러운 현관에서 대문 사이의 협소한 공간은 어둠과 눈보라가 뒤섞여 일렁이는 회색 추위 속에 완전히 잠겼다. 대문이 어디쯤인지 분간조차 할 수 없었다.

"혜진 씨."

남자가 뒤에서 불렀다.

"제발 이러지 마세요."

그녀는 입속말로 작게 욕설을 내뱉었다. 그리고 다시 현관으로 들어갔다. 장화를 벗었다. 안방에 짐 가방을 내려놓고 외투를 벗었다.

더운물은 오 분 만에 얼음장 같은 찬물로 바뀌었다. 그녀는 덜덜 떨면서 얼굴에서 진흙과 눈 녹은 물과 땀을 간신히 씻어냈다. 안방으로 돌아와 전처럼 문을 잠그고 자리를 깔고 누웠다.

몸은 녹지 않았다. 그녀는 딱딱 마주치는 이를 악물고 이불 속에서 몸을 옹송그렸다. 해가 뜨면, 눈보라가 그치면, 이라고 그녀는 덜덜 떨리는 몸을 가느다란 양팔로 꽉 껴안고 악다문 잇새로 몇 번이나 중얼거렸다.

추위 때문에 잠이 오지 않았다. 그녀는 시계를 보았다. 자정이었다.

달각.

문손잡이가 움직였다.

그녀는 문을 쳐다보았다.

"상현 씨?"

아무도 대답하지 않았다.

달그락. 삐걱.

"상현 씨?"

대답 대신 문이 살짝 열렸다. 문틈으로 바깥의 어둠이 보였다.

그녀는 일어섰다.

그녀의 예상과는 달리, 문은 더 이상 열리지 않았다. 손가락 한마디만큼 벌어진 틈 사이로 그녀의 어머니가 스며들어 왔다.

육체를 잃은 어머니의 혼령은 죽은 어머니의 얼굴처럼 여위고 창백했고, 약간은 투명해 보였다. 그녀는 선 채로 굳어져서 희뿌옇고 반투명하고 창백한 어머니의 혼령이 옷장 쪽으로 가는 것을 지켜보았다.

혼령은 옷장 문을 열려 했다. 그러나 손은 옷장 문을 통과했고, 옷장은 닫힌 채였다. 혼령은 상황을 이해하지 못하는 듯, 기계적으로 헛손질을 이어갔다.

한동안 그렇게 팔을 휘두르다가 혼령은 멈추었다. 그리고 천천히 돌아섰다.

어머니의 혼령과 눈이 마주치기 전에 그녀는 방에서 뛰어나왔다.

"상현 씨!"

남자는 거실 한구석에서 색색 고른 숨을 쉬며 깊이 잠들어 있었다.

"상현 씨!"

남자는 깨어나지 않았다.

"일어나!"

그녀는 남자를 흔들었다.

"일어나!"

그녀는 절규하며 남자를 흔들었다.

"혜진 씨, 혜진 씨."

남자의 목소리를 듣고 그녀는 흔들기를 멈추었다.

"왜 그래요?"

남자와 눈이 마주쳤다. 이전과는 달리, 남자의 눈은 맑고 초점이 또렷했다.

그녀는 말없이 안방을 가리켰다.

남자의 표정이 굳어졌다.

"여기 있어요."

남자가 일어서며 말했다. 그리고 안방으로 들어갔다.

그녀는 따라 들어갔다. 남자는 옷장을 열고 가장 아래쪽 서랍 안쪽에 팔을 넣어 휘저었다. 그리고 조그만 사각형 비닐봉투를 꺼냈다. 안에 흰 가루가 들어 있었다.

어머니의 혼령은 흰 가루가 든 비닐봉투를 보고 손을 뻗어 움켜쥐려 했다. 손은 비닐봉투를 그대로 통과했다. 어머니의 혼령은, 옷장 문을 열려고 했을 때처럼, 헛되이 기계적인 동작을 되풀이했다.

그녀는 남자에게 다가가 흰 가루가 든 비닐봉투를 낚아챘다.

어머니의 혼령이 동작을 멈추었다. 남자가 그녀를 올려다보았다.

"혜진 씨, 무슨……"

그녀는 남자를 무시했다. 어머니의 혼령에게 말했다.

"이게 갖고 싶어요?"

어머니의 혼령이 천천히 그녀 쪽으로 고개를 돌렸다. 혼령의 반투명하고 어두운 시선은 그녀가 아닌 비닐봉투를 끊임없이 바라보고 있었다.

"이게 갖고 싶냐고!"

어머니의 혼령은 대답하지 않았다. 움직이지도 않았다.

그녀는 어머니의 혼령을 향해 비닐봉투를 내민 채로 뒷걸음질 쳤다. 어머니의 혼령은 천천히 그녀 쪽을 향해 움직였다. 그녀는 조심스럽게, 그러나 재빨리 뒷걸음질 쳐서 안방을 나왔다. 어머니의 혼령도 천천히 그녀를, 혹은 흰 가루가 든 비닐봉투를 따라 나왔다.

그녀는 현관을 지나 마당으로 나갔다. 맨발이 차가운 눈 속에 발목까지 파묻혔다.

"이게 갖고 싶어요?"

그녀는 어머니의 혼령에게 다시 말했다. 혼령은 비닐봉투에 시선이 붙박인 채 대답하지 않았다.

"갖고 싶으면 내 이름 불러봐요."

그녀가 말했다.

"혜진아, 그거 이리 줘, 라고 말해봐요."

어머니의 혼령은 비닐봉투를 쳐다보며 대답하지 않았다.

"혜진아, 해봐요!"

그녀는 소리쳤다.

어머니의 혼령은 변함없이 비닐봉투 쪽으로만 시선을 향한
채 대답하지 않았다.

그녀는 봉투의 입구를 찢었다. 마당에 쌓인 눈 위로 흰 가
루를 뿌렸다.

혼령의 입이 벌어졌다. 가슴까지, 바닥까지 닿을 정도로 벌
어졌다. 우렁우렁한 고함 소리가 집을 뒤흔들었다. 어머니의
혼령은 그녀를 통과하여, 흰 가루를 따라, 마당에 쌓인 눈 속
으로 돌진했다. 그리고 흩어져서, 사라져버렸다.

어머니의 혼령이 완전히 사라진 후에도 그녀는 한동안 마
당에 그대로 서 있었다.

"혜진 씨."

남자가 불렀다. 그녀는 대답하지도 움직이지도 않았다.

"혜진 씨!"

그녀는 반응하지 않았다.

남자가 자기 외투를 가지고 마당으로 나왔다. 그녀의 어깨에 외투를 둘렀다.

"혜진 씨, 들어가요."

그녀는 움직이지 않았다.

"여기 이러고 있으면 감기 들어요."

그녀는 대답하지 않았다.

"혜진 씨."

그녀는 아무 반응도 보이지 않았다.

남자는 그녀의 어깨에 팔을 둘렀다. 그녀를 집 안으로 데리고 들어가려 했다.

갑자기 그녀가 팔을 휘둘러 남자의 얼굴을 가격했다. 남자는 중심을 잃고 눈 속으로 미끄러져 쓰러졌다.

그녀는 쓰러진 남자에게 덤벼들었다.

남자는 몇 대 더 맞고서야 그녀를 제압했다. 몸부림치는 그녀를 안아서 집 안으로 옮겼다. 현관문을 닫았다.

그녀는 눈과 얼음조각과 눈 녹은 물에 뒤덮여 흠뻑 젖은 채 덜덜 떨면서 거실 한가운데 서 있었다. 남자가 욕실에서 수건을 가져왔다. 그녀를 조심스럽게 이끌어 안방으로 데리고 들어갔다. 이불을 둘러준 후 머리카락과 얼굴을 닦아내기 시작했다.

그녀가 돌연히 남자에게 입 맞추었다.

그녀가 남자의 옷을 벗기고 요 위에 눕혔을 때 남자는 저항하지 않았지만 적극적으로 반응하지도 않았다. 얼음처럼 차갑게 식은 그녀의 몸이 남자의 몸을 안았을 때 남자는 양팔로 그녀의 몸을 감쌌다. 그러나 남자가 아무리 감싸 안아도, 눈 덮인 사흘째의 밤이 조용히 시간 속으로 흘러 사라져갈 동안 그녀의 몸은 조금도 달아오르지 않았다…….

　─부재를 부재로써 인정하고 확인하는 데에는 궁극적인 해결책이란 존재할 수 없다는 사실과 자기 자신 혹은 다른 사람들에게 투영된 소멸될 수 없는 불안감을 인지하는 과정이 필요하다. 그것은 또한…… 더욱 바람직한, 어쩌면 매우 다른─그러나 완벽하지도 완전하게 합일되지도 않는─지금, 여기의 삶을 창조하는 데 있어 긍정적인 가능성을 열어줄 수 있다.*

다음 날 아침 남자가 안방에 들어섰을 때 그녀는 이미 떠날

---

* 도미닉 라카프라, 〈외상, 부재, 상실〉, 707쪽

채비를 마친 상태였다.

"아침…… 먹고 가세요."

남자가 어색하게 말했다.

그녀는 대답하지 않았다. 남자를 돌아보지도 않았다.

"아직 추워요…… 밤새 눈이 언 것 같고."

그녀는 대답하지 않았다.

"몇 시간만 더 있으면…… 날이 풀릴 것 같은데……"

"그만해요."

그녀가 남자의 말을 잘랐다. 남자는 무안해져서 입을 다물었다.

그녀는 짐 가방을 집어 들었다. 안방을 나왔다. 거실을 가로질러 현관으로 갔다.

장화를 신는 그녀에게 남자가 말했다.

"사십구재는…… 어떻게 하실 거예요?"

그녀는 대답하지 않았다.

남자가 다시 말했다.

"내년 기일엔……"

"맘대로 하세요."

그녀가 신발을 다 신고 일어섰다. 그리고 남자를 돌아보았다.

"이젠 상관 안 할 거니까, 그쪽 맘대로 하세요."

"혜진 씨……."

그녀는 현관문을 열었다. 좁은 마당으로 나왔다.

눈은 밤새 얼었다. 장화를 신은 그녀의 발밑에서 언 눈이 파삭파삭 소리를 내며 부서졌다.

흰 가루가 뿌려진 곳, 어머니의 혼령이 마지막으로 빨려 들어가 사라진 그곳은 어디인지 짐작조차 가지 않았다.

그녀는 조심스럽게 마당을 가로질렀다. 장갑 낀 손으로 대문을 밀었다. 얼어붙은 대문이 끼긱, 소리를 내며 열렸다.

"혜진 씨."

남자가 뒤에서 불렀다.

그녀는 잠시 망설였다. 그리고 돌아보았다. 남자는 한쪽 뺨이 불그스름하게 부어 있었다.

남자가 말했다.

"용서하세요."

그녀는 대답하지 않았다. 대문을 열고 골목으로 나왔다.

전철 안에서 그녀는 울었다. 그것은 장례 첫날 밤, 약을 찾아 관에서 걸어 나온 어머니의 시신을 보고 무섭고 놀라서 흐느꼈던 눈물과는 달랐다. 그것은 그녀가 처음으로 흘리는 애도의 눈물이었다.

그녀가 애도하는 것은 어머니의 죽음이 아니라 어머니의 부재였다. 그녀의 눈물은, 자신에게 생물학적인 의미의 어머니 외에 사회적이고 정서적인 의미의 어머니가 존재하지 않으며, 살면서 이제껏 한 번도 존재하지 않았음을 뒤늦게 이해하고 인정하는 눈물이었다.

가져본 적이 없는 것은 상실할 수 없다. 부재하는 것은 또한 존재하지 않으므로 용서할 수도 용서하지 않을 수도 없다. 그러므로 그녀는 어머니의 죽음이라는 삶의 중대한 사건을 맞이하여 아무런 권한도 책임도 없는 완전한 방관자의 입장이었다. 그래서 그녀는 울었다.

공항에서 탑승 시간을 기다리면서 그녀는 어깨에 전날 밤 자신의 차가운 몸을 감싸 안았던 남자의 온기가 남아 있는 것을 느꼈다. 망설이다가 탑승 안내방송을 듣고 그녀는 마지막으로 휴대전화를 꺼냈다.

남자가 전화를 받았을 때 그녀는 말했다.

"고마웠어요."

남자는 잠시 아무 말도 하지 않았다. 그리고 나지막한 목소리로 대답했다.

"……예."

그녀는 전화를 끊었다. 그리고 이번에야말로 완전히 떠나기 위해, 일어섰다.

죽은
팔

* 2008년 환상문학웹진 〈거울〉 게재

집주인은 왼손만으로도 능숙하게 열쇠를 끼워 돌렸다. 문을 열고 그는 먼저 들어가서 안으로 들어오라는 손짓을 했다. 남편과 아내는 집주인을 따라서 안으로 들어갔다. 부부가 들어오자 주인은 문을 닫고 말없이 하나밖에 없는 팔을 들어 집 안을 둘러보라는 듯한 몸짓을 했다.

평수에 비해 넓어 보이고 볕도 잘 드는 밝은 집이었다. 다세대 주택의 4층으로, 들어서면 우선 거실 겸 식당으로 쓸 수 있는 꽤 넓은 공간이 있고 왼쪽에는 조그만 부엌이 있다. 부엌이라고 해봐야 공간이 따로 분리된 게 아니라 그저 싱크대와 조리대와 찬장들이 왼쪽 벽을 차지하고 빽빽이 늘어서 있는 것이다. 그 옆, 현관 바로 맞은편에는 다용도실이나 창고로 쓰이는 조그만 방이 하나, 방이라기보다는 좀 큰 붙박이 옷장 같다. 그 오른편에는 화장실이 있고, 화장실 오른쪽, 현관에서 대각선으로 마주 보이는 방다운 방이 안방이다. 부부는 이곳저곳을 둘러보고 방 안에도 들어가보았다. 주인은 내

내 말없이 문간에 서 있었다.

마침내 안방을 둘러보고 나온 남편이 부엌을 살펴보는 아내에게 말했다.

"어때, 당신 보기엔? 여기가 제일 나은 것 같지 않아? 평수보다 넓어 보이고, 햇볕도 잘 들고."

"그런 것 같네요······."

아내는 여전히 싱크대 아랫부분을 열심히 살펴보며 조그만 목소리로 말끝을 흐렸다. 작고 호리호리한 젊은 여자로, 스물네다섯 살 정도 되어 보였으며 이미 아기 엄마였지만, 가늘고 연약한 외모에는 아직도 어딘지 소녀 같은 구석이 남아 있었다. 체격이 크고 언제나 과장되게 쾌활한 목소리로 요란스런 몸짓을 섞어 말하는 삼십 대 중후반의 남편과는 여러 면에서 기묘한 부조화를 이루었지만, 대조적이라는 의미에서는 어울리는 것도 같았다.

남편은 아내의 불분명한 대답에 특유의 우렁찬 목소리로 나무랐다.

"그런 거면 그런 거지 '그런 것 같네요'는 또 뭐야. 저기, 주인아저씨, 여기 바람은 잘 통합니까? 여름에 시원해요?"

집주인은 여전히 문간에 선 채 말없이 고개만 끄덕였다.

"건물에 융자 안 끼어 있다고 하셨죠? 담보 잡힌 적도 없

276

고? 하긴 그런 건 부동산에서 다 확인해줬지."

집주인은 다시 조용히 고개를 끄덕였다.

"그 정도면 됐지 뭘 그래. 당신은 또 뭐가 불만이야?"

아내는 싱크대 앞에 쭈그리고 앉아 집주인을 돌아보며 조심스럽게 물었다.

"여기, 물은…… 잘 빠져요?"

집주인은 묵묵히 고개를 끄덕였다.

"보일러는…… 기름보일러라고 하셨던가요?"

집주인은 말없이 고개를 저었다.

남편이 기운차게 끼어들었다.

"그런 건 부동산에서 다 알아봤잖아. 여기로 해. 여기만 한 데가 없어. 자, 주인장, 계약하러 갑시다."

집주인은 고개를 끄덕이고 조용히 현관문 밖으로 사라졌다.

따라 나가려는 남편을 아내가 붙잡았다.

"여보…… 난 저 주인아저씨가 영 맘에 안 들어요. 사람이 이상하게 어두워 보이는 게……."

남편은 여전히 쾌활했다.

"뭘, 과묵하고 침착한 게 믿을 만한 사람 같던데."

"그렇지만 너무 말이 없고…… 저 아저씨 팔 봤어요?"

집주인은 중키의 마르고 거무스름한 남자로, 사십 대 정도로 보였으나 정확한 나이는 알 수 없었다. 거의 말이 없었고, 질문을 해도 제대로 시선조차 마주치지 않는, 어딘가 음산한 느낌이 드는 사람이었다. 오른팔 전체가 없어서 오른쪽 소매가 어깨에서부터 축 늘어져 있었다.

남편은 걱정스러운 표정의 아내에게 어린애를 타이르듯이 말했다.

"당신은 뭐 그런 걸 따지고 그래. 팔 하나 없으면 나쁜 사람이야? 그런 거 가지고 사람 판단하면 못쓰는 거야."

"하지만……."

"우리 형편에 이 정도 돈으로 이 정도 집 구했으면 횡재한 거야. 당신도 다녀봤잖아. 요즘 시세가 얼만지 알아?"

"그건 그렇지만……."

남편은 아내의 어깨를 안고 토닥토닥 두들겼다.

"걱정 마. 내가 열심히 일할게. 돈 많이 벌어서 금방 더 좋은 집으로 이사 가면 되잖아. 그때까지만 여기서 살면 되지 뭐."

남편은 아내의 어깨를 감싸 안고 전세 계약을 하러 나갔다.

이사 온 다음 날 아침이었다. 짐이 그다지 많지 않아 지난밤에 거의 정리는 했지만 아직 풀지 못한 상자 몇 개가 구석에 놓여 있었다. 아기 침대는 거실에 내다놓았고, 아기는 그 안에서 잠들어 있었다. 남편은 거실에 내놓은 식탁의 가운데 자리를 차지하고 앉아 새로 이사 온 집이 흐뭇한 듯 몇 번이나 둘러보며 느긋하게 새집에서의 첫 아침 식사를 즐겼다. 조그만 아내는 일어났다 앉았다, 조리대와 식탁과 냉장고와 찬장 사이를 왔다 갔다 하며 남편의 식사 수발에 아침은 먹는 둥 마는 둥 했다. 거실의 식탁 위쪽에는 이사 오기 전까지는 없었던 '팔'이 벽에서 튀어나와 있었다. 말랐지만 제법 근육질에 피부가 거무스름하고 단단해 보이는, 남자의 오른팔이다.

남편은 국그릇을 들어 소리 내어 들이켜고는 식탁 위에 탕, 내려놓으며 여전히 유쾌한 목소리로 말했다.

"여보, 새집에서 맞이하는 첫 아침이야. 감상이 어때? 국 좀 더 줘."

아내는 일어나서 국을 퍼오며 여느 때처럼 불분명한 목소리로 대답했다.

"좋아요……."

남편은 아내의 소심한 대답이 만족스럽지 않았다.

"가구 들여놓고 나니까 쪼끄만 집이 더 좁아 보이긴 해. 당신 그래서 불만인 거야? 장아찌 맛있네."

"더 드려요?"

"응, 조금만 더 줘."

아내는 남편이 대답도 하기 전에 이미 식탁에서 일어나 있었다. 냉장고에서 장아찌 통을 꺼내 보시기에 덜어 말없이 그것을 남편 앞에 내려놓고 그녀는 다시 식탁 앞에 앉았다.

남편은 적극적인 만족감을 나타내지 않는 아내를 설득하기 시작했다.

"그래도 다들 그렇게 시작하는 거야. 월세 일 년 만에 전세로 옮겨온 게 어디야. 이제 두고봐. 나만 믿어. 정말 열심히 일해서 집도 더 큰 데로 옮기고 우리 애기도 방을 따로 멋지게 꾸며주고……."

남편이 말하는 도중에 식탁 위에 매달린 '팔'이 주먹을 쥐고 벽을 치기 시작했다. 치는 소리는 점차로 커져서 이윽고 남편의 말소리가 거의 들리지 않을 정도가 되었다. 남편은 개의치 않고 이야기를 계속했다.

쿵, 쿵, 하는 큰 소리에 아기가 놀라 깨어나서 울기 시작했다.

아내는 당황하여 일어나서 아기를 안고 달랬다. 그러나 '팔'은 계속 벽을 치고 아기는 계속 울었다. 남편은 계속 장황하게 미래의 계획을 늘어놓았지만 말소리는 팔이 벽을 치는 쿵쿵 소리에 묻혀 들렸다 안 들렸다 하며 거의 알아들을 수 없었다. 아내는 아기를 안은 채 어쩔 줄 모르고 눈을 휘둥그렇게 뜬 채 '팔'과 아기와 남편을 번갈아 쳐다보기만 했다.

한참 후에야 '팔'이 움직임을 멈추었다.

남편의 인생 설계는 막바지에 들어서 있었다.

"……쯤이면 우리도 남부럽지 않은 노후를 보내게 되는 거야. 어때, 그만하면 괜찮은 인생 계획 아냐? 물 좀 줘."

아내는 아기를 안은 채 팔을 뻗어 찬장에서 가까스로 컵을 꺼내며 대답했다.

"예, 그런 것 같아요……."

그리고 기계적으로 물을 따라 남편 앞에 컵을 놓았다.

아기는 이제 훌쩍거리다가 거의 울음을 멈추었다.

남편은 호기롭게 물을 벌컥벌컥 들이켰다.

"그런 거면 그런 거지 그런 것 같은 건 또 뭐야. 당신 항상 그렇게 불분명해서 탈이야. 사람이 자기 주관이 뚜렷해야지. 아, 잘 먹었다. 나 출근할게."

"예, 잘 다녀오세요……."

"저녁에 봐."

남편은 현관에 따라 나온 아내의 품에 안긴 아기에게 가볍게 뽀뽀했다. 아기는 조금 칭얼거렸다.

아내가 망설이면서 말을 꺼냈다.

"여보, 저기……."

"응?"

아기가 다시 칭얼거렸다. 아내는 잠시 동안 식탁 위의 '팔'과 아기를 번갈아 쳐다보다가 마침내 말했다.

"……아무것도 아니에요. 다녀오세요."

남편은 나갔다. 문이 닫혔다.

아내는 칭얼거리는 아기를 달래며 방 안을 왔다 갔다 했다. 아기는 조용한 집 안에서 엄마 품에 안겨 꼬박꼬박 졸다가 금방 다시 잠들었다. 아기를 요람에 뉘어놓고 아내는 식탁을 치우기 시작했다.

행주로 식탁을 훔치다가 아내는 '팔'을 쳐다보았다. 한참 요모조모 관찰하다가 건드려보려는 듯 손을 들었다. 그러다 얼른 손을 내리고 대신 젓가락으로 살짝 건드려보았다. '팔'은 움직이지 않았다. 한번 더 건드려볼까 하다가 아내는 젓가락을 내려놓고 설거지를 시작했다. 아내가 돌아서자 '팔'이 살짝 움직였다.

설거지하는 도중 초인종이 울렸다. 아내는 손을 털고 앞치마에 닦으며 나가서 문을 열었다.

문밖에는 뽀글뽀글한 파마머리에 밝은색 니트 카디건과 어울리지 않는 몸뻬 바지를 입은 중년 아주머니가 서 있었다.
아주머니는 함박웃음을 지으며 말했다.

"새로 이사 오신 댁 맞죠?"

"예, 그런데요……."

아주머니는 여전히 붙임성 있는 눈웃음을 지으며 들어오라
는 말도 하지 않았는데 슬리퍼를 벗고 집 안으로 성큼 들어
섰다. 아내는 얼떨결에 한 발짝 물러섰다. 아주머니는 집 안
을 둘러보며 중년 여인 특유의 입담을 쏟아냈다.

"아유, 새댁이신가 봐. 집이 참 깔끔하네, 아늑하고……. 신
혼 분위기가 팍팍 풍기네. 깨소금 쏟아지시겠수. 얼마나 됐어
요?"

갑자기 돌아보는 바람에 아내는 어리둥절하여 뒤로 물러서
다가 냉장고에 부딪혔다.

"예?"

"결혼 말이유. 결혼한 지 얼마나 됐냐고. 일 년? 반년?"

"이 년…… 됐는데요……."

"아유, 한참 좋을 때네. 어머나, 애기 봐."

아내가 말릴 사이도 없이 아주머니는 요람 속에서 자고 있
는 아이를 안아 올렸다.

"까꿍! 아유 예뻐라. 몇 달이나 됐수?"

"갓 돌 지났어요……."

"어머나, 그럼 그 뭐냐, 허, 허? 허니문 베이비네. 좋겠수. 제일 예쁠 때지."

그리고 아주머니는 아이를 내려놓으며, 아내 쪽으로 다가서서 눈을 찡긋거리며 목소리를 낮추어 물었다.

"혹시 속도위반한 건 아니유?"

아내는 당황하여 할 말을 찾지 못했다. 아주머니는 아내의 어깨를 툭툭 치며 요란한 소리로 웃기 시작했다.

"어머, 내가 무슨 주책 맞은 소리를…… 호호호호……."

"그런데…… 저…… 무슨 일로……?"

아내는 한참이나 망설이다가 불분명하게 물었다.

"어머, 참, 내 정신 좀 봐. 난 2반 반장이고, 이 아랫집 사는 성민 엄만데, 누가 이사를 왔다길래 인사하러 왔지. 왜, 시루떡 같은 거 돌리고 그럴 때 생판 모르는 집에 초인종 누르기 좀 쑥스럽고 그렇잖우. 아는 이웃이 있어서 같이 돌리고 소개도 받고 인사도 하고 그럼 좋지. 안 그래요? 호호호호……."

아랫집 아주머니는 매우 친한 사이처럼 아내의 팔을 꾹꾹 찔렀다. 아내는 당황하여 더듬거렸다.

"아…… 예……."

"그럼 같이 갑시다. 떡은 새댁이 들고, 과일은 무거우니까 내가 들어줄게."

아내는 영문을 몰라 되물었다.

"떡…… 이요?"

"그래, 떡. 이사 떡."

"저…… 그런 거 없는데……."

아주머니는 갑자기 목소리를 높였다.

"응? 그게 무슨 소리야?"

"어제, 엊그저께 막 이사 와서…… 짐 정리도 아직……. 그래서…… 아무것도……."

아내는 말을 더듬었다.

"아니 그래 아무것도 없단 말이야?"

아주머니는 더욱 언성을 높여서 마치 엄한 시어머니가 며느리를 꾸짖듯이 화를 냈다. 아내는 잔뜩 주눅이 들어 기어들어 가는 목소리로 대답했다.

"예, 아직 아무 준비도……."

"아니 젊은 사람이 그렇게 정신이 없어서 어디다 쓰려고 그래? 그런 건 이사 오기 전에 미리미리 맞춰놨어야지. 이웃들 무시하는 거야 뭐야?"

"죄, 죄송해요……."

아주머니는 움츠러든 아내에게 바짝 다가서며 잡아먹을 듯이 말했다.

"다 새댁 위해서 하는 일인데 그렇게 성의가 없어? 그렇게
살면 안 되는 거야. 다 같이 사는 세상인데 그렇게 자기 생각
만 해서 되겠어?"

"저…… 정말 죄송해요……. 죄송해서 어쩌죠……."

아내가 어쩔 줄 모르고 사과를 하자 아주머니는 조금 누그
러졌다.

"그래, 집들이는 언제야?"

"그, 그것도…… 아직……."

아내는 여전히 주눅이 든 채 눈치만 보았다. 아주머니는 한
심하다는 듯이 아내를 쳐다보았다.

"집들이 준비도 아직 안 했어?"

아내는 대답도 못하고 고개만 간신히 끄덕였다. 아주머니
는 그런 아내를 타이르기 시작했다.

"새댁이 아직 살림 살 줄을 몰라서 그러나 본데, 그렇게 하
면 안 되는 거야. 새집에 이사를 왔으면, 이웃들 불러 모아 고
사부터 지내고, 떡이랑 음식도 나눠 먹고, 겸사겸사 집들이
도 하고, 얼마나 좋아? 다 그런 요령이 있어야 이웃들하고도
빨리 친해지고, 응? 이웃들하고 잘 지내면 어려운 일 있을 때
도움도 받고, 다 새댁한테 좋은 일이지. 이웃사촌이란 말 몰

라? 이웃사촌."

"예……."

"자, 그럼 가야지."

아주머니는 갑자기 아내의 손을 잡아끌었다.

"예? 어딜…… 요?"

"어디긴 어디야, 장 보러 가야지."

"장을…… 봐요?"

"시루떡도 안 맞췄다, 과일도 없다, 집들이 준비도 안 했다, 아무것도 없잖아? 그럼 장부터 봐야지, 안 그래?"

"그렇지만…… 저……."

"잔말 말고 따라와요. 내가 다 이런 일에 그 뭐냐, 배, 배, 배 태랑이야. 장바구니하고 지갑 들고 어여 와."

손목을 잡힌 아내는 다른 한 손으로 앞치마를 벗었다. 당황한 모습으로 요람 속에서 잠들어 있는 아기와 아주머니를 번갈아 쳐다보았지만 아주머니는 손목 잡은 손을 늦추지 않았다. 아내는 할 수 없이 지갑을 집어 들고 따라나섰다.

아내가 문을 나서자 '팔'이 조금 움직였다.

그날 저녁 예정에 없던 집들이 잔치가 벌어졌다. 손님은 통장이라는 초로의 남자와 세 명의 이웃 아주머니들이었다. 이웃들은 식탁에 둘러앉아 시끄럽게 떠들며 먹고 마셨다. 거실 한쪽에는 고사상이 차려져 만 원짜리 지폐를 입에 문 돼지머리가 웃고 있었다. 남편은 아직 퇴근하지 않았다. 아내는 혼자서 요리하고 식사 수발을 드느라 분주히 움직였다.

갈비를 뜯던 통장이 큰 소리로 물었다.

"맥주 없나?"

옆자리의 아주머니가 핀잔을 주었다.

"아니 통장님은 뭘 벌건 대낮부터 술을 찾고 그러세요?"

집들이를 주최한 예의 아랫집 아주머니가 통장 편을 들었다.

"그래도 집들이 상에 반주가 있어야지. 새댁, 맥주 사온 거 어디다 놨지?"

"맥…… 맥주요?"

아내는 전유어를 잔뜩 담은 접시를 상에 놓다 말고 잠시 명청히 서서 되물었다. 아랫집 아주머니는 짜증을 냈다.

"아니 젊은 사람이 그렇게 정신이 없어서 어쩌려고 그래? 금방 사다 쌓아놓은 거 있잖아?"

"거, 없으면 그만둬요."

통장이 머쓱해져서 끼어들었다. 그러나 아랫집 아주머니는 주최 측의 명예를 걸고 굽히지 않았다.

"없긴 왜 없어요, 내가 아까 분명히 빡쓰로 사다놨는데."

식탁 맞은편에 앉아 있던 아주머니가 중재에 나섰다.

"주인장 오기 전에 술부터 마실 거예요? 그러면 실례지."

"어머머 정말, 그러고 보니 주인장도 아직 안 왔는데 우리끼리 개시를 해버렸네. 이 일을 어째, 호호호호……."

"그래도 아직 본격적인 고사는 안 지냈으니까 괜찮겠지뭐."

"그래요. 주인장 오면 절부터 하고 맥주 땁시다."

통장은 여전히 맥주에 미련을 버리지 못했다. 아랫집 아주머니가 아내에게 물었다.

"주인장이 빨리 오셔야 되는데. 새댁, 신랑은 늦게 오나?"

"조금 있으면…… 곧 올 거예요……."

아내의 대답은 이야기 소리와 손님들의 이런저런 주문에 묻혀 거의 들리지 않았다.

"새댁, 거, 부침개하고 갈비 한 그릇씩 더 가져오지?"

"물김치도 좀 더 가져오고. 새댁이 요리 솜씨가 좋네."

"다 그 뭐냐, 코, 코오치가 좋아서 그런 거지. 호호호호……."

주최 측인 아랫집 아주머니가 자랑스럽게 말을 받았다. 식탁에 둘러앉은 이웃들은 한꺼번에 호들갑스럽게 웃음을 터뜨렸다.

초인종이 울렸다. 아내가 얼른 뛰어가 문을 열었다. 남편은 들어오려다 말고 놀라서 문간에 선 채 잔치가 벌어진 집 안을 바라보았다. 통장이 일어나서 거드름 피우는 목소리로 장엄하게 말했다.

"어, 거, 이 댁 세대주 되십니까?"

"예, 그렇습니다만……."

"어, 나 2통 통장인데, 우리 동네에 새 이웃이 이사를 오셨다는 소식을 듣고 인사도 할 겸 집들이도 도울 겸 겸사겸사 왔소이다. 반갑습니다."

"아, 예……."

통장은 남편의 손을 억지로 잡고 흔들었다. 남편은 얼떨결에 악수를 당하며 당황하여 꾸벅 인사를 했다. 통장은 여전히 거드름을 피우며 계속했다.

"내 여기 이웃분들 소개해드리지. 여기는 뒷집 사시는 민희 엄마, 여기는 앞집 사는 경석이 엄마, 그리고 여기는 바로 아랫집 사시는 2반 반장님 성민이 엄마. 자, 인사들 해요."

남편은 얼떨결에 아주머니들과 돌아가며 인사를 했다. 이웃들은 대단히 반가운 척, 호들갑스럽게 자기소개를 한다.

통장이 이어서 선언했다.

"자, 이제 주인장도 오시고 했으니, 고사 진행합시다."

"고…… 고사요?"

남편이 되물었다.

"아무렴, 새집에 이사를 왔으면 고사부터 지내야지. 자, 여기 돼지머리 있으니, 절하시고—!"

남편은 얼떨결에 통장이 시키는 대로 고사상 앞에 엎드렸다.

절을 하고 남편이 일어나려 할 때 '팔'이 벽을 쾅 쳤다. 아내가 움찔 놀라서 식탁 쪽을 홱 돌아보았다. 아기는 안방 침대 위에서 꼼지락거렸다. 그러나 그 외에는 아무도 '팔' 쪽에 반응을 보이지 않았다. 남편이 일어서자 모두들 와자지껄 웃으며 박수를 쳤다.

"자, 입에 만 원 물리시고—!"

통장의 선언에 남편은 당황하며 지갑을 찾아 바지 주머니를 더듬거렸다. 통장이 앞질러 자기 지갑을 꺼내며 호기롭게 말했다.

"만 원 없수? 그럼 내가 빌려주지. 자 여기, 기분이다, 2만 원!"

보고 있던 이웃들이 시끄럽게 웃으며 또 요란스럽게 박수를 쳤다.

"자, 그럼 나도 절해야지!"

통장은 지갑을 집어넣고 자기도 넙죽 절을 했다. 그가 일어나려 할 때 '팔'이 다시 벽을 쾅 쳤다. 아내는 놀라서 벽 쪽으로 홱 돌아서서 쳐다보았다. 안방 침대 위에서 아기가 칭얼거리기 시작했다. 아내는 얼른 가서 아기를 안아 들고 어르기 시작했다. 그러나 아기를 어르면서도 '팔'을 계속 쳐다보았다. 나머지 사람들은 '팔'을 전혀 의식하지 않는 듯, 변함없이 요란스럽게 떠들며 웃으며 박수를 쳤다. 남편이 지갑에서 3만 원을 꺼내 높이 들어 보인 후 돼지 입에 물리자 환호성이 더 커졌다.

"자, 이제 인사도 하고 절도 했으니 건배합시다!"

통장이 우렁차게 선언했다. 아랫집 아주머니가 얼른 아내에게 다가가 꾹꾹 찌르며 다급하게 소곤거렸다.

"새댁, 맥주, 맥주!"

"아, 예, 예……."

아내는 당황하며 아기를 내려놓고 얼른 부엌으로 가서 맥주를 따라 손님들에게 한 컵씩 돌렸다. 통장이 술잔을 높이 들었다.

"자, 하는 일마다 잘되시고, 사업 번창 소원 성취하시고, 여기 젊은 새댁은 옥동자도 쑥쑥 낳으시고, 새 이웃을 위하여!"

"위하여!"

모두들 잔을 높이 들고 쨍, 하고 큰 소리가 나도록 부딪쳤다.

잔이 부딪치는 순간 '팔'이 벽을 치기 시작했다. 안방에 있던 아기가 놀라 칭얼거리기 시작했다.

술잔을 비우고 손님들은 술기운에 힘입어 다시 떠들어댄다.

"통장님도 응큼하셔, 꼭 옥동자 낳는 얘기는 빼놓질 않으시더라!"

"왜, 그것도 중요하지. 새댁이 젊으니까 애기도 잘 낳을 거야."

"그러고 보면 신랑이 재주도 좋아, 저렇게 어린 새댁을 다 꼬셨으니."

"새댁, 신랑이 밤일 잘하나 봐? 좋겠수."

"좋기는 신랑이 더 좋지, 저렇게 젊은 새댁이랑…… 호호호호!"

"거 주인장, 비결이 뭐요? 나도 좀 압시다."

이웃들은 요란스럽게 웃어대며 계속 떠들었지만 '팔'이 벽을 치는 소리가 점점 커져 말소리는 들리지 않게 되었다. 아기는 본격적으로 울기 시작했다. 아내는 재빨리 안방으로 가서 아기를 안아 들고 어른다. 그러나 '팔'은 계속 벽을 치고 아기는 계속 운다.

"새댁, 애기 기저귀 갈 때 됐나 봐?"

아랫집 아주머니가 역시 먼저 눈치를 채고 한마디 했다. 아내는 몹시 당황하여 아기를 안은 채 믿을 수 없다는 얼굴로 '팔'과 아기와 이웃들을 번갈아 쳐다보았다. 이웃들은 계속 떠들고 웃으며 잔치 분위기를 유지하려 했지만 '팔'은 계속 벽을 치고 아기도 점점 더 큰 소리로 울었다.

떠들썩하던 분위기는 조금씩 가라앉기 시작했다.

"애가 참 보채네……."

"어디 아픈 거 아니에요?"

"낯을 가려서 그렇지. 이리 줘봐요, 내가 달랠게."

아랫집 아주머니는 별것 아니라는 듯 성큼 일어나서 아내에게서 아기를 억지로 빼앗아 들고 어르기 시작했다. '팔'은 계속 벽을 친다. 아기는 낯선 사람의 품에 안겨 이제는 걷잡을 수 없이, 자지러질 듯이 울어댔다. 아랫집 아주머니는 조금 얼러 보다 골치 아프다는 듯 얼른 아기를 다시 아내에게 넘겼다.

아내는 당황하여 거의 울상이 된 얼굴로 남편에게 구원을 청했다.

"여보……."

남편은 아내의 팔을 잡고 안방 구석으로 끌고 갔다.

"애 젖은 먹였어?"

"먹였어요……."

아내는 금방이라도 울 것 같다.

남편은 참았던 짜증을 폭발시켰다.

"이게 지금 뭐 하는 거야? 나한테 한마디 상의도 없이 집 안을 난장판으로 만들고. 고사다 집들이다 들떠서 애는 내팽 개쳐 두고 여태까지 저치들이랑 뭐 하고 다닌 거야?"

"아니에요, 여보, 난……."

아내는 울먹이며 변명을 하려 했지만 '팔'이 벽을 치는 소 리와 품에 안긴 아기가 미친 듯이 우는 소리에 묻혀 자기가 하는 말도 제대로 들을 수 없었다. 그래도 아기를 들여다보며 어떻게든 달래보려 했다. 남편은 그런 아내를 뭐라고 좀 더 나무랐지만 역시 아기 우는 소리와 '팔'이 벽 치는 소리에 눌 려 들리지 않았다.

집들이는 이미 파장 분위기였다. 이웃들은 웃고 떠들기를 멈추고 아기 우는 모습과 남편이 화내는 것을 보며 안방의 눈치만 살폈다. '팔'이 계속 벽을 치는 가운데 마침내 통장이 조심스럽게 입을 열었다.

"저, 애기가 아픈 것 같으니 우린 이만 가보지요."

이웃들은 기다렸다는 듯 일제히 동조했다.

"그래요, 잘 먹었어요."

"잘 먹고 잘 놀다 갑니다."

아랫집 아주머니는 나가면서 마지막으로 신칙을 했다.

"새댁, 남은 음식하고 고사떡은 냉동실에 넣어뒀다가 내일 꼭 돌려요, 잊지 말고?"

아내는 아기를 안은 채 여전히 어쩔 줄 몰라 하며 거실로 나왔다.

"저, 예……."

"자, 그럼 우린 이만 갑니다."

이웃들은 몇 번씩 인사하며 몰려 나갔다. 남편이 배웅하러 따라 나갔다.

문이 닫히고 집 안에 아내와 아기만 남자 '팔'이 벽을 치다가 멈추었다. 주위가 조용해지자 아기도 조금씩 울음을 그쳤다.

아내만 혼자 망연히 서서 아기와 '팔'과 잔뜩 어지럽혀진 집 안을 보고 있었다.

밤.

집 안은 깜깜하다.

안방에서 소리가 난다. 옷이 부스럭거리는 소리, 이불자락 스치는 소리.

남편의 목소리.

"이리 와, 여보."

"그만두세요……."

아내의 목소리에는 기운이 없다. 그러나 남편은 쉽사리 포기하지 않는다.

"그러지 말고 이리 와."

"저 피곤해요, 그냥 잘래요……."

"아까 내가 좀 뭐라 그런 거 가지고 화났어?"

아내는 침묵.

"뭐 그런 걸 가지고 토라지고 그래? 이리 와."

"여보, 저 정말 피곤해서 그래요……."

부스럭거리는 소리가 커졌다. 남편의 숨소리도 따라서 거칠어졌다.

어둠 속에서 '팔'이 벽을 치기 시작했다.

아기가 칭얼거린다.

아내가 뒤척였다.

"여보, 애기……."

"가만있어."

남편이 헉헉거렸다.

'팔'은 벽을 점점 더 세게 친다. 아기가 마침내 울기 시작했다.

'팔'이 벽을 치는 소리와 아기 울음소리가 점점 커진다.

갑자기 불이 켜졌다. 아내는 이부자리에서 뛰어나와 아기를 안고 달래기 시작했다.

남편은 파자마가 흐트러지고 머리가 헝클어진 모습으로 불만스럽게 아기와 아기를 안고 있는 아내를 노려보다 담배에 불을 붙였다. 잠시 신경질적으로 담배를 빨다 재떨이에 비벼 껐다.

남편이 잠자리에 눕자 '팔'이 벽을 치는 소리가 작아지기 시작했다. 마침내 '팔'이 움직임을 멈추자 아기도 잠시 칭얼거리다가 이내 조용해진다.

아내는 아기를 요람에 내려놓고 조심스럽게 불을 껐다.

아침.

남편은 와이셔츠 단추를 채우며 식탁에 앉는다. 숟가락을 집어 들고 밥을 한술 뜨자 '팔'이 벽을 치기 시작한다. 이어서 아기가 칭얼거린다.

남편은 아내에게 뭐라고 말한다. 들리지 않는다.

아내는 겁먹은 표정으로 서서 남편과 아이와 '팔'을 번갈아 쳐다본다.

남편이 꽥 고함을 지른다.

"여보, 물 좀 달라고!"

아내는 화들짝 놀란다.

"예? 예⋯⋯."

아내는 물컵을 꺼낸다. 아기가 큰 소리로 울기 시작하고, '팔'은 더 세게 벽을 친다. 아기는 점점 더 큰 소리로 더 고통스럽게 운다. 남편은 짜증스럽게 밥을 몇 술 뜨다가 숟가락을 팽개치고 넥타이와 웃옷, 가방을 집어 들고 나가버린다. 문이 닫히자 '팔'이 멈춘다. 아내는 어쩔 줄 모르며 아이를 안고 따라 나간다.

저녁.

'팔'이 벽을 세게 쾅쾅 치는 가운데 남편이 편한 옷으로 갈아입고 저녁밥을 먹고 있다. 아기는 미친 듯이 운다. 아내는 아기를 달래면서 남편 식사 시중을 드느라 바쁘게 움직인다. 남편은 짜증스럽게 몇 술을 뜨다가 숟가락을 팽개치고 텔레비전 앞으로 가서 주저앉는다. 리모콘으로 텔레비전을 켠다. '팔'은 여전히 벽을 치고 아기는 여전히 운다.

남편은 더 이상 못 참겠다는 듯이 소리 지른다.

"거, 애 좀 어떻게 할 수 없어?"

아내는 우는 아기를 꼭 안고 무력하게 남편을 쳐다본다.

"도대체 왜 그래? 병원은 가봤어? 어디 아픈 거 아냐?"

"가봤어요……."

아내는 아이를 어르며 기어들어 가는 소리로 대답한다.

"뭐래?"

"아무 이상 없대요……."

"어떻게 아무 이상이 없어? 계속 저렇게 울어대는데! 밥을 먹을 수가 있나 잠을 잘 수가 있나!"

고함을 지르며 남편은 흥분하여 주먹으로 방바닥을 쾅 때린다.

'팔'이 멈춘다.

아내가 더듬거리며 말을 꺼낸다.

"하지만 여보……."

"하지만은 무슨 하지만이야? 애 우는 거 봐! 애 엄마가 제일 잘 알 거 아냐!"

남편은 화가 나서 씩씩거리며, 아내는 겁먹은 채, 부부는 서로 쳐다본다. 침묵이 흐른다.

아기는 조금씩 울음을 멈춘다. 아내는 아기를 어르다 가만히 아기 침대에 누인다.

"내일 병원에 다시 가봐."

남편이 명령했다.

"여보…… 하지만…….”

"저렇게 우는데 아무 이상이 없을 리가 없어. 다른 병원 가
봐."

아내는 아이와 '팔'을 번갈아 쳐다보며 무력하게 서 있다.
남편은 신경질적으로 텔레비전의 채널을 여기저기 돌린다.

주인집은 바로 같은 다세대 주택의 1층이었다. 아내는 아
기를 안고 1층으로 내려가 초인종을 울렸다.

아무 대답이 없다.

다시 한 번 울렸다. 그래도 아무 대답이 없다.

아내는 잠시 기다리다 문을 두들겨보았다. 여전히 아무 대
답이 없다. 아내는 한 발짝 물러서서 갈까 말까 망설인다. 막
돌아서려는데 문이 열리더니 하얗게 센 쪽 찐 머리의, 쪼글쪼
글 늙은 할머니가 얼굴을 내밀었다.

"누구요?"

"저, 윗집에 새로 이사 온 사람인데요…….”

"뭐라고?"

할머니는 큰 소리로 되물었다. 바짝 마른 할머니인데 목소
리는 마당에 쩌렁쩌렁 울릴 만큼 컸다.

아내는 좀 더 큰 소리로 되풀이했다.

"윗집에 새로 이사 온 사람인데요……."

"뭐라고 중얼거리는 거야? 안 들려!"

할머니는 더 큰 소리로 고함쳤다.

아내는 마음을 굳게 먹고 있는 힘껏 소리 질렀다.

"윗집에! 새로! 이사! 왔다고요!"

할머니는 얼굴을 찌푸리며 쨍쨍 울리는 목소리로 고함을 빽 질렀다.

"젊은 년이 어디서 어른한테 언성을 높여? 버르장머리 없는 것 같으니!"

아내는 문을 닫고 들어가버리려는 할머니를 다급하게 붙잡았다.

"할머니, 저기, 저 주인아저씨 만나 뵈러 왔어요……."

"뭐라고?"

"주인아저씨요, 주인아저씨 안 계세요?"

"우리 할아범은 십 년 전에 죽었어!"

"할아버지가 아니고요, 이 집 주인아저씨요."

"집주인?"

"예!"

"우리 아들?"

"예, 예!"

"지금 없어!"

"예?"

"출장 갔어!"

아내는 기운이 푹 꺾였다.

"그럼, 저기, 언제 오시는데요?"

"한 달!"

"예에?"

"한 달 있다가 온다고 갔어! 볼일 있거든 한 달 있다 와!"

아내는 완전히 실망하여 힘이 쭉 빠져서 중얼거렸다.

"한 달이나요?"

"왜, 급한 일이야?"

"예."

할머니는 잠시 아내를 쏘아보았다. 아내도 가느다란 희망을 걸고 할머니를 바라보았다.

"그래도 한 달 뒤에 와!"

할머니는 불시에 소리를 빽 지르고는 문을 쾅 닫고 집 안으로 들어가버렸다.

아내는 어쩔 줄 모르고 문 앞에 서 있다가 아기를 안고 힘없이 집으로 돌아왔다. 간신히 안방으로 들어와서 침대에 쓰러지듯 주저앉았다. 몸을 웅크리고 얼굴을 손에 파묻었다. 어깨가 소리 없이 들썩였다.

　저녁 식탁.

　여느 때처럼 남편은 텔레비전을 보고 있고 아내는 분주히
상을 차린다.

　"여보, 저녁 드세요……."

　남편이 식탁에 앉아 숟가락을 들자마자 '팔'이 벽을 치기
시작한다. 이에 아기도 울기 시작한다.

　남편은 밥을 뜨려던 자세 그대로 멈추고 가만히 눈살을 찌
푸리고 있다. 아내는 겁먹은 채 긴장하여 남편을 지켜본다.

　남편은 숟가락을 식탁에 세차게 메다꽂았다.

　"이젠 정말 도저히 못 참겠어!"

　"여보……."

　조그만 아내는 파랗게 질렸다.

　"당신 도대체 애한테 무슨 짓을 한 거야? 왜 저렇게 울어대
는 거야? 정말 병원 가보긴 가본 거야?"

　"가봤어요, 그렇지만……."

　"이상이 없다? 이상이 없긴 무슨 얼어 죽을 이상이 없어!
이 집 이사 오고 나서부터 계속 저 모양이잖아! 벌써 얼마나
됐는지나 알아!"

아내는 얼른 아기에게로 가서 안아 들고 달래기 시작했다.

"아가야, 울지 마, 울지 마……."

남편은 계속 고함을 질렀다.

"한 달이야, 한 달! 한 달 동안 밥 좀 먹으려고 해도 울고, 잠 좀 자려고 해도 울고, 그런데도 이상이 없어? 도대체 어느 돌팔이가 그래?"

아내는 계속 아이를 안고 열심히 달랬다.

"곧 그칠 거야, 착하지? 울지 마……."

"그만해!"

남편은 성큼성큼 아내에게 걸어가 어깨를 꽉 잡고 자기 쪽으로 홱 돌려세웠다.

아내는 그 서슬에 비틀거리다가 간신히 중심을 잡았다. 깜짝 놀라서 겁먹은 눈을 둥그렇게 뜬 채 말없이 남편을 쳐다보았다.

남편의 목소리가 위협적으로 낮아졌다.

"오호라, 당신 일부러 이러는 거지? 쪼끄만 집에 전세 들어왔다고 나한테 불만 있는 거지? 그래서 지금 애 울리는 걸로 시위라도 하겠다는 거야?"

"아니에요, 그런 건……."

남편의 목소리가 갑자기 높아졌다.

"아니긴 뭐가 아냐! 그럼 당신은 시집올 때 얼마나 해왔어? 엉? 말해봐, 이불 보따리하고 숟가락 몽댕이 말고 당신 가져온 게 뭐가 있어? 엉? 뭘 잘했다고 나한테 시위야?"

"여보, 그런 게 아니라……."

"시끄러워!"

남편은 식탁을 쾅 내리쳤다. 아내는 움찔했다.

"이제 보니 이거 정말 나쁜 년이구만? 애도 잡아먹고 나도 잡아먹을 년이었어! 그게 당신 속셈이지, 이 집안 말아먹는 게? 내 말 맞아, 틀려?"

남편은 마구 소리 지르며 식탁 위에서 아무 물건이나 집어서 내던지려고 했다. 그 순간 누군가 문을 세게 두들겼다.

동시에 '팔'이 멈췄다.

아내는 얼른 현관으로 갔다. 등 뒤에서 남편이 소리 질렀다.

"열지 마! 어디 남편이 말하는데 쥐새끼처럼 쪼르르……."

아내는 문을 열었다. 걸려 있던 자물쇠를 돌리자마자 갑자기 문이 벌컥 열리면서 통장을 선두로 이웃들이 쏟아져 들어왔다. 통장은 들어오자마자 위엄 있는 얼굴로 거드름을 피우며 잔뜩 눈살을 찌푸린 채 집 안을 둘러본다.

남편은 집어 들었던 것을 얼른 다시 식탁에 내려놓으며 목소리를 가다듬어, 그러나 당황하여 약간은 더듬거리며, 말했다.

"어, 저, 통장님, 저희 집에는 무슨 일로⋯⋯."

"이 집에 가정불화가 있다는 신고를 받고 왔소이다."

통장은 여전히 거드름을 피우며 매우 심각한 얼굴로 대답했다.

"가정불화요?"

남편이 어이없는 표정으로 되물었다.

"듣자 하니 생후 12개월 된 유아한테 아동학대를 자행하신다고 하던데요?"

통장은 의미심장하게 아내 쪽을 바라보았다.

"아기 우는 소리가 끊이질 않는데도 아기 어머니가 무관심하고 제대로 돌보지를 않는다던데⋯⋯."

옆에서 이웃들이 거들었다.

"맞아요, 애가 어찌나 숨넘어가게 울어대는지⋯⋯."

"벌써 한 달이나 됐는데 계속 울잖아요."

"우리 집들이 왔을 때부터 저렇게 울어대지 않았나?"

"맞아, 맞아, 그때도 그렇게 자지러지게 울었어."

"이봐요 새댁, 아무리 첫애고 경험이 없다지만 도대체 애를 어떻게 했길래 그렇게 울어대는 거예요?"

"맞아, 맞아."

"큰일 낼 사람이네."

"애가 어디 아픈 거 아니우?"

"병원은 가봤어?"

이웃들은 제멋대로 마구 떠들며 아내를 비난한다. 아내는 아기를 꼭 껴안고 조금씩 안방 쪽으로 물러섰다.

통장이 점잖게 앞으로 나섰다.

"자자, 진정들 하세요."

이웃들은 간신히 조용해졌다. 통장은 아내에게 날카롭게 물었다.

"어떻게 된 겁니까? 사실이 틀림없습니까?"

아내는 당황해하며 아기를 꼭 껴안은 채 더듬거렸다.

"그건……."

그러나 통장은 말이 채 끝나기도 전에 남편에게 향했다.

"세대주 의견은 어떠십니까? 아기 어머니가 아기를 학대하던가요?"

"뭐라고요? 아니 지금……."

"게다가 가끔 부부간에도 불화가 있다는 신고도 들어왔던데 맞습니까? 세대주께서는 이 일을 어떻게 책임지실 겁니까?"

"뭐가 어째요? 아니, 부부라는 게 살다 보면 싸울 수도 있는 거지, 내 마누라하고 싸우건 말건, 내 자식이 울건 말건 남의 집안일에 왜 끼어드는 겁니까?"

"끼어드는 게 아니라, 가정폭력 방지 차원에서 통장인 내
가……."

"폭력이라니? 아니 이젠 사람을 폭력배로 몰아? 당신, 당신
이리 와서 말해봐, 내가 언제 당신 때린 적 있어? 있어 없어?"

통장은 잡아먹을 듯이 아내에게 달려들려는 남편을 붙잡으
며 말했다.

"아니 진정하세요, 부인께 그렇게 위압적인 태도로 나오시
는 것 자체가 가정폭력의 불씨가 될 수도 있다는……."

남편은 어깨를 붙잡은 통장의 손을 뿌리치며 소리 질렀다.

"뭐가 어쩌고 어째? 이 늙은이가 남의 집에 와서 못 하는
소리가 없어?"

통장도 지지 않았다.

"뭐? 늙은이? 새파란 게 누구 앞에서……. 넌 애비 에미도
없냐?"

"너? 너? 언제 봤다고 반말이야 이 늙은이가?"

둘은 멱살을 잡고 드잡이를 시작했다. 따라온 이웃들은 말
리려다 도리어 싸움에 휘말렸다. 남편과 이웃들은 뒤엉켜 주
먹질과 발길질을 하고 머리끄덩이를 잡고 잡히며 고함을 질
러가며 싸운다. 식탁이 쓰러졌다. 아기가 숨이 넘어갈 듯이

울기 시작했다.

'팔'이 벽을 치기 시작했다.

"그만! 그만해! 전부 나가!"

갑자기 아내가 벽력같이 소리를 질렀다.

남편과 이웃들은 놀라서 잠시 싸움을 멈추고 아내를 쳐다
보았다. '팔'도 움직임을 멈췄다.

아내는 계속 발악하듯 소리 지르며 남편과 이웃들을 모두
쫓아냈다.

"나가! 나가란 말이야! 전부 나가!"

사람들을 전부 문밖으로 몰아내고 아내는 싱크대로 달려가
식칼을 집어 들었다. 벽으로 달려가 식탁 의자 위에 올라서서
벽에 매달린 '팔'을 마구 찔렀다. 피가 튀었다. 아내는 멈추지
않고 계속 찔렀다.

피가 눈으로 튀었다. 아내는 잠시 멈추고 눈을 비볐다. 다
시 찌르려다 문득 피투성이가 된 자신의 얼굴과 손, 흥건히
피에 젖은 벽과 식탁, 그리고 손에 든 식칼과 난도질을 당한
'팔'을 보았다. 겁먹은 듯 칼을 떨어뜨리고 의자에서 내려왔
다. 더듬더듬 안방으로 가서 아기를 꼭 껴안고 주저앉아 아기
옷 속에 얼굴을 묻었다.

누군가 조심스럽게 문을 두들겼다. 아내는 움직이지 않았

다. 문이 조금 열렸다. 아랫집 아주머니가 문을 조금 열고 얼굴만 빠끔히 들이밀고 눈치를 살피다 조심스럽게 안으로 들어왔다.

"새댁, 저기……."

아주머니는 말하면서 들어오다가 바닥에 떨어진 식칼 손잡이를 밟았다.

"아야야. 이게 뭐야? 웬 식칼이 바닥에 있어? 위험하게……."

그리고 칼을 집어 개수대에 아무렇게나 놓았다.

"저기 새댁, 좀 나와봐야겠는데……."

아내는 고개를 들어 멍하니 쳐다보았다.

"저기, 신랑이 지금 큰 쌈 나게 생겼거든……. 파출소에서도 오고……. 좀 나와서 말려줘야겠어……."

아주머니는 아내에게 다가가 일으켜 세운다. 아내는 기계적으로 일어나 아기를 안은 채 아주머니를 따라 나갔다.

다음 날 아침. 아내는 천천히 움직이며 기계적으로 상을 차린다. 눈가에 멍이 들고 이마에 반창고를 붙인 남편이 식탁에 앉아 있다. 남편이 숟가락을 들자 '팔'이 벽을 치기 시작했다. '팔'에는 아무런 상처도 자국도 없이 말짱하다.

벽 치는 소리에 아기가 칭얼대다 울기 시작한다. 남편은 손으로 귀를 막고 고개를 숙였다. 얼마간 그런 자세로 있다가 고개를 들고 아내에게 뭔가 말하려 한다. 그러나 곧 그만두고 밥을 먹기 시작했다. 한두 숟갈 뜨다가 남편이 지친 목소리로 말했다.

"여보, 물김치 좀 줘."

아내는 말없이 냉장고에서 물김치를 꺼내 보시기에 덜어서 남편 앞에 갖다 놓았다. 그리고 우는 아기를 안고 달래기 시작했다.

초인종이 울렸다.

'팔'이 멈췄다.

아내가 문을 열었다. 들어온 것은 집주인이었다.

아기가 조금씩 칭얼거리다 울음을 멈췄다.

남편이 식탁에서 일어나며 조금 놀란 얼굴로 말했다.

"아니, 어쩐 일이십니까?"

"무슨 문제가 있습니까?"

집주인이 깊이 울리는 낮은 목소리로 조용히 물었다.

남편은 다급하게 대답했다.

"문제라뇨, 그런 건 전혀……."

아내가 절박하게 끼어들었다.

"팔이, 저 팔이, 자꾸 벽을……."

"무슨 소리야, 당신은 가만있어."

남편은 아내의 말을 가로막고 억지로 웃으며 집주인에게
말했다.

"문제라뇨, 아무 문제도 없습니다. 아직 조반 전이시면, 같
이 식사라도?"

집주인은 아내를 뚫어져라 쳐다보았다. 그러더니 집 안으
로 성큼 들어와 '팔' 쪽으로 갔다. '팔'의 팔꿈치를 잡고 벽에
서 뚝 떼어내서 자기 오른쪽 어깨에 붙였다. 새로 붙인 '팔'을
몇 번 앞뒤로 움직여본 후 집주인은 남편과 아내에게 가볍게
고개 숙여 인사하고는 문밖으로 사라졌다.

그림자

아래

* 2011년 환상문학웹진 〈거울〉 게재
* 2013년 단편집 《씨앗》(온우주) 수록

그림자는 짙고 어둡다. 불이 붙었지만 잘 타지 않는다. 약을 더 부어보지만 냄새만 지독할 뿐이다. 약 냄새 때문에 눈물과 콧물이 쏟아진다. 한 손으로 눈과 코를 닦아가면서 동시에 불씨를 쑤석거리는 건 쉽지 않다.

어차피 누구에게 예쁘게 보여야 하는 건 아니다. 나는 눈물 콧물로 범벅이 된 얼굴을 그대로 두고 훌쩍거려 가면서 나뭇가지로 불 속을 뒤적인다. 등 뒤에는 불구자가 앉아서 나를 보고 있다.

불구자는 언제나 거기에 있다. 내가 그림자를 태울 때면 항상 앉아서 지켜본다. 그림자를 다 태운 후에도, 내가 가버린 후에도 불구자는 그곳에 앉아 있다. 그렇게 생각하면, 내가 그림자를 태울 때 불구자가 와서 앉아 있는 것이 아니라 불구자가 항상 앉아 있는 자리를 내가 때때로 침범하는 것인지도 모른다.

어둠 속에서도 불구자의 턱과 손이 하얗게 빛나 보인다. 벙

거지 같은 모자를 깊숙이 뒤집어쓰고 긴 소매로 팔도 한껏 가리려 한 것 같지만 소용이 없다. 특히 어둠 속에 드러난 손은 유난히 희고 뚜렷하다.

그러니까 불구자가 흉악한 냄새와 연기에도 아랑곳하지 않고 그림자 태우는 광경을 그토록 열심히 지켜보는 이유를 짐작할 수 있다. 저 불구자도 언젠가 그림자를 빼앗긴 것이다. 그리고 그 그림자 또한 내 손을 거쳐갔을지도 모른다.

하지만, 아닐 수도 있고……

나와 같은 일을 하는 사람은 많지 않다.

그렇다고 아주 없는 것도 아니다.

불구자가 내 뒤에 앉아서 콧노래를 흥얼거리기 시작한다. 독한 연기가 거슬리지도 않는 모양이다. 혹은 거슬린다는 게 뭔지 이미 알지 못하게 되어버렸겠지.

눈물 콧물로 얼굴이 엉망이 된 데다가 스멀스멀 귓가에 달라붙는 듯한 콧노래 소리가 끝도 없이 이어진다. 마치 쫓아내도 쫓아내도 귀찮게 귓가에 달라붙어 앵앵거리는 벌레 소리 같다. 어쩔 수 없이 짜증이 치솟는다.

그림자는 좀처럼 잘 타지 않는다.

그는 책에 나온 자세를 따라 하고 있다.

"이렇게 서서, 팔은 이렇게 움직이고……."

한 손으로 책을 들고서 그는 시험적으로 팔을 움직여본다.

"……그리고 이렇게 때리는 거예요."

그가 스텝을 밟으며 팔을 움직인다. 주먹을 뻗는 모양새가
제법 그럴듯해 보인다.

그가 동의를 구하듯이 나를 쳐다본다. 나는 고개를 끄덕인다.

그는 뒷걸음질 쳐서 원래 자리로 돌아간다. 책을 바닥에 내
려놓는다. 고개를 갸웃거리며 바닥의 책을 훔쳐보면서 자세
를 다시 잡는다.

"하나, 둘, 셋……."

다시 한 번 스텝을 밟는다.

"여기서, 뻗고……."

그러나 팔을 뻗기 전에 고개를 슬쩍 돌려 책 속의 사진을
확인한다. 사진을 잘 보기 위해 고개를 모로 돌린 채로 발을
앞으로 움직이며 주먹을 힘껏 휘두른다.

"어어……."

주먹을 내지르면서 앞으로 나가려다 그가 발이 꼬여 휘청
거린다. 넘어지지 않도록 내가 몸으로 받아준다.

"연습 상대 해줄까?"

"안 돼요. 다쳐요."

그가 고개를 젓는다. 비키라고 손짓한다. 나는 잠자코 비켜 선다.

대신 나는 책을 집어든다. 그의 시선 높이로 책을 들어준다. 그가 다시 자세를 잡는다. 이번에는 고개를 돌리지 않아도 되니 조금 더 자연스러워 보인다.

그러나 이번에는 책이 내 손 안에서 흔들거린다. 나는 손가락에 힘을 준다.

책은 얇지만 꽤 크다. 왼손의 세 손가락만으로 지탱하기란 쉽지 않다.

"한 방이에요. 딱 한 방에 보내는 거예요."

그가 말한다.

"그게 진짜예요. 우리 가문의 비전은 사람을 한 방에 불구로 만들거나 죽일 수도 있거든요."

"왜 그렇게 한 방을 좋아해?"

내가 묻는다.

"한 방 때렸는데 제대로 싸우기도 전에 죽어버리면 재미없잖아?"

그가 몸을 일으킨다. 심각한 표정으로 나를 바라본다.

"싸움은 재미로 하는 게 아니에요."

그가 진지하게 말한다.

"목숨을 걸고 하는 거예요. 내가 죽이지 않으면 상대가 날 먼저 죽인다고요. 한 방에 보내지 않으면 다음은 없는 거예요."

나는 고개를 끄덕인다.

"알았어, 미안해."

그는 그제야 표정을 풀고 다시 옆에 눕는다.

"계속 열심히 연마하면 나도 상대를 한 방에 보내는 실력을 기를 수 있을 거예요."

그가 내 젖꼭지를 만지작거리면서 중얼거린다.

"아직 발동작이 좀 불안하긴 하지만……."

"선생님을 구해서 배워보면 어때? 책으로 독학하는 건 한계가 있잖아?"

내가 제안하자 그가 다시 진지한 표정으로 나를 쳐다본다.

"저건 우리 가문만의 비전이기 때문에 제대로 하는 사람이 없어요. 저런 거 가르친다고 떠들고 다니는 사람은 전부 가짜예요."

"그런가."

내가 고개를 끄덕인다. 그가 몸을 일으킨다. 내 위로 올라온다.

"내가 완성시킬 거예요. 내가 직접, 혼자서."

그가 내 목에 입술을 대고 비비며 속삭인다.

"꼭 내가 되살려서, 단 하나뿐인 고수가 될 거예요."

"응⋯⋯."

내가 불분명하게 대답한다.

나는 잠든 그의 얼굴을 들여다본다. 베개에 파묻혀 찌그러진 것처럼 보이는 그의 얼굴은 일견 코믹하면서도 한편으로 측은하다. 나는 그의 머리카락을 쓰다듬는다. 그는 내 쪽으로 돌아누워 눈을 반쯤 떴다가 다시 감는다. 조금 웃어 보인다. 그러고는 다시 쌕쌕 고른 숨소리를 내며 잘 잔다.

그는 나의 유일한 손님이다. 여러 가지 사정상 유일한 손님이 되어버렸지만 어차피 원래도 손님은 많지 않았다. 여자들은 보통 내 나이쯤 되면 이런 일을 그만두는 듯하다.

그러나 하긴, 이런 일을 하는 여자들을 개인적으로 알고 지내는 것은 아니다. 나와 같은 일을 하는 사람은 한 번도 만나지 못했다. 그러므로 보통 언제쯤 그만두거나 혹은 어느 나이 때쯤 시작하는지 나는 사실 전혀 알지 못한다.

내가 이 일을 계속하는 것은 그가 나를 좋아하기 때문이다. 나는 그의 아버지가 그에게 붙여준 장난감이다. 혹은, 그와 함께 있을 때 나누는 말과 행동들을 생각한다면 그를 돌봐주는 보모라고도 할 수 있다.

어느 쪽이 됐든, 계속 전화가 오는 것을 보면 나는 아직까지는 제 기능을 충실히 수행하고 있는 모양이다.

남자들의 경우가 어떤지 나는 잘 알지 못한다. 어느 정도 나이가 너무 늦은 것이고, 어느 정도가 적당하거나 빠른 것일까? 남자들은 체력적으로 유리하니까, 서른이 넘어서 시작했더라도 언젠가는 그가 바라는 대로 고수가 될 수 있을지도 모른다.

그러나 아무리 고수가 된다 한들 그는 자기 아버지에게 결코 인정받지 못할 것이다. 그의 아버지가 그에게 아주 작은 희망이라도 걸었다면 이날 이때까지 나 같은 여자나 그가 좋아하는 책 등속의 놀잇감이나 쥐여주고 아무런 일도 맡기지 않은 채 내버려두었을 리가 없다.

그래서 나는 잠든 그의 머리카락을 매만져준다. 그리고 몸을 숙인다. 나를 향해 무방비하게 드러난 그의 남성을 빨기 시작한다.

일은 일이니까, 고객을 유지하려면 제값은 해야 하는 법이다.

그가 잠결에 신음한다. 손을 뻗어 허공을 더듬는다.

나는 그의 손을 잡아준다.

사람은 한 방에 죽지 않는다.

최소한 내 경험으로는 그랬다. 내가 고수가 아니기 때문이 었는지도 모른다.

고수까지는 아니었더라도 내 일에 서툴렀던 적은 없었다. 나는 언제나 빨리 배웠고 금방 익숙해졌다. 직업으로 삼아서 먹고살 수 있었던 걸 생각하면 아주 나쁜 실력은 아니었던 것도 같다.

그러나 남자는 한 방에 죽지 않았다. 아무도 한 방에 죽지 는 않았다. 그런데 남자는, 그러니까 뭐랄까, 아무래도 죽지 않았다. 몇 번이나 찔러도, 상처 입고 피를 철철 흘리면서도 도로 살아났다. 그리고 내게 덤벼들었다. 그러면 나도 덤벼서 다시 찔러야만 했다. 한없이 되풀이해 찔러야만 했다.

찔리는 남자 쪽이 물론 더 괴로웠을 것이다. 그러나 끝없이 찌르는 나도 괴로웠다. 괴롭다고 느낀 것은 그때가 처음이었다.

무섭다는 생각이 든 것도 그때가 처음이었다.

가끔 잠을 잘 때나 혹은 무방비하게 멍한 상태로 있을 때면 남자의 그림자가 내게 다가온다. 비명을 질러서는 안 되지만, 나도 모르게 비명을 지르기도 한다.

물론 그것은 남자의 그림자가 아니다. 남자의 그림자는 남자에게서 뜯겨나간 뒤에 남자와 마찬가지로 전문적으로 처리되었을 것이다.

다만 남자의 그림자를 처리한 것은 내가 아니었다. 그렇게 따지면 남자를 최종적으로 처리한 것도 내가 아니었다.

나는 남자도 남자의 그림자도 최종적으로 처리하지 못했다. 바로 그 때문에 지금 이런 처지가 된 것이다.

그가 몸을 일으켜 내 어깨를 움켜잡는다. 그래서 '한 방'에서 시작된 남자에 대한 상념은 이쯤에서 중단된다.

"제가 해드릴게요."

그가 숨을 헐떡이며 속삭인다.

"허락해주세요……."

내 유일한 손님이 다른 사람이 아닌 그라는 걸 생각하면, 이런 처지도 그렇게까지 나쁘지는 않은 것인지도 모르겠다.

그는 내가 옷을 입는 것을 도와준다. 브라의 후크를 채워주고, 셔츠를 입히고, 치마의 지퍼를 올려준다. 머리를 빗겨준다.

이 모든 과정에서 그는 마치 깨지는 물건을 다루듯이 지극히 조심스럽게 행동한다. 나를 좋아하기 때문이기도 하고, 성격상의 특성 때문이기도 하다. 그러나 그것이 전부는 아니다. 그의 관점에서 볼 때 자신은 사람을 한 방에 죽이는 기술을 단련하는 고수이고, 나는 연약한 여자인 데다 팔을 자유롭게 쓸 수 없는 불구의 몸인 것이다. 그래서 그는 언제나 필요 이상으로 나를 조심스럽게 대한다.

"가방 안에, ……넣어뒀어요."

현관으로 향하는 나의 등에 대고 그가 자신 없게 말한다. 이런 주제에 대해서 말할 때 그는 늘 자신이 없다.

나는 가방을 열어본다. 너무 많다. 대충 세어서 절반만 도로 가방에 넣고 절반은 그에게 건네준다.

"다 받으면 안 돼요?"

그가 언제나 하듯이 망설이면서 묻는다.

"안 돼."

내가 대답한다.

직업적 양심이나 상도덕 따위는 없다. 그의 아버지가 지정해준 액수가 있을 뿐이다.

그는 내가 내미는 것을 받지 않은 채 다시 묻는다.

"돈 필요하지 않아요? 손, 수술하려면……."

"수술 안 할 거니까 필요 없어."

나는 재촉하듯 그에게 다시 한 번 건넨다. 그는 한숨을 쉬면서 받는다.

"왜 수술 안 해요?"

나가려는 순간에 그가 묻는다.

"내가 알아봐줄까요? 보험이 없어도⋯⋯."

"필요 없어."

내가 다시 잘라 말한다. 수술해서 해결할 수 있는 사안이
아니라는 것을 그는 알지 못한다.

그러나 그런 일에 대해 아는 사람은 극히 적다.

몸을 돌려 이번에야말로 나가려는데 그가 또 묻는다.

"전화해줄 거죠?"

나는 그를 돌아본다.

"나도 몰라."

튕기거나 밀고 당기기 따위를 즐길 만큼 한가하지는 않다.
그의 아버지―정확히 말하면 그의 아버지가 붙여준 '담당자'
―가 내게 전화해야만 내가 그에게 전화한다. 그러므로 이곳
을 나간 뒤에 다시 전화가 걸려올지 안 올지는 나도 알지 못
한다.

그가 뭔가 더 말하려 한 것 같지만, 나는 등 뒤로 문을 닫아
버린다.

건물을 나왔을 때 골목을 막고 서 있는 자동차와 키 큰 사람의 형체가 보인다. 나는 한순간 긴장한다. 그러나 키 큰 형체가 손을 들어 보이는 것을 보고 곧 경계를 푼다. 키 큰 형체는 내 '담당자'다.

'담당자'가 내게 손짓한다. 나는 다가간다.

'담당자'는 아무 말도 하지 않고 차를 향해 고갯짓을 한다. 나도 아무 말 하지 않고 차에 올라탄다.

차는 어둠 속을 달린다. 어디로 가는지 나는 굳이 묻지 않는다.

전화 통화는 가끔 하지만 '담당자'를 직접 보는 것은 무척 오랜만이다. 게다가 같이 차까지 타고 어딘가를 가는 것은 더 오랜만이다.

나는 차창을 내린다. 밤바람이 시원하다.

어쩐 일인지는 묻지 않는다. '담당자'도 말해주지 않는다.

'담당자'는 내 손을 풀어주지 않았다. 그러므로 내가 기능을 제대로 수행하지 못했거나, 더 이상 필요하지 않게 된 것일 수도 있다.

혹은, 다른 손님을 받게 될 수도 있다.

어느 쪽이 됐든 나는 받아들일 수밖에 없다. 차에 탄 이상

도망칠 수도 없고, 손이 풀리지 않았으니 저항할 방법도 없다.

그래서 나는 밤공기와 창밖으로 지나가는 스산한 어둠 속의 풍경을 가능한 한 즐기려고 노력한다.

차를 타고 도착한 곳은 고급 호텔이다. 주차 요원이 서둘러 뛰어나왔다가 운전석에 앉은 사람의 얼굴을 확인하고는 고개를 끄덕인 뒤에 벽 한쪽에 붙은 버튼을 누른다.

벽이 천천히 통째로 열린다. 비현실적인 광경이다.

나와 '담당자'를 태운 커다란 세단은 벽 안쪽으로 스며들어가 좁은 경사로를 미끄러지듯이 내려간다. 차 뒤로 다시 벽이 통째로 움직여 천천히 닫힌다.

경사로를 내려가서 도착한 곳은 호텔의 공용 주차장이 아니다. 주차장은 맞는 것 같지만 드넓은 공간에는 차가 단 한 대만 주차되어 있다.

'담당자'를 따라 차에서 내리면서 나는 속으로 조금 안도한다. 이곳은 어둠침침하다. 이런 곳이라면 처리되기보다는 다른 손님을 받게 될 가능성이 훨씬 높다.

'담당자'가 유리문을 열고 들어가 엘리베이터 앞으로 간다. 나도 뒤따라간다. 그러나 엘리베이터의 버튼을 누르기 전에 '담당자'는 갑자기 말한다.

"뒤로 돌아."

그리고 '담당자'는 턱짓으로 한곳을 가리킨다. 엘리베이터 문 앞, 조명 바로 아래다.

나는 시키는 대로 조명 아래로 간다. '담당자'에게 등을 보이고 선다.

'담당자'가 내 양팔을 등 뒤로 모아서 묶는다. 곧 팔꿈치 아래로 살갗과 힘줄이 함께 찢어지는 듯한 느낌이 전해져온다. 처음도 아니고 예상하지 못했던 것도 아니지만 그래도 가장 싫은 부분이다.

그러나 불쾌한 느낌은 오래가지 않는다.

"됐다."

'담당자'가 말한다.

나는 다시 쓸 수 있게 된 오른팔과 왼손의 나머지 손가락을 움직여본다. 감촉이 낯설고 움직임은 서투르지만, 그래도 무척 기분 좋다.

"가자."

'담당자'가 말한다. 엘리베이터를 탄다. 엘리베이터가 이미 도착해서 문이 열려 있었다는 것을 나는 바로 앞에 서 있으면서도 눈치채지 못했다.

나도 '담당자'를 따라 엘리베이터 안에 들어선다.

소리 없이 문이 닫힌다.

엘리베이터가 멈추어 선 곳은 호텔의 가장 꼭대기 층이다. 엘리베이터가 열리자 눈앞에 나타난 것은 복도가 아니고 곧바로 객실 입구다. 아마도 최고급 스위트룸일 것이다. 나는 '담당자'의 뒤를 따라서 안으로 들어간다.

안은 넓다. 거실이 운동장 같다. 침실이 세 개다. 넓이만이라면 4인 가족 기준으로 침실 하나에 한 가족씩 세 가족 정도는 무리 없이 들어와 살 수 있을 것 같다.

'담당자'가 그중 한 침실로 들어간다. 나도 따라간다. 침실 안쪽에 역시나 4인까지는 아니지만 젊은 부부와 아기 정도는 들어와 살아도 될 법한 넓이의 욕실이 있다.

그 욕실 안에 물론 젊은 부부나 아기는 없다. 대신 몸집이 크고 어깨가 넓은 남자들이 서너 명 둘러서 있다. 바닥에는 한 남자가 엎드려 있다. 양손은 등 뒤로 묶였고, 발도 발목에서 케이블 타이로 묶여 있다.

'담당자'가 내게 눈짓한다. 나는 다가간다.

손을 대려 하자 남자가 꿈틀거린다. 입이 테이프로 막혀 있어서 콧구멍으로 끙끙거리는 신음만 새어 나온다.

나는 '담당자'를 쳐다본다. 의식이 없는 쪽이 훨씬 처리하기 쉽다.

'담당자'는 살짝 고개를 젓는다.

"시간 없어. 빨리해."

그리고 밖으로 나가버린다. 욕실 안에 둘러서 있던 남자들도 따라 나간다.

나는 한숨을 쉰다. 욕실 안을 둘러본다. 천장의 백열등만 켜져 있다. 나는 벽으로 다가가서 샤워 부스 안과 욕조 위의 전등과 거울을 둘러싼 장식 램프까지 켤 수 있는 불을 전부 켠다. 욕실 안은 마치 조명을 밝힌 무대처럼 부자연스럽게, 눈이 아프도록 환해진다.

바닥에 엎드린 남자가 목을 한껏 늘여 불안한 시선으로 내 움직임을 좇는다. 나는 남자의 곁으로 다가가서 쪼그리고 앉는다. 남자를 향해 손을 뻗는다. 남자는 흠칫 놀란다.

"괜찮아요."

내가 속삭인다.

"힘 빼세요. 긴장 풀고······."

말하면서 나는 양손으로 엎드린 남자의 뒤통수와 목덜미를 살살 만진다.

손이 닿자 남자는 다시 흠칫 놀란다. 그러나 내가 몇 번 부드럽게 쓰다듬자 차츰 긴장을 푼다.

"얼굴은 바닥에 대고…… 그렇죠."

나는 속삭이면서 계속 남자의 머리를 만진다.

"바닥이 차가워도 조금만 참으세요. ……오래 걸리지 않으니까."

머리를 살그머니 만져주면 대부분의 사람들은 긴장을 푼다. 이발하는 도중에 잠들어버리는 사람이 많은 이유도 아마 그 때문일 것이다. 남자도 계속 머리를 쓰다듬어주자 조금씩 내가 시키는 대로 얼굴을 욕실 바닥에 대고 목의 힘을 뺀다.

목덜미가 드러난다.

남자는 머리가 짧다. 나는 왼손으로 남자의 목덜미를 쓰다듬으면서 오른손으로 남자의 머리카락을 치운다. 짧고 고집스러운 머리카락은 옆으로 치우는 즉시 제자리로 되돌아간다.

머리가 긴 쪽이 쓸어 넘기기는 더 편하다. 그러나 지금 나는 불평할 처지가 못 된다. 주어진 상황에서 최선을 다하는 수밖에 없다.

왼손으로 대충 머리카락을 계속 치우면서 오른손으로 위치를 가늠해본다. 몇 번 손을 댔다가 머리카락이 제자리로 돌아오는 바람에 다시 손을 뗀다.

그러다 경추가 완전히 드러난 순간, 나는 왼손으로 남자의 목덜미를 누르고 오른손을 아래로 넣어 그림자를 잡아뽑는다.

남자의 비명 소리가 욕실을 울린다.

그러나 그 비명은 오래 지속되지 않는다.

일단 머리 부분을 벗기고 나면 나머지는 그리 어렵지 않다. '담당자'가 욕실에 다시 들어왔을 때는 남자도 남자의 그림자도 펄떡이던 것을 완전히 멈추고 바닥에 축 늘어져 있었다. 처음 도착했을 때 욕실을 점령하고 서 있던 남자들도 함께 들어와서 '담당자'의 눈짓에 따라 바닥에 쓰러진 남자를 들고 나갔다. 그중 마지막 사람이 쓰러진 남자가 이미 나갔는데도 바닥에 그림자가 그대로 남아 있는 것을 눈치채고 흠칫 놀랐다. 그러나 '담당자'와 눈이 마주치자 황급히 고개를 돌리고 나가버렸다.

남자들이 모두 나간 후에 '담당자'가 내게 칼을 건네준다. 날이 없는 무딘 칼이다. 보통의 쇠와는 달리 빛을 완전히 흡수하는 재질로 되어 있어서, 눈이 멀어버릴 듯한 욕실의 조명 속에서도 전혀 반짝이지 않는다. 그 둔중한 표면을 보면 언제나 깊은 바닷속의 눈먼 물고기가 생각났다.

칼을 받아들고 나는 쓰러진 남자의 그림자를 조심스럽게

토막 내기 시작한다.

　사람을 토막 낼 때와 마찬가지로 관절 부분에서 자르면 된다. 다만 실제 사람을 토막 내는 것보다 훨씬 쉽다. 뒤처리도 훨씬 더 깔끔하다. 피도 튀지 않고, 흔적도 남지 않고, 시체 일부 혹은 전부가 발견되는 사태 따위를 걱정하지 않아도 된다. 애초에 그런 이점이 있기 때문에 상대를 죽이는 대신 그림자를 떼어내는 것이다.

　'담당자'는 느긋하게 서서 내가 일하는 모습을 지켜본다.

　빛이 밝게 보이는 것은 어둠이 있기 때문이다. 사물의 윤곽이 가장 뚜렷하게 보이는 것은 음영이 그 테두리를 두르고 있을 때이다. 인간의 몸속에는 빛이 들지 않으므로 내장 기관은 태어날 때부터 죽는 순간까지, 혹은 그 이후에도 언제나 어둠 속에 잠겨 있다. 인간의 두뇌는 매끈하지 않으며, 오히려 주름이 많이 지고 그 골이 깊이 파여 있을수록 기능이 뛰어나다. 인간의 마음속 골짜기와 그림자의 깊이는 아무도 알지 못하며 알 수도 없다. 인간은 겉과 속에 여러 가지 어둠과 그림자를 수없이 간직하고 있기 때문에 인간인 것이다.

　그림자를 뺏긴 남자는 하루 정도 정신없이 잠을 잘 것이다. 그리고 갑자기 깨어날 것이다. 그러나 그때에는 이미 남자는 인간으로서의 모든 정신 기능을 잃었을 것이다.

사고를 당하거나 질병에 걸린 사람은 치료할 수 있다. 독약을 마신 사람은 해독할 수 있다. 그러나 그림자를 빼앗긴 사람은 치료할 수도 해독할 수도 없다. 그런 사람에게서는 애초에 아무런 세균도, 바이러스도, 폭행이나 독극물의 자취도 발견할 수 없다. 그저 깊은 잠을 자고, 깨어났을 때에는 백치가되어 있을 뿐이다.

유명 인사가 돌연히 사고를 당하거나 실종되거나 죽음을 당하면 경찰이 수사에 나선다. 시신이 발견되면 일은 더욱커진다. 그러나 신변에 아무런 이상이 없던 사람이 어느 날갑자기 반편이 되어버리면 그 누구도 어찌할 방법을 알지 못한다.

쓰러져 있던 남자는 그 어떤 약으로도, 그 어떤 신기술로도 영원히 회복하지 못할 것이다. 나이 들어 육신에 자연적인죽음이 찾아올 때까지 그저 어린 아기처럼 침을 흘리며 멍한눈으로 천장을 쳐다보면서 오랜 세월을 소일하게 될 것이다.그리고 밤이 되면 그림자를 잃은 남자의 몸은 어둠에 덮이지못하고 빛이 없는 곳에서도 유독 희끄무레하게 빛날 것이다.쓰러진 남자에게서 찾아낼 수 있는 흔적이라면 그것이 유일하다.

피해자가 어둠 속에서 밝게 보인다는 사실이 법정에서 증거로 채택된 적은 한 번도 없다.

나는 토막 낸 남자의 그림자를 조심스럽게 접는다. 머리와 팔 조각들을 몸통 위에 놓고 깨끗하게 포갠 뒤에 허벅지와 정강이를 겹쳐서 그 위에 얹는다. 잘만 맞추면 길쭉한 일자 모양으로 정리된다. 그럼 끝에서부터 단단히 말면 된다. 작고 검은 덩어리가 된 그림자를 가방 속에 집어넣는다. 늘상 태우던 장소로 가져가서 약품을 붓고 처리해버리면 나의 작업은 종료된다.

'담당자'가 내게 뭉텅이를 내민다. 나는 제대로 들여다보지도 않고 그림자 덩어리와 함께 가방 속에 쑤셔 넣는다. 손에 닿는 감촉으로 보아 뭉텅이는 별로 두껍지는 않지만 빳빳하고 단단하다.

내가 가방을 닫는 모습을 지켜본 후에 '담당자'가 말한다.

"뒤로 돌아."

"소각이 끝날 때까지만 그냥 두면 안 돼요?"

내가 묻는다. 한 손으로도 태울 수는 있지만, 불편하다. 부 젓가락을 그 한 손에 쥐고 있으면 연기를 쏘였을 때 눈물 콧물을 닦아낼 수가 없어서 더 불편하다.

"뒤로 돌아."

'담당자'는 인정사정이 없다.

나는 한숨을 쉰다. 시키는 대로 조명 아래로 가서 등을 보이고 선다.

'담당자'가 내 오른팔을 등 뒤로 돌린다. 그러나 언제나 하던 작업을 하는 대신 '담당자'는 내 팔 안쪽을 손목부터 팔꿈치까지 슬쩍 쓰다듬는다.

"그냥 두고 싶어?"

'담당자'가 말한다.

"양팔을 다 쓸 수 있게 해줄까?"

"아침까지?"

내가 재빨리 묻는다. '담당자'가 딱 잘라 대답한다.

"자정까지."

나는 대답하지 않는다. 자정까지라면 몇 시간 남지 않았다. 그리고 '담당자'라면 무료봉사다. 더구나 혹시라도 그의 아버지가 알게 되는 날에는 '담당자'도 나도 무사하지 못할 것이다.

그러나 몇 시간만이라도 양팔을 다 쓸 수 있다. 기회는 나타났을 때 어떻게든 잡아야 한다.

'담당자'가 내 오른팔을 뒤로 돌려 잡은 채 다른 한 손으로 내 허벅다리를 쓰다듬는다. 손이 치마 밑으로 들어간다.

"침대로 가요."

내가 속삭인다.

그의 취향에 익숙해졌기 때문인지 '담당자'의 방식은 좀 거칠게 느껴졌다. 그러나 은근히 걱정했던 것과는 달리 특별하게 상식을 벗어나는 행위는 요구하지 않았다. 그보다는 자신이 시키는 대로 해주는 여자를 데리고 일류 호텔의 최고급 스위트룸에서 몇 시간이나마 즐길 수 있다는 사실 자체로 만족하는 것 같았다.

나로서도 그다지 나쁠 것은 없었다. 침대는 깨끗하고 부드러웠다. 나는 어느샌가 깜빡 잠들었던 것 같다.

자정 무렵에 '담당자'는 나를 흔들어 깨웠다. 씻을 틈도 주지 않고 서둘러 옷을 입도록 재촉했다. 그리고 나를 돌려세우고 오른팔을 등 뒤로 당겼다.

그렇게 붙잡고 '담당자'는 내 오른쪽 손목에서 그림자를 끄집어냈다. 곧이어 손가락부터 팔꿈치까지 그림자를 뜯어낸다. 그 느낌은 말로는 표현할 수 없다. '담당자'는 그렇게 뜯어낸 그림자를 팔 위로 접어 올려 어깨에서 묶는다.

그래서 나는 다시 오른팔을 팔꿈치 아래부터 쓸 수 없게 되

었다. 감각은 살아 있지만, 근육도 힘줄도 신경도 내 명령에
는 따르지 않는다. 있는 힘을 다해서 무시무시하게 노력하면
약 5밀리미터 정도 움직일 수도 있다. 그러나 굉장히 힘을 써
야 하는 데다 그만큼 견딜 수 없을 정도로 고통스럽다. 그림
자를 뺏긴 사람과 마찬가지로, 그림자를 뜯긴 사지도 살아 있
되 살아 있지 못하게 되는 것이다.

이어서 '담당자'는 왼손의 그림자를 묶는다. 이쪽은 약지와
새끼손가락만 손바닥 안으로 접어넣는다. 꼭 필요한 일상생
활만은 간신히 유지할 수 있도록 해주는 최소한의 배려다.

작업을 끝내고 '담당자'는 내 어깨를 툭 친다.

나는 말없이 돌아서서 '담당자'를 따라 나간다.

'담당자'는 내 숙소 앞에서 잠깐 차를 세워 나를 내려준다.
나는 서둘러 올라가서 약품 병을 가지고 다시 내려온다. '담
당자'는 차를 타고 내가 언제나 그림자를 처리하는 곳까지
간다. 자기도 차에서 내려서 내가 그림자에 약을 붓고 불을
붙이는 것까지 확인하고서야 자리를 뜬다. 전에는 완전히 태
우는 것까지 확인했지만, 몇 번인가 연기를 쏘이고 나서부터
그렇게 하지 않게 되었다.

그래서 나는 또다시 같은 자리에서 불구자가 언제나 흥얼

거리는 똑같은 노랫소리를 들으며 잘 타지 않는 그림자를 나무 막대기로 쑤석이고 있었다.

다행히 바람이 불어서 연기가 내 쪽으로는 오지 않았다. 그래서 나는 천천히 타다 말다 하는 그림자를 멍하니 막대기로 뒤적거리면서 여러 가지 상념이 머릿속을 스쳐 지나가도록 내버려두었다.

쓸모없게 된 오른손이 어깨에 걸어둔 가방에 닿았다. 가방 속의 지폐 뭉치가 느껴졌다.

그의 아버지는 오늘 내게 이례적으로 많은 돈을 썼다. '담당자'도 괜한 이득을 보았으니, 이렇게 된 마당에 그에게도 무료 서비스를 한 번쯤 해줘야 하지 않을까. 그런 생각을 하며 나는 혼자서 피식 웃는다.

물론 그저 생각일 뿐이다. 그랬다가는 곧장 그의 아버지가 알게 될 것이다.

그의 아버지가 시키지 않은 일을 해서는 안 된다.

그의 아버지가 시킨 일을 하지 않아도 안 된다.

남자는 찔러도 찔러도 죽지 않았다. 몇 번인가 남자의 칼에 내가 찔렸다. 나는 화가 나고 지쳐 있었다. 마지막으로 덤벼들었을 때 남자는 나를 뿌리치고 도망쳤다. 나는 남자를 붙잡기 위해 손을 뻗었다.

내가 붙잡은 것은 남자의 오른손 그림자였다. 그림자가 뜯겨나갈 때 남자는 비명을 질렀다. 그때까지 들어본 적이 없는 비명이었다. 내가 알던 남자는 비명 따위를 지르는 사람이 아니었기 때문에 나는 깜짝 놀랐다.

그의 아버지를 위해 일하게 되기 전에 나는 남자를 위해서 일했다. 다만 남자는 나이가 들어가고 있었고, 후손도 후계자도 없었으며, 물질적인 부분, 특히 돈에 관한 한 그의 아버지만큼 부하들에게 너그럽지 못했다. 그러니까 나는 단순히 벌이가 더 좋은 쪽으로 직장을 바꾸려 했을 뿐이다. 그러나 직업이 직업이다 보니, 말하자면 입사 시험 격으로 나는 새 고용주를 위해서 이전 고용주를 살해해야 했다.

남자의 시체 대신 나는 그의 아버지 앞에 남자의 오른팔 그림자를 내놓았다. 그때까지도 나는 내가 뜯어낸 그것이 무엇인지, 어떤 의미인지 전혀 알지 못했다. 그러므로 나는 틀림없이 죽임을 당할 것이라고 생각했다. 이전 고용주는 이미 배신했고, 새 고용주가 시킨 일을 해내지도 못했다. 달리 빠져나갈 길은 보이지 않았다.

그러나 그의 아버지는 그림자에 관해서 알고 있었다. 그리고 아주 적은 숫자이지만 거기에 관련된 일을 하는 사람들을 이미 수하에 고용하고 있었다. 그래서 나는 자의보다는 타의로 직업을 바꾸게 되었다.

오른팔의 절반과 왼손 두 손가락을 대부분의 경우 쓸 수 없게 된 것은 사실이다. 그러나 팔이 잘리거나 영구적인 상해를 입은 것은 아니었으므로 목숨을 부지하는 대가치고는 나쁘지 않았다. 사실 이전에 하던 일보다는 쉬웠으므로 불평할 수 없었다.

그리고 일종의 부가적인 고용 조건으로, 나는 그의 아버지가 지정하지 않는 개인적인 손님을 받지 못하게 되었다.

지정받는 손님만으로도 일거리는 충분했다. 그림자와 상관이 없는 손님은 그 하나뿐이었다. 그가 내 유일한 단골이 되었다는 것도 불평할 일은 아니었다.

언젠가 나는 그에게 물었다.

"왜 그렇게 강해지는 데 집착해?"

그는 인간의 몸을 무기로 사용하여 다른 인간을 공격하는 기술과 그러한 기술 혹은 예술의 역사에 대해서 도서관을 세 개쯤 차릴 수 있을 정도의 자료를 구비하고 있었다. 처음에는 스승이나 동료를 구해서 제대로 연마해보려 했으나 아무도 가르쳐주지 않으려 했다고 그가 말했다. 그를 거부한 선생들은 나중에 알고 보니 대부분 입으로만 떠벌리는 가짜이거나 사기꾼들이었다는 것이 그의 평가였다. 그나마 실력을 확인하고 찾아간 어느 고수는 그의 눈에 '살기가 보인다'는 이유로 제자로 받아주기를 거부했다고 그는 다분히 슬퍼하며 토로했다. 다시 생각해보아도 나는 이 이야기가 가장 어이없었다. 그의 눈에 살기는 고사하고 그 어떤 종류의 공격성도 보이지 않기 때문이다. 전에 하던 일의 특성상 공격성에 대해서 상당히 잘 안다고 자부하는 편이므로 내 말을 믿어도 좋을 것이다. 내가 그를 조금은 측은하게 생각하는 것도, 동시에 그와 있으면 안전하다고 느끼는 이유도, 그가 그 연령대의 남자로서는 특이할 정도로 공격성이 결여되어 있기 때문이다.

그의 성격 특성은 공격성과는 정반대되는 것이었다. 나와 처음 밤을 보내게 되었을 때 그는 나를 침대로 데려가 조심스럽게 앉힌 후에 내 앞에 무릎을 꿇고 앉아 구두를 한쪽씩 벗겼다. 그리고 내 발등에, 역시 한쪽씩, 조심스럽게 입 맞추었다.

나는 당황했다. 그는 꿇어앉은 채로 나를 올려다보면서 말했다.

"이렇게 해드리고 싶어요."

나는 대답하지 않았다. 그가 다시 말했다.

"역겹다고 생각하시면 가셔도 돼요."

물론 나는 가지 않았다. 멋대로 역겨워하거나 갈 수 있는 처지가 아니었기 때문이지만 그는 조금 다른 방향에서 해석한 것 같았다. 나로서도 그 편이 이익이었으므로 별다른 설명은 하지 않았다.

"강해지고 싶어요."

몇 번인가 더 만난 후에야 그가 털어놓았다.

"정말로 강해져서, 지금의 나와는 완전히 다른 사람이 되고 싶어요."

"그게 가능할까? 완전히 다른 사람이 되는 게?"

내가 중얼거렸다.

그는 고개를 끄덕였다.

"달라질 거예요. 내가 정말로 강하다는 걸 알고 있으면, 최소한 지금 내가 약하기 때문에 하는 여러 가지 행동들을 안 해도 될 거고, 약하기 때문에 못 하는 일들도 모두 할 수 있을 테니까."

"예를 들면 그게 어떤 일인데?"

그는 내 질문에 대답하지 못하고 망설였다. 나는 기다렸다.

"강해지면, ……내가 부끄럽지 않게 될 거예요."

그가 한참 만에 조그만 목소리로 말했다.

"어디가 부끄러운데?"

내가 다시 물었다.

그는 대답하지 않았다. 천천히 몸을 일으켰다. 침대에서 내려갔다. 그리고 바닥에 무릎을 꿇었다. 고개를 숙였다.

나는 기다렸다. 그러나 그는 바닥에 꿇어앉아 고개를 숙인 채로 움직이지 않았다. 한 손으로 얼굴을 가렸다. 어깨가 가느다랗게 들썩였다.

나는 그를 달래주지 않았다. 그를 바라보고 있다가 명령했다.

"이리 올라와."

그는 대답하지 않았다. 내가 다시 말했다.

"올라오라니까."

그가 고개를 들고 나를 보았다. 내가 세 번째로 말했다.

"올라와."

그는 다시 침대로 올라왔다.

"내 위에 올라타."

내가 말했다.

그는 당황했다. 내가 설명했다.

"그런 뜻이 아니고, 그냥 배 위에 걸터앉아."

그는 시키는 대로 내 배 위에 걸터앉았다. 내가 다시 말했다.

"손으로 내 목을 잡아봐."

그는 더 당황했다. 내가 다시 말했다.

"양손으로 내 목을 감아봐. 목 조르는 것처럼."

"하지만, 그런…… 왜……."

그가 더듬거렸다. 나는 차분하게 명령했다.

"진짜로 목을 조르라는 게 아냐. 시늉만 해봐."

그는 망설였다. 한참 만에, 잔뜩 겁먹은 것처럼 양손을 아주 살짝 내 목에 가져다 댔다.

"자기는 남자고 나는 여자야. 나는 자기보다 키도 작고 몸도 가벼워. 그리고 오른손은 전혀 못 쓰고 왼손도 절반밖에 못 써."

내가 그의 얼굴을 올려다보면서 말했다.

"마음만 먹으면 자기는 지금 당장이라도 말 그대로 한 방에 날 죽이거나 불구로 만들 수 있을 거야. 그렇지만 그렇게 안 하잖아."

그는 가만히 내 목에 손을 댄 채로 대답하지 않았다.

"그게 자기가 나보다 약해서 그런 건 아니잖아?"

그는 내 얼굴을 들여다보았다. 내 목을 감은 손에 조금씩 힘을 주었다.

나는 아무 말도 하지 않았다. 저항하지도 움직이지도 않았다.

그는 잠시 목을 조르면서 내 얼굴을 내려다보았다. 그리고 손을 풀었다. 내 양어깨 위, 머리 옆의 베개를 손으로 짚고 얼굴을 내 얼굴에 가까이 가져다 대었다.

"고마워요."

그가 속삭였다. 그리고 내게 키스했다.

불구자가 나를 찔렀을 때, 나는 그런 생각을 하고 있었다.

마지막 순간에야 다가오는 기척을 눈치챘다. 돌아섰을 때는 이미 늦었다. 칼은 배 아래쪽, 오른쪽 골반 바로 위에 박혔다.

그리고 불구자는 칼을 뺐다. 나는 불구자가 한번 더 찌를 것이라고 생각했다. 그러나 불구자는 어둠 속에서 희끄무레한 왼손을 허공에 치켜들고 나를 멍하니 쳐다보고 있을 뿐이다. 그림자를 태우는 불빛에 반사되어 칼날이 반짝 빛났다.

그래서 나는 불구자를 찼다. 처음에는 칼을 든 왼손을, 이어서 배를 찼다. 양손을 제대로 쓸 수 없으니 불구자가 반격한다면 그걸로 끝장이라고 생각했다. 하지만 어찌 됐건 시도도 안 해보고 누군지도 모르는 사람에게 얌전히 죽을 수는 없다.

불구자는 반격하지 않았다. 내가 차는 대로 그대로 얻어맞고 쓰러졌다.

불구자가 쓰러지면서 늘상 쓰고 있던 벙거지 모자가 벗겨졌다. 그림자를 태우던 불빛에 얼굴이 드러났다. 나는 오래전 내가 죽이려 했던 남자의 얼굴을 알아보았다.

나무 막대를 내던지고 뛰어가서 불구자가 놓쳐버린 칼을 집어 들었다. 나는 오른손잡이인데 지금 쓸 수 있는 것은 왼손, 그나마 손가락 세 개뿐이다. 그래도 죽지 않으려면 최선을 다할 수밖에 없다. 나는 칼을 집어 들고 불구자 위에 타고 앉았다. 가슴보다는 목이 빠르고 쉽겠지만, 만약에 움직인다면…….

……불구자는 움직이지 않았다.

어둠 속에 떠오른 남자의 하얀 얼굴, 그림자가 타는 불빛에 비쳐 더욱 뚜렷하게 보이는 눈동자에 생기라고는 없었다. 남자는 초점 없이 개개 풀린 눈에 입까지 조금 벌린 채 나를 멍하니 올려다보았다. 왼팔을 아무렇게나 휘둘렀다. 희끄무레한 왼손이 내 오른팔을 힘없이 툭툭 쳤다.

어쨌든 만전을 기하기 위해서 나는 왼손에 힘을 주었다. 칼을 남자의 목에 가져다 댔다.

칼날은 얇고 날카로웠다. 잘 벼려진 쇠가 살갗을 뚫고 경동맥을 베는 순간 남자는 돌연히 격렬하게 몸부림을 쳤다. 목에서 솟구친 피가 내 얼굴과 눈을 향해 튀었다. 나는 진저리를 치다가 균형을 잃고 쓰러졌다.

정신을 차렸을 때, 남자는 왼손으로 오른쪽 목을 감싼 채 천천히 비틀거리며 어디론가 가고 있었다. 어둠 속에서 그림 자를 잃은 남자의 오른손이 유독 하얗게 눈에 띄었다.

나도 일어섰다. 그리고 왼손으로 오른쪽 배를 감싼 채로 그곳을 떠났다.

누군가 뒤에서 지켜보았다면, 나도 남자와 똑같이 비틀거리고, 남자의 오른손과 마찬가지로 내 오른손도 어둠 속에서 하얗게 빛나고 있었을 것이다. 남자의 뒷모습을 돌아보면서 나는 그런 생각을 했다.

숙소까지 어떻게 돌아왔는지 기억하지 못한다. 현관에 들어서서 문을 잠그자마자 나는 바닥으로 무너졌다. 웃옷을 들추고 배의 상처를 들여다보았다.

피…….

가망이 없겠다는 생각이 들었을 때 어째서 그에게 전화하고 싶어졌는지는 알 수 없다. 아마 불구자에게 찔리기 직전에 그에 대해 생각하고 있었기 때문일 것이다.

그러나 물론 나는 그에게 전화하지 않는다. 불구자가 나에게 개인적으로 복수한 것일 수도 있지만, 그의 아버지가 나를 처리하기 위해서 보냈을 수도 있기 때문이다. 가능성이 희박하기는 하지만 아주 불가능한 이야기는 아니다.

그래서 나는 숙소의 현관에 웅크리고 앉아서 피투성이가 되어버린 왼손에 전화기를 움켜쥔 채 그를 생각한다.

사람은 한 방에 죽지 않는다. 언제나 그렇게 믿고 있었는데, 하필 내가 한 방에 죽이지 못한 남자의 칼에 찔려서 한 방에 죽어버린다면 그야말로 아이러니다. 나도 모르게 웃음이 나온다.

이렇게 되어버린 이상 그의 아버지 따위는 상관하지 않고 그에게 전화하고 싶다는 생각이 점점 더 강해진다.

그러나 그런 생각과는 별개로 나는 점점 더 졸음을 참을 수 없다.

안개가 낀 것처럼 흐려지는 머리로, 잠깐만 자고, 지금 아주 잠깐만 눈을 붙이고, 깨어나면 꼭 그에게 전화해야겠다고 나는 생각한다.

전화기가 왼손에서 서서히 빠져나간다. 완전히 놓치기 전에 힘주어 잡아보려 했지만 손이 말을 듣지 않는다.

그림자를 뺏겼을 때처럼······.

괜찮다. 자고 일어나도 전화기는 그 자리에 그대로 있을 것이다······.

⋯⋯괜찮지 않다는 것은 나도 안다.

나는 그에게 전화할 수 없을 것이다.

차츰 희미해지는 전화기를 멍하니 쳐다보면서, 사방을 감싸는 그림자에 무기력하게 몸을 맡기면서, 어째서인지 마지막으로 떠오른 것은 언젠가 내 목을 졸랐던 그의 손, 따뜻하고 조심스럽던 그 감촉이었다.

타인의 친절

* 2010년 환상문학웹진 〈거울〉 게재
* 2013년 단편집 《왕의 창녀》(온우주) 수록

—엄마가 아저씨를 처음 만난 것은 큰 집에 들어가서 복잡한 종이에 여러 가지를 써서 내고 온 날이었습니다.

그녀가 프레즐 가게에서 일하기로 결심한 것은 다분히 충동적인 결정이었다. 그녀는 프레즐이 뭔지 몰랐다. 그러므로 그 가게에서 정확히 무슨 일을 해야 하는 건지도 몰랐다. 다만 가게니까 뭔가 파는 곳이 분명했고, 물건을 파는 일이라면 할 수 있을 것 같았다. 무엇보다도, 그녀는 전에 해보지 않았던 새로운 일을 시도해보기로 결심한 참이었다. 그래서 매대에 '직원 구함'이라고 써 붙인 종이를 보고 그녀는 약 삼 초간 망설인 뒤에 분연히 일어서서 카운터로 향했던 것이다.

"어서 오세요. 뭘로 드릴까요?"

카운터 뒤에 서 있던 남자가 사근사근하게 물었다.

아무리 봐도 남자는 그 카운터에 서서 그렇게 사근사근한 목소리로 손님을 맞이하는 데 어울리지 않는 생김새였다. 그보다는 권투 선수나 이종격투기 선수라고 하면 어울릴 것 같았다. 키는 그렇게 크지 않았지만 어깨가 딱 벌어지고 무척 다부진 몸집이었다. 카운터 위에 올린 손도 그렇게 크지는 않았지만 두꺼웠고, 손등의 관절마다 굳은살이 박여 있었다. 팔뚝에는 오래된 화상 자국이 여러 개 있었다. 그녀는 그 흉터를 들여다보면서 몹시 아팠을 것 같다고 생각했다.

"······님."

그녀는 듣지 못했다.

"······손님."

남자가 조금 더 큰 소리로 불렀다. 그녀는 퍼뜩 고개를 들었다.

"손님, 괜찮으세요?"

"예? ······아, 예······."

그녀는 눈을 깜빡였다.

"뭐, 마실 거 드릴까요?"

카운터 뒤의 남자가 조금 걱정스러운 표정으로 물었다. 그녀는 여전히 조금 멍한 채로 중얼거렸다.

"아, 아뇨······."

남자는 그녀를 잠시 관찰하다가 물었다.

"메뉴 보시고, 천천히 골라보시겠어요?"

그녀는 여기에 물건을 사러 온 것이 아니라 일자리를 구하러 왔다고 말하려 했다. 그러나 그렇게 말하려고 고개를 들었을 때 남자와 눈이 마주쳤다.

"메뉴 여기 있습니다."

남자가 카운터 옆에 세워놓은 메뉴를 내밀었다.

그래서 그녀는 얼떨결에 남자가 시키는 대로 메뉴판을 들여다보았다. 그리고 오리지널 프레즐과 체다치즈 소스를 주문하고 말았다. 게다가 남자가 '음료는 안 하시겠어요?'라고 묻는 바람에 고분고분 콜라까지 시키고 말았다.

"만들어놓은 게 없어서 지금부터 구워야 되는데, 한 이 분 정도 걸립니다. 괜찮으시겠어요?"

이 분이 어느 정도 긴 시간인지 그녀는 짐작할 수 없었다. 무조건 고개를 끄덕였다. 그리고 좁은 매장 안에 세 개밖에 없는 테이블 중 하나를 차지하고 털썩 앉았다.

남자의 몸집에 비해 주방은 너무 작았다. 그러나 남자는 의외로 꽤 효율적으로 움직였다. 그녀의 예상보다 훨씬 빨리 프레즐이라는 것이 구워져서 나왔다. 남자는 바구니에 담은 갈색 빵을 치즈 소스와 콜라와 함께 플라스틱 쟁반 위에 놓고 그녀를 불렀다.

"손님, 주문하신 오리지널 체다치즈 나왔습니다."

그녀는 카운터로 다시 가서 쟁반을 받아들고는 다시 테이블로 돌아왔다. 그리고 하트 모양으로 꼬인 뜨겁고 부드러운 빵을 손가락 끝으로 조심조심 뜯어서 입에 넣었다.

—아저씨가 구워준 빵을 엄마는 아주 맛있게 먹었습니다.

빵은 뜨겁고 부드럽고 폭신폭신했다. 그녀는 조심스럽게 작은 조각을 뜯어내어 입에 넣고 천천히 씹었다.

갓 구워서 달콤한 냄새를 풍기는 폭신하고 따뜻한 빵 조각의 달착지근한 맛이 입안 가득히 퍼졌다. 말랑말랑하고 따끈한 빵 조각이 식도를 타고 위장으로 내려갔다. 문득 그녀는 자신의 위장이 아주 오랫동안 비어 있었다는 사실을 깨달았다. 그래서 빵을 조금 더 뜯어서 입에 넣고 씹었다. 빵 조각이 천천히 차곡차곡 그녀의 텅 빈 위장을 채웠다. 그것은 기분 좋게 부드럽고 가벼운 포만감을 주었다.

……그리고 그녀는 문득 바구니가 빈 것을 알았다.

빵은 전부 먹었지만 치즈 소스와 콜라에는 손도 대지 않았다. 그녀는 쟁반째로 전부 들어 카운터로 가져갔다.

카운터 뒤에서, 그 자리가 전혀 어울리지 않는 남자가 쟁반을 받아들며 사근사근하게 물었다.

"맛있게 드셨어요?"

말하면서 남자는 살짝 웃었다. 눈꼬리에 주름이 잡히고, 온 얼굴이 인간 전반에 대한 호의로 가득한 웃음을 띠었다.

그래서 그녀는 그곳에 왔던 본래 목적을 기억해냈다.

"저, 여기서 일하고 싶은데요."

그녀는 매대에 써 붙인 '직원 구함' 종이쪽지를 가리켰다.

이력서가 없다는 말에 남자는 아주 잠깐 곤란하다는 표정을 지었다.

"전에 이런 일 해보신 적 있으세요? 프레즐 굽는 거……."

그녀는 고개를 저었다.

"빵집이라든가……."

그녀는 다시 고개를 저었다.

"커피 가게에서 일한 적은 있는데요."

남자가 반색을 했다.

"그럼 거기서 빵 같은 거 구워보셨어요?"

"아뇨."

남이 구워다 주는 케이크와 과자를 정리해본 적은 있었다.

남자는 잠시 생각했다.

"뭐, 그렇게 어려운 일은 아니니까……."

그리고 남자는 물었다.

"언제부터 나오실 수 있어요?"

그렇게 해서 그녀는 쇼핑몰 식당가의 프레즐 가게에서 일주일에 세 번, 하루에 여덟 시간씩 일하게 되었다.

—엄마도 아저씨처럼 빵을 구웠습니다. 맛있는 빵을 열심히 만들어서 손님들에게 많이 많이 팔았습니다.

가게 일은 생각보다 즐거웠다. 우선 커다란 철제 쟁반에 기름을 두른 후 냉동해둔 생지(반죽을 그렇게 불렀다)를 하나씩 떼어 적당히 공간을 두고 줄지어 얹은 뒤에 냉장실로 옮겨 숙성시킨다. 두 시간 정도 지나면 반죽이 녹으면서 부풀어 오른다. 그러면 꺼내서 치대어 길게 뽑는다. 그리고 프레즐 특유의 하트 모양으로 꼬아 그대로 구워내는 것이다.

하트 모양이 아니고 속에 여러 가지를 넣어 초승달 모양의 피자처럼 구워내는 종류도 있었다. 이쪽은 시간이 조금 더 걸리고 손이 조금 더 갔다. 어쨌든 그녀는 양쪽 다 재미있었다. 녹아서 적당히 숙성된 반죽을 치댈 때의 폭신폭신하고 찰진 느낌이 좋았고, 길게 뽑아 늘여서 하트 모양으로 꼬거나 안에 속을 넣고 초승달 모양으로 휘어서 위쪽을 오므려 닫는 작업도 재미있었다. 처음에는 매번 어딘가 일그러졌지만, 실패작을 몇 개 생산하고 나니 그럭저럭 손님에게 내놓을 만한 작품을 만들 수 있게 되었다. 물론 그 실패작과 영업이 끝난 후에도 팔리지 않은 상품은 그녀가 먹을 수 있었다. 그 점도 좋았다.

힘든 점은 좁은 주방 공간의 대부분을 커다랗고 뜨거운 오븐이 차지하고 있다는 사실이었다. 처음 일하기 시작했을 때에는 반죽을 넣거나 다 구워진 빵을 꺼내는 도중에 뜨거운 오븐 가장자리에 닿아 손이나 팔목을 자꾸 데곤 했다. 오븐 앞에서 일하지 않을 때에도, 카운터 뒤의 조그만 공간 전체가 언제나 건조한 열기로 후끈후끈했다.

"겨울에는 견딜만한데, 여름에는 정말 힘들어요."

남자가 수건을 물에 적셔 얼굴을 닦은 뒤 카운터 아래의 냉장고에서 생수를 꺼내 벌컥벌컥 들이켠 후에 말했다. 그리고 덧붙였다.

"목마르면 물 얼마든지 드세요. 모자라면 더 사올게요. 그리고 배고프시면 빵도 얼마든지 만들어 드셔도 돼요."

그러나 물론 그녀는 그 빵 하나하나가 다 파는 물건이고 가게를 지탱하는 상품이라는 사실을 알고 있었다. 그러므로 '얼마든지' 만들어 먹지는 않았다.

가게는 대체로 한산했다.

"아직 방학을 안 해서 그래요."

남자가 설명했다.

"중고생이랑 대학생들이 주 고객이라서, 주말하고 방학 때가 대목이거든요."

그녀는 평일 낮에 일했다. 그러므로 얼마 동안 남자가 말하는 '대목'은 보지 못했다. 첫 하루 이틀 정도는 일을 배우느라 그 나름대로 바쁘게 지나갔다. 그러나 그 후로는 남자와 단둘이 가게 안에 그저 앉아 있는 일이 많아졌다.

"이래도 장사가 돼요?"

그녀가 걱정했다. 남자는 웃으며 태평하게 대답했다.

"방학 하면 그럭저럭 할 만해요."

별것 아닌 이야기라도 남자는 말하면서 자주 웃었다. 그리고 웃을 때면 남자는 눈꼬리에 주름을 지으며 입이 아니라 온 얼굴로 웃었다. 그렇게 웃는 얼굴을 보면 그녀도 어쩐지 따라서 웃게 되었다. 그래서 손님을 기다리는 지루한 시간 동안에도 남자와 단둘이 가게에 있는 것이 그녀는 불편하지 않았다.

가게에 일하러 가지 않는 날이면 그녀는 대체로 고시원의 창문 없는 방 안에 누워서 주위의 소리에 귀를 기울이곤 했다. 복도에서는 언제나 사람들이 걸어 다니는 소리가 들렸다. 가끔은 전화하는 소리가 들리기도 했다. 에어컨이 돌아가는 소리도 들렸다. 그리고 아침과 저녁이면 많은 사람들이 문을 여닫는 소리, 샤워실과 화장실의 물소리, 공용 부엌에서 뭔가 요리하거나 밥을 먹거나 설거지를 하거나 빨래를 돌리는 소리가 들렸다. 사람들이 살아가는 소리, 생활의 소리가 언제나 주변에 끊이지 않았다.

그녀는 형광등을 하얗게 밝힌 천장을 올려다보며 몇 시간이고 그런 소리를 들었다. 단 하나 들리지 않는 소리, 이제는 들을 수 없는 소리를 찾기 위해 자신도 모르게 주의 깊게 귀를 기울였다.

—그래도 엄마는 울지 않았습니다. 그래서 나는 조금 안심했습니다.

그녀가 다섯 번째 일하러 간 날부터 방학이 시작되었다. 하필 그날 남자는 본사에서 교육이 있다고 그녀에게 가게를 맡기고 사라져버렸다. 다행히 그날은 손님이 그렇게까지 많지 않았다.

여섯 번째 날은 손님이 파도처럼 밀어닥쳤다. 남자는 이번에는 가게 공간 재계약 문제로 협상하러 가고 없었다. 그녀 혼자서 가게를 지키며 눈코 뜰 새 없이 빵을 구워내고 구워내고 또 구워냈다. 음료수를 따라내고 남자가 미리 조그만 용기에 나누어 담아둔 소스를 곁들여 내고 또 빵을 구웠다. 중간에 용기에 미리 담아둔 소스가 다 나가버리는 바람에 빵을 구워내고 음료수를 따라주는 사이사이에 소스도 덜어야 했다. 오븐을 한계치까지 가동해서 주방 안은 그녀까지 구워지는 게 아닐까 싶을 정도로 더웠다.

남자는 폐점 시간이 다 되어서야 돌아왔다. 1.5리터짜리 생수 몇 병과 트레이에 칠할 기름과 위생장갑과 키친타월과 프레즐 속에 넣을 재료와 또 무엇 무엇…… 해서 서너 개나 되는 커다란 비닐 주머니를 남자는 아무렇지 않다는 듯 가뿐하게 들고 왔다.

"어땠어요? 혼자서 할 만했어요?"

남자가 비닐 주머니를 가게 안으로 하나씩 들여놓으며 물었다.

"말도 마세요. 정신 하나도 없었어요."

그녀는 아직도 땀이 뚝뚝 떨어지는 이마를 닦으며 대답했다. 남자가 건네주는 생수병을 받아서 한꺼번에 절반이나 들이켰다. 남자가 사과했다.

"미안해요. 내가 있었어야 되는데, 저쪽에서 쓸데없는 일로 얘기가 길어져서…….

"아니에요."

그녀는 생수병을 카운터 아래 냉장고에 챙겨 넣으며 활짝 웃었다.

"굉장히 재미있었어요. 저 오늘 밥값 했어요. 매상 올린 거 보세요."

남자는 금전 출납기를 열어보았다. 그리고 언제나 그렇듯이 온 얼굴로 웃었다.

"그러네요. 진짜 대활약하셨네요."

남자가 정산을 하는 동안 그녀는 오븐을 끄고 조리대와 주방 바닥과 매장을 청소했다. 가게를 잠그고 나왔다. 남자는 지하 주차장으로, 그녀는 전철역으로 가기 위해 엘리베이터를 기다리면서 남자가 말했다.

"일이 재미있다고 하셔서 다행이에요."

그녀도 남자를 따라서 활짝 웃었다.

남자가 덧붙였다.

"처음에 오셨을 때는 굉장히 어두워 보였는데, 많이 밝아지셨네요."

"······제가요? 어두워 보였어요?"

그녀는 조금 놀랐다. 남자가 고개를 끄덕였다.

"예. 어딘가 힘든 것 같았는데, 지금은 훨씬 좋아 보여요."

그리고 남자는 또 눈가에 주름을 잡으며 온 얼굴로 웃었다.

─아저씨가 그렇게 말했기 때문에, 엄마의 마음이 움직였
습니다.

고시원의 자기 방으로 돌아와서 그녀는 쓰러지듯 침대에
누웠다. 팔다리가 욱신거리고 손이 저릿저릿했다. 일할 때는
몰랐는데 지금 보니 손목뼈 안쪽에 엄지손가락 정도 크기로
덴 상처가 생겨 있었다. 벌겋게 붓고 쓰라렸다.

화상 자국을 보면서 그녀는 오히려 이유 없이 기분이 좋아
졌다. 내일도 쉬지 말고 그냥 일하러 갔으면 좋겠다고 생각
했다.

─가끔 그릇이 너무 무거워서 물이 넘쳤습니다. 그러면 엄
마는 울었습니다.

잠들었다가 그녀는 숨이 막혀서 깨어났다. 정확히 말하면

깨어난 것이 아니라 몸부림치고 헐떡이면서도 깨어나는 데 실패했다. 반쯤 잠들고 반쯤 깬 상태에서 그녀는 언제나 자신을 짓누르는 그것을 또 보았다. 커다란 그릇이었다. 물이 가득 담겨 있었다. 그녀는 자기 몸만큼이나 커다란, 게다가 물이 넘칠 듯이 찰랑거리는 그 그릇을 언제나 가지고 다녀야만 했다. 물을 쏟으면 안 된다. 조금이라도 쏟아서는 절대로 안 된다.

물그릇을 지고 씨름하다가, 물그릇에 눌려 숨이 막혀 허우적거리다가 그녀는 드디어 잠에서 깨어났다.

창문 없는 방 안의 칠흑같이 깜깜한 어둠 속에서 그녀는 천장을 올려다보았다. 천장은 보이지 않았다. 대신 눈앞에 여러 가지 글자와 숫자가 떠다녔다.

고급 명주 수의 99만 원. 최고급 삼베 수의 130만 원. 아기 수의는 터무니없이 쌌다. 중국산밖에 없었다. 향나무 유골함. 자개 유골함. 오동나무 관. 소아 2.7×40×48×150. 아기 관도 역시 한 종류밖에 없었다.

열 번 가까이 전화했지만 상대방은 받지 않았다. 문자를 보냈을 때에야 겨우 전화가 왔다. 상대방은 몹시 내키지 않는다는 목소리로 말했다.

"차라리 잘된 거잖아. 너도 이젠 다 잊고 새 출발해."

그리고 덧붙였다.

"계좌번호 알려줘. 부의금 보낼게."

마치 아무 관계없는 타인의 일이라는 듯 발음한 '부의금'이라는 단어 때문에 그녀는 그대로 전화를 끊었다. 그러나 '차라리 잘된 거잖아'라는 그 말은 전화를 끊고 나서도 오랫동안 그녀의 귓가에 달라붙어 지워지지 않았다.

그래서 그녀는 아무에게도 말할 수 없었다. 아무에게도 말하지 않았다. 그녀 외에는 아무에게도 축복받지 못하고 혼자 세상에 나왔던 그녀의 아기는 아무도 알지 못한 짧은 생을 살고 아무도 모르는 사이에 죽었다. 그리고 그녀는 '차라리 잘된 거잖아'라는 말을 다시 듣느니 아무에게도 말하지 않기로 결심했다.

그러나 밤마다 꿈속에서 그녀가 껴안고 있는 물그릇은 점점 더 커졌고, 점점 더 무거워졌고, 물은 점점 더 불어나 넘칠 듯이 출렁거렸다.

— 그래서 엄마는 아저씨를 찾아갔습니다.

다음 날은 일하는 날이 아니었다. 그래서 남자는 그녀가 나타나자 조금 놀란 표정을 지었다. 그녀는 변명처럼 말했다.

"바쁘실 것 같아서……."

그러나 아무리 방학 때라지만 평일 오전에는 손님이 없었다. 어쨌든 그녀는 안으로 들어가서 앞치마를 두르고 손을 씻고 숙성된 반죽을 하나 꺼내서 치대기 시작했다.

"천천히 하세요."

남자가 말했다.

"손님 없으니까 쉬엄쉬엄 하셔도 돼요."

그녀는 남자의 말대로 천천히 반죽을 주물렀다.

"사장님은 이쪽 일 오래 하셨어요?"

반죽을 조물조물 주물러 조금씩 잡아 늘이면서 그녀가 물었다.

"천천히 하세요. 급하게 쭉 잡아 늘이면 끊어져요."

남자가 대답 대신 말했다. 그녀는 남자의 말대로 천천히 주물러 반죽을 길게 뽑았다.

"가게 시작한 지는 삼 년 됐어요."

남자가 말했다. 대답을 기대하지 않았기 때문에 그녀는 조금 놀랐다.

"그 전에는요?"

그녀가 반죽을 하트 모양으로 꼬아 매듭 부분을 누르면서 다시 물었다.

"운동 선수였어요."

남자가 말했다. 그녀는 속으로만 역시, 하고 웃었다.

모양이 잡힌 반죽을 기름칠한 트레이에 받쳐서 오븐에 넣었다. 타이머를 맞추고 나서 그녀는 오븐 옆 주방 구석에 앉았다.

몸을 움직이는 편이 좋을 것 같았다. 가만히 있으면 마음속에 안고 있는 물그릇이 점점 더 무거워졌다. 물이 넘쳐서, 당장이라도 주저앉아 울어버릴 것만 같았다.

그녀는 일어섰다. 냉장고 문을 열고 반죽을 하나 더 꺼냈다.

"그냥 앉아서 쉬어요."

남자도 일어섰다. 그녀가 꺼내려던 반죽을 도로 냉장고에 넣었다.

"손님도 없는데, 그렇게 열심히 일할 필요 없어요."

남자는 대신 물을 꺼냈다.

"덥죠?"

말하면서 남자는 종이컵에 한잔 따라서 그녀에게 주었다. 자신도 한잔 따라 마셨다.

"고등학교 때 유도부에 있었는데요."

남자가 물을 마시고 나서 갑자기 말했다.

"운동하러 가면, 하루에 연습을 세 시간씩 했는데, 선배들이 기합을 주는 거예요."

그녀는 입에서 종이컵을 떼고 귀를 기울였다.

"기본자세를 시키는데, 연습 시간 세 시간 중에서 두 시간 오십 분을 기본자세만 하면서 기합받다가 마지막에 낙법 십 분 하고 끝나요. 그래서 나는 야, 이 선배라는 자식들이 미친놈이구나……."

신나게 이야기하는 남자의 표정과 목소리, 무엇보다도 엉뚱하게 튀어나온 '미친놈'이라는 단어에 그녀는 갑자기 웃기 시작했다.

그녀가 웃자 남자도 같이 웃었다. 그리고 말을 이으려 했다. 그러나 그녀는 웃음을 멈출 수가 없었다. 한참이나 소리 내어 웃다가, 자기가 생각해도 이상한 것 같아서 참았다. 그래도 완전히 참을 수는 없었다. 숨을 죽이고 킥킥 웃었다.

남자도 따라서 웃으면서 이야기를 계속했다.

"……그래서 나는 이 선배들이 미친놈이구나, 어떻게 연습은 하나도 안 시키고 기본자세만 하다가 끝나나, 이게 대체 무슨 소용이 있나, 그렇게 생각했거든요. 그런데 나중에 보니까 그게 다 쓸모가 있더라고요."

"어떻게요?"

그녀가 웃음을 참기 위해 종이컵에 남은 물을 모두 마신 후에 간신히 진정하고 나서 물었다.

"기본자세를 계속하면요, 나중에는 그게 완전히 몸에 배거든요. 뭐든지 운동을 처음 시작하면 긴장을 하는데, 긴장하면 몸에 쓸데없이 힘을 주고, 그죠? 그런데 기본자세가 몸에 배면 쓸데없는 힘을 안 주게 되는 거예요. 딱 필요한 것만, 적시적소에 하는 거죠."

그녀는 운동을 해본 적이 없었다. 운동과 가게 일이 무슨 상관이 있는지도 잘 알 수 없었다. 그러나 어쨌든 고개를 끄덕였다.

"무슨 일이든지 다 마찬가지더라고요. 가게 일도, 딱 기본만 잘하면 돼요. 쓸데없는 데 힘 빼지 말고, 적시적소에 딱 할 일만. 그럼 나머지는 저절로 되더라고요."

남자는 다시 눈꼬리에 주름을 잡으며 얼굴 전체로 웃었다.

"그러니까 손님 없을 때는 놀아도 돼요. 선미 씨도 너무 열심히 하지 말고 그냥 쉬어요. 오늘 원래 일하는 날도 아닌데."

—아저씨가 뭐라고 말을 하면 엄마가 웃었습니다. 엄마가 많이 웃어서, 나도 좋았습니다.

손님이 왔기 때문에 그녀와 남자는 일을 해야만 했다. 시나

몬과 아몬드 프레즐, 크림치즈 소스, 페퍼로니 프레즐과 음료 세트를 하나씩 팔고 나서 다시 손님이 끊어졌다.

페퍼로니 프레즐을 만들다가 녹은 피자 치즈가 트레이에 넘쳐서 눌어붙었다. 그녀는 손님이 없는 틈에 트레이를 새로 갈고 치즈가 눌어붙은 트레이를 싱크대에 넣고 씻었다. 남자가 말렸다.

"그냥 쉬어도 된다니까요. 그런 건 나중에 폐점할 때 내가 한꺼번에 정리할게요."

"아, 그렇지만…… 손을 좀 움직이고 싶어서……."

남자가 뺏어가려는 트레이를 그녀가 도로 가져다가 싱크대에 집어넣었다. 수세미를 든 손을 기계적으로 움직이면서 그녀가 물었다.

"운동은 힘들어서 그만두신 거예요?"

"아, 그거요? 그게, 꼭 힘들다기보다는……."

남자가 잠시 망설였다. 그러더니 다시 카운터 아래 냉장고 안에서 물을 꺼내 종이컵에 따랐다.

"사람이 여러 가지를 해보다가, 벽에 부딪힐 때가 있잖아요? 열심히 하던 걸 포기해야 될 때도 있고……."

트레이에 눌어붙은 치즈는 좀처럼 떨어지지 않았다. 그녀는 수세미로 박박 문지르면서 고개만 끄덕였다. 남자가 말을 이었다.

"권투하시는 분들 보면 말예요. 제가 권투하시는 분들을 좀 많이 알거든요, 전문적으로 하시는 분들요. 그런 분들은 얻어 맞지 않으면 운동이 안 되니까, 오래 하다 보면 여기저기 아파요. 그럼 아프니까 술을 마시고, 술을 마시니까 몸이 더 아파지고. 악순환이더라고요."

그녀는 아까 유도부였다고 했는데 어떻게 권투로 넘어갔는지 묻고 싶었다. 그러나 트레이에 눌어붙은 탄 치즈의 마지막 조각이 아무래도 떨어지지 않았기 때문에 묻지 못했다.

남자가 말했다.

"사람이, 혼자서 모든 걸 다 지고 갈 수는 없는 거예요. 아까 말한 것처럼, 긴장 풀고, 힘 빼고, 필요 없는 건 차례차례 버려야 될 때도 있는 거죠."

그녀의 손이 움직임을 멈추었다.

혼자서 모든 걸 다 지고 갈 수는 없다는 말에, 이제까지 마음속에 혼자서 지고 있던 물그릇이 흔들렸다. 물이 쏟아질 것만 같았다. 그래서 그녀는 가만히 숨죽이고 서 있었다. 움직이면 물이 쏟아진다. 물을 쏟아서는 안 된다. 절대로 안 된다. 그녀는 꼼짝도 하지 못하고 물그릇이 흔들림을 멈출 때까지, 다시 균형을 찾을 때까지 기다렸다.

"잘 안 떨어져요? 거봐요, 내가 한다니까……."

남자가 싱크대로 와서 트레이를 들여다보았다.

"아녜요, 거의 다 됐어요."

그녀가 대답했다. 그러나 목소리는 마음속에서 흔들리는 물그릇의 무게에 눌려서 속삭이는 소리처럼 들렸다.

물은 사실 아주 조금 쏟아졌다. 그녀는 남자가 눈치채지 못하게 닦아냈다. 그러나 어쩐지, 남자라면 눈치를 채더라도, 그녀가 물을 전부 다 쏟더라도, 화내거나 당황하지 않고 쏟은 물을 모두 닦아줄 것 같았다. 천천히, 느긋하게, 눈가에 주름을 잡고 온 얼굴로 웃으면서.

—그래서 엄마는 아저씨에게 손을 내밀었습니다.

영업이 끝나고 나서 정산을 하고 청소를 하고 가게를 잠그고 나와서 엘리베이터 앞에 나란히 서 있다가 그녀가 남자에게 불쑥 물었다.

"사장님은 술 안 좋아하세요?"

"예?"

남자가 조금 놀랐다.

"술요. 안 드세요?"

그녀가 다시 말했다.

"사장님 안 드시면 저만 마실 테니까, 그냥 옆에 앉아서 말동무 해주시면 안 될까요?"

"예? 아, 저기, 아주 안 먹는 건 아닌데……"

남자가 당황해하며 대답했다.

그래서 남자는 그녀를 이끌고 가게가 있는 쇼핑몰 길 건너편에 늘어선 포장마차로 갔다.

그녀는 남자의 이야기를 들었다. 이야기를 들으면서 술을 많이 마셨다. 술을 많이 마시고, 많이 웃었다. 그리고 당연하다는 듯 남자에게 키스했다.

남자의 몸은 굵고 단단했다. 삽입할 때 남자는 그녀의 양 손목을 꽉 쥐고 팔을 머리 위로 밀어 올리면서 온몸으로 그녀를 내리눌렀다. 아래에 깔려서 그녀는 전혀 움직일 수 없었다. 그러나 이상하게도 그것이 싫지 않았다. 그녀의 손목을 가죽띠처럼 둘러싼 남자의 손은 두껍고 피부가 거칠고 굳은살이 많았지만 아프지는 않았다. 온몸을 내리누르는 무게는 쇳덩어리처럼 딱딱했지만 따뜻한 체온이 실려 기묘한 안정감이 느껴졌다. 남자의 몸에서 땀 냄새가 났다. 살아 있는 사람의 냄새였다. 그녀는 조금 핥았다. 입안에 퍼지는 짭조름한 맛도 싫지 않았다. 오랜만에, 참으로 오랜만에 그녀는 남자에게 쾌락의 도구로 이용되고 있다는 느낌이 아닌 감싸여 보호받고 있다는 느낌을 받았다.

남자에게 안겨 있는 동안 그녀는 마음속에 언제나 지고 다니던 물그릇에 대해서 전혀 생각하지 않았다. 아침이 오기까지 그녀는 한 번도 깨지 않고 짓눌리지 않고, 돌처럼 깊고 꿀처럼 달콤한 잠을 잤다.

　―아저씨와 함께 있을 때 엄마는 행복한 것 같았습니다.

다음 날 아침에 잠이 깨었을 때 남자는 그녀에게 등을 보이고 서 있었다. 옷을 다 입고 지금이라도 나가려는 것 같았다.

남자를 불러야 할지, 부른다면 그다음에 뭐라고 말해야 할지 망설이며 그녀는 남자의 등을 바라보았다. 남자가 지난밤을, 자기 자신을 어떻게 생각할지 알 수 없어서 두려웠다. 전부 다 실수라고 생각할지도 모른다. 내일부터는 일하러 나오지 말라고 할지도 모른다. 눈가에 주름을 잡으며 얼굴 전체로 웃는 웃음이, 단단한 몸의 따뜻한 체온이 그저 한순간의 즐거운 환영으로 녹아 사라질지도 모른다.

그녀는 침대에서 몸을 일으켰다. 남자가 돌아보았다.

"아, 깼어요?"

남자는 이전과 똑같이 얼굴 전체로 웃었다.

"깨울까 말까 하고 있었어요. 너무 곤히 자서……."

"사장님은 잘 주무셨어요?"

그녀가 간신히 말했다. 목이 잠겨서 목소리가 잘 나오지 않았다.

남자가 다시 얼굴 전체로 웃었다.

"이런 데서 사장님이라고 하니까 웃기네요, 그죠?"

그녀도 웃었다. 남자가 다시 말했다.

"아침 먹으러 나갈래요?"

침대에서 일어나 서둘러 씻고 허둥지둥 옷을 입는 그녀에게 남자는 다시 온 얼굴로 웃으면서 천천히 해요, 괜찮아요, 라고 말했다. 그리고 그녀와 남자는 나란히 밖으로 나왔다. 아침을 먹을 수 있을 만한 곳을 찾아 천천히 걸어가면서 남자의 거칠고 두꺼운 손이 어젯밤처럼 살그머니 그녀의 손을 쥐었다.

아침을 먹으면서도 그녀는 지금 이 상황을 완전히 믿을 수가 없었다. 지난밤도 현실로 믿을 수 없었고, 밤이 지났는데도 남자가 그녀 앞에 마주 앉아서 아침을 먹으면서 눈이 마주칠 때마다 얼굴 전체로 웃는 것도 현실이라고 믿기 힘들었다.

믿을 수 없었지만, 아무리 확인해도 현실이었다. 그래서 그녀는 행복했다.

아침을 먹고 나서 남자가 말했다.

"어제 일하는 날 아니었는데 일하러 왔으니까, 오늘은 가게 안 와도 돼요."

그녀는 가슴이 철렁했다.

"그렇지만, 선미 씨만 괜찮으면⋯⋯."

남자가 말하다 말고 망설였다. 그녀는 조마조마해하면서 기다렸다.

"⋯⋯선미 씨만 괜찮으면, 저기⋯⋯."

남자는 곤란해하면서 그녀를 흘끗 보았다. 그리고 마침내 말했다.

"저기, 같이, 장 보러 가지 않을래요? 가게에 필요한 게 있어서⋯⋯."

"갈게요."

그녀가 서둘러 대답했다. 그리고 웃었다.

남자도 다시 눈가에 주름을 잡으며 얼굴 전체로 웃었다.

─엄마가 행복해서, 나도 좋았습니다. 아저씨는 좋은 사람

인 것 같았습니다.

그녀는 남자와 함께 마트로 들어갔다. 남자가 카트를 밀었다. 그녀는 옆에서 따라 걸으며 남자가 불러주는 물건을 골라 카트에 집어넣었다.

위생장갑은 아직 꽤 남아 있었다. 키친타월은 언제나 모자랐다. 또 뭐가 필요하더라, 하고 남자가 카트를 세우고 장 봐야 할 목록을 적은 종이를 꺼내 들여다보며 중얼중얼 읽었다. 그녀는 키친타월을 집으려고 손을 뻗었다.

—그래서 엄마에게 알려주고 싶었습니다. 아저씨는 좋은 사람이니까, 행복하게 살라고 말해주고 싶었습니다.

그녀가 키친타월에 손을 대기도 전에 옆에 쌓여 있던 티슈가 선반에서 툭 떨어졌다. 그녀는 바닥에서 티슈를 집어 도로 선반에 올려놓았다.

그 순간 그녀는 등 뒤로 뭔가 그림자가 지나간 것 같다는 느낌을 받았다. 그녀는 티슈를 선반에 밀어 넣고 고개를 돌렸다.

등 뒤에는 아무것도 없었다. 그녀가 다시 키친타월 쪽으로 손을 뻗는 순간, 아까 올려놓은 티슈가 다시 선반에서 튀어나와 바닥에 더 멀리 떨어졌다.

그녀는 튀어나간 미용 티슈를 따라갔다. 몸을 숙여 바닥에 떨어진 티슈를 집었다. 일어섰다. 눈앞에는 키친타월 건너편 선반에 하나 가득 진열된 갖가지 상표의 물티슈가 있었다.

아기용 물티슈가 눈에 들어왔다. 그녀는 선 자리에 그대로 얼어붙었다.

남자와 함께 보냈던 짧은 하룻밤 동안 느꼈던 안정감, 행복감, 보호받는다는 느낌이 일시에 사라졌다. 물그릇이 제자리로 되돌아왔다. 그리고 점점 커졌다. 그녀가 미동도 하지 못한 채 숨도 제대로 쉬지 못하고 아기용 물티슈를 바라보며 서 있는 동안 마음속의 물그릇은 점점 기울어져 마침내 엎어졌다. 물이 쏟아졌다. 사방으로 흘렀다.

이제는 돌이킬 수 없다.

"왜 그래요?"

남자가 옆에서 물었다. 그녀는 대답하지 못했다.

"선미 씨? 어디 아파요?"

남자가 다시 물었다.

그녀는 대답하지 못하고 손가락만 들어 물티슈를 가리켰다. 남자의 어리둥절한 시선이 그녀의 손끝을 따라 물티슈 쪽으로 향했다.

남자는 영문을 모르고 점점 더 당황하며 그녀와 물티슈를
번갈아 바라보았다.

그녀가 간신히 목소리를 짜냈다.

"물티슈를…… 샀어요. 60매짜리…… 3팩……. 양이……
제일, 많은 걸로…… 아기 물티슈…… 항상 필요하니까."

"물티슈요? ……아기?"

남자가 되물었지만 그녀는 개의치 않고 말을 이었다.

"마지막에 산 거, 첫 팩, 60매, 반도 못 썼어요……. 남은 건
다, 기저귀랑 같이 전부 싸서 병원에 줬어요. 간호사들 쓰라
고. 병원에선 그런 게 많이 필요할 테니까……."

남자는 뭐라고 말하려다가 입을 다물었다.

"그때는, 물티슈 같은 거, 그때는 괜찮았는데……. 지금, 저
걸 보니까……."

그녀는 더듬거렸다.

"지금, 방금, 저걸, 보니까……."

"……가요."

남자가 말했다.

"어디 가서 좀 앉아요."

말하면서 남자는 그녀의 어깨에 가볍게 손을 얹었다. 그녀

가 역시 가볍게 밀어냈다.

"선미 씨."

남자가 불렀다. 그러나 그녀는 듣지 않았다.

타인이 줄 수 있는 위안이란 환상에 불과하다는 것을 그녀는 이제 완전하게 이해했다. 죽음, 그중에서도 혈육의 죽음은 그녀가 혼자 감당해야 할 몫이었고, 온전히 그녀만의 몫이었다. 마음을 다잡고, 어두운 기억을 극복하고 밝게, ―일전, 새 출발― 이런 생각은 모두 착각이었다. 사랑했던 존재의 죽음은 애도하는 것이 당연했고, 그 상실은 슬퍼해야 마땅했다. 일상을 무심하게 이어 나갈 수 있을 정도로, 관계없는 타인 앞에서 숨 쉬고 웃을 수 있을 정도로 그 슬픔과 상실감이 옅어지려면 시간이 지날 만큼 지나야 했다. 그 시간이 얼마나 걸릴지는 사람이 자신의 의지나 결심으로 재촉할 수 없었다. 그리고 그런 시간이 지나간 뒤에도 슬픔과 상실감의 결정체는 애도하는 사람의 마음 밑바닥에 영원히 남아서 아주 작고 사소한 자극에도 수면 위로 떠오르곤 하는 것이다. 때로는 고통스럽게, 때로는 달콤하게.

일상생활을 멈추고, 타인과의 관계를 멈추고, 자신의 존재를 멈추어서라도 사랑했던 사람, 영원히 잃어버린 존재의 죽음을 애도하는 것은 혈육으로서 당연한 의무이자 권리였다.

그것은 혈육이 아닌 사람이나 그 죽음을 함께 옆에서 지켜보
지 않은 관계없는 타인이 밝게 극복하느니 새 출발이니 하는
가볍고 무의미한 말로 모욕할 수 있는 과정이 아니었다.

"……그 사람은 부인이 있어요."

그녀가 중얼거렸다.

"이혼하고, 나랑 평생 같이 있겠다고…… 내가 바보였어
요……. 임신했다고 말했더니 연락을 끊어버렸어요."

남자는 그녀의 어깨를 건드리려던 손을 내렸다. 그녀는 거
의 들리지 않는 목쉰 소리로 속삭였다.

"나 혼자 낳아서, 나 혼자 키우고, 내가 혼자 묻었어요."

그녀는 고개를 들어 남자의 눈을 똑바로 바라보았다. 그러
나 앞에 서 있는 타인의 눈동자에서 이제는 아무런 의미도
찾을 수 없었다.

"사장님 가게 찾아간 날이, 사망신고한 날이었어요."

남자가 입을 조금 벌렸다가 다시 다물었다.

"사망한 지 한 달 안에 신고해야 한다고, 그래서…… 신고
했는데……."

그녀는 '세대주 및 관계'에 '사망자의 母'라고 썼던 것을 기
억했다. '사망 종류'에 '병사'도 포함된 것을 보지 못하고 실
수로 '사고'로 넘어가서 '교통사고, 자살, 추락사고, 익사사고,

타살'이라는 글자를 보면서도 전혀 이해하지 못한 채 그 끔찍한 단어들을 몇 번이고 차례차례 되풀이해 읽었던 것을 기억했다.

"아이를 두 번 묻은 것 같았어요……."

'사인'까지는 그럭저럭 쓸 수 있었다. 그러나 '발병부터 사망까지의 기간'이라는 말을 보자 아이를 품에 안고 지낸 날들, 팔과 손목과 가슴을 통해 전해지던 아이의 무게가 되살아났다. 사망진단서에 적힌 대로 '미상'이라고 쓰려는데 마음속에서 아이의 체온이 머물렀던 곳이 찢어졌다. 그녀는 한 손으로 그곳을 움켜잡은 채 한동안 움직이지 못하고 서 있었다. 그런 일들을 기억했다.

우두커니 서 있는 그녀를 한동안 바라보다가 남자가 조심스럽게 불렀다.

"선미 씨."

그녀는 남자를 쳐다보았다.

"왜 그랬어요?"

"예?"

남자가 영문을 모르고 되물었다. 그녀가 다시 물었다.

"처음에 왔을 땐 어두워 보였는데, 밝아졌다고…… 그런 말은 왜 했어요?"

남자는 당황해서 대답하지 못했다.

그녀가 조용히 중얼거렸다.

"나 그때, 일한 지 2주 됐을 땐데…… 여섯 번째 일하러 간 날이었는데……. 사장님한테 나는 잘 모르는 사람이고, 나도 사장님 어떤 사람인지 잘 모를 때였는데……. 그런 말은 왜 했어요? 모르는 사람한테?"

남자가 더듬더듬 변명했다.

"난, 그저…… 좀 걱정이 됐는데, 밝아진 걸 보고 안심이 돼 서……."

"아이가 죽어서 사망신고를 했어요."

그녀가 조용히 말했다.

"내가 왜 밝아 보여야 해요?"

남자는 대답하지 못했다.

그녀는 돌아서서 남자를 떠났다.

―나는 괜찮다고 말해주고 싶었습니다. 하지만 엄마는 듣 지 못했습니다.

고시원으로 돌아와서 그녀는 다시 창문 없는 방의 깜깜한 암흑 속에 누웠다.

물그릇이 엎어졌다. 물이 쏟아졌다. 그녀는 뒤집힌 빈 그릇 속에 갇혀 있었다. 물속에 잠겨 있었다. 숨을 쉴 수 없었다. 몸을 움직일 수 없었다. 벗어날 수 없었다.

그래도 상관없었다.

고통스러운 것은 아이를 사랑했기 때문이었다. 지금도 여전히, 앞으로도 영원히 사랑하기 때문이었다. 사랑하기 때문에 고통스럽다면 그것으로 좋았다. 아무도 모르는 아이의 죽음을 이 세상 누군가는 고통스러워해주는 것이 아이를 위해서도 공정할 거라고 그녀는 생각했다. 그리고 그 누군가가 바로 자기 자신이며 세상에 자기 혼자뿐이라는 사실을 그녀는 기꺼이 자랑스럽게 받아들였다.

전화

* 2009년 환상문학웹진 〈거울〉 게재

접수대 위에는 똑같이 생긴 빨간 전화기가 두 대 놓여 있다. 그중 하나가 울린다. 여자가 수화기를 집어 든다. 귀에 갖다 대고 말한다.

"예, 말씀하세요."

그러나 전화벨은 여전히 울린다. 여자는 수화기를 제자리에 내려놓는다. 그리고 다른 쪽 전화의 수화기를 든다.

"예, 말씀하세요."

그리고 여자는 우리를 향해 소리친다.

"박유숙 씨! 박유숙 씨, 전화 받으세요!"

……내 이름이 아니다.

뒤에서 기다리던 할머니가 접수대로 서둘러 다가간다. 여자가 할머니와 몇 마디 주고받은 후 수화기를 건네준다. 나는 계속 기다린다.

할머니가 그다지 길지 않은 통화를 끝낸 후, 잠시 침묵이 흐른다.

그리고 다시 전화벨이 울린다.

여자가 전화기 두 대를 노려본다. 번갈아 바라보다가 결단을 내리고는 한쪽 전화의 수화기를 집어 귀에 대고 말한다.

"예, 말씀하세요."

그러나 전화벨은 여전히 울린다. 여자는 짜증을 내며 수화기를 제자리에 내려놓는다. 그리고 다른 쪽 전화의 수화기를 든다.

전화가 울릴 때마다 여자는 매번 잘못 받는다. 그 모습이 조금은 재미있고 우습기도 하지만 오랫동안 이곳에 앉아서 보고 있자니 좀 안됐다는 생각도 든다. 한번은 그래서 전화기 하나를 다른 색깔로 바꾸면 어떠냐고 제안했다. 그러나 돌아온 대답은 당연하게도 '그런 건 제 소관이 아니라서요'였다. 최소한 전화기에 번호라도 써서 붙이면 어떠냐고 물어봤지만, 그 역시 '제 소관이 아니에요'라는 대답만 들었다.

"정호준 씨! 정호준 씨, 전화 받으세요!"

나는 앉은 자리에서 튀어 일어난다. 접수대로 뛰어간다.

여자가 수화기 아랫부분을 손으로 막고 내게 묻는다.

"날짜 어떻게 되세요?"

"7월 16일 오후 8시 13분요."

"정호준 씨, 7월 16일…… 맞네요……."

여자가 앞에 놓인 장부를 뒤적여 이름과 날짜를 확인한다. 그리고 다시 묻는다.

"전화 거시는 분 성함은요?"

"김은정일 겁니다."

"통화하세요."

여자가 수화기를 건네준다. 나는 그것을 받아 귀에 댄다.

"여보세요. 은정아."

"아, 자기야? 잘 있었어?"

그녀의 목소리가 수화기를 타고 들려온다.

달콤한, 목소리…….

뒤에서 다른 목소리도 들린다.

"호준이냐? 나도 얘기 좀 하자."

그녀가 명랑하게 대답한다.

"예이―. 자기야, 어머니 바꿀게."

"여보세요. 호준이냐?"

어머니 목소리는 기운차다.

"어떻게, 잘 지내니? 밥은 잘 먹고?"

"예, 잘 지내요. 엄마는 별일 없으세요?"

"나야 뭐, 맨날 그렇지."

"허리 쑤신다고 하신 건 어떻게 됐어요? 병원 가보셨어요?"

"디스크래……. 물리치료 받으러 다닌다, 요즘. 은정이가 굳이 여기까지 내려와서, 병원엘 끌고 가는 바람에……."

이것은 어머니 방식의 며느리 자랑이다. 나는 조금 흐뭇하다.

어머니가 이어서 묻는다.

"넌 어때, 많이 바빠?"

"예, 정신 하나도 없어요."

"그렇게 바빠? 한국은 언제 나오냐?"

"올해 안엔 힘들 것 같아요, 일이 너무 많아서."

"그래?"

어머니의 목소리에 서리는 실망감이 가슴을 짓누른다.

"아니, 그럼 은정이는 언제 데려갈래? 언제까지 혼자 내버려둘 거야?"

어머니가 책망하듯이 묻는다. 나는 변명한다.

"그게, 서류 절차가 워낙 복잡해서……."

이것은 거짓말이다. 서류 따위는 필요치 않다.

나는 그저, 아내를 이곳으로 데려올 생각이 없는 것이다.

그래서 나는 이어지는 어머니의 질문에 거짓말로 답한다.

그렇게 따지면, 어머니와의 전화 통화는 처음부터 끝까지 거짓말이다.

은정이와 나는 캠퍼스 커플이었다. 대학교 2학년 때 수업을 같이 듣다가 사귀게 되어 학부 시절을 온전히 함께 보냈다. 함께 졸업을 하고 나서 은정이는 대학원에 들어갔고, 나는 학부 시절에 따놓은 기사 자격증 덕분에 운 좋게 병역특례로 풀려 방위 산업체에서 일했다. 화학 전공인 은정이는 석사를 마친 후 화장품 제조회사에 취직했고, 나는 이번에도 운 좋게 외국계 컴퓨터 회사에 취업할 수 있었다. 취업 후 일 년 정도 지나서 우리는 길고 길었던 칠 년간의 연애에 종지부를 찍고, 결혼에 골인했다.

　써놓고 보니, 허무할 정도로 간단한 인생이다…… 유치원 초등학교 중학교 고등학교를 거쳐 대학교를 마치고 군대를 —대신 방산이지만—마치고, 마음먹었던 회사에 취업한 후 이십 대가 끝나기 전에 결혼. 크게 실패한 적도 좌절한 적도 없이, 심심할 정도로 무난하고, 어찌 보면 그만큼 성공적인 인생이었다. 적어도 젊어서 남편을 잃고 이십 년 가까이 혼자 손으로 나를 키우신 어머니에게 별달리 걱정 끼치거나 짐이 된 적 없이, 그저 세간에서 하라는 만큼, 나를 포함한 주위 사람들 모두 만족할 정도로 살아왔다. 그래서 결혼식장에서 하객들에게 나는 농담 반 진담 반으로 "너 정말 효자다"라는 말을 "축하해"만큼이나 많이 들었다. 어머니도 동의하셨고, 나는 만족했다.

그리고 나는 서른 살 되던 해에 죽었다.

그냥 교통사고였다. 야근을 마치고 이미 깜깜해진 시각에
집에 가려고 택시를 탔다. 겨울이었고, 전날 비가 온 후에 갑
자기 추워져서 길에는 얼음이 얼어 있었으며, 운전사는 과속
을 했다. 좌회전 차로에서 신호를 놓치지 않기 위해 화살표가
노란색으로 바뀐 걸 보고서도 운전사는 속도를 늦추지 않고
오히려 높였다. 그러면서 왼쪽으로 틀던 와중에 차는 얼음을
밟고 운전사의 통제를 벗어나 반 바퀴 돌더니 제멋대로 보도
로 돌진하여 가로수를 들이받았다. 늦은 밤이라 거리에 차도
사람도 거의 없었기에 망정이지 안 그랬으면 대형사고로 이
어졌을 것이다.

나는 운전사가 피투성이가 된 채로 비틀비틀 운전석에서
기어 나와 휴대전화로 구급차를 부르는 광경을 지켜보았다.
그리고 내가 공중에 떠 있다는 사실을 깨달았다. 내 몸은 택
시 앞유리창을 뚫고 튀어 나가서 자동차 보닛과 조수석 사이
에 걸쳐 있었다. 겁에 질린 얼굴로 내 어깨를 흔드는 운전사
를 내려다보며 나는 안전벨트를 맸어야 했는데, 라고 씁쓸하
게 생각했다.

내 몸은 곧바로 죽지 않았다. 구급차가 왔고, 구급차 안과 이송된 병원에서 나는 몇 번 몸속으로 빨려 들어갔다가 도로 나왔다. 마지막으로 기억나는 것은 다시 몸속으로 빨려 들어가서, 은정이의 손이 내 손을 잡은 것을 느끼며, 은정이가 울음 섞인 목소리로 내 이름을 부르는 것을 들으며, 감긴 채 그대로 돌덩이가 되어버린 듯한 눈꺼풀과 닫힌 채 열리지 않는 입과 아무리 애를 써도 움직일 수 없는 몸속에서 어떻게든 은정이에게 나 여기 있다고, 살아 있다고, 그러니 울지 말라고 말해주기 위해 몸부림치던 일이다. 그렇게 버둥거리다 말고 나는 갑자기 은정이 머리 위에 떠 있었고, 안 돼, 가기 전에 한마디만, 어깨에 손이라도, 라고 생각한 순간 나는 이미 이곳에 와 있었다.

아내는 그렇게, 두 눈을 굳게 감고 미동도 하지 않는 내 몸을 매일매일 만나러 왔다. 그리고 빈집에 돌아와서 내 옷과 경찰서에서 받아온 사고 당시 소지품을 껴안고 침대에 누워 천장을 바라보았다. 하루하루가 지날 때마다 희망은 조금씩 사라져갔고, 어느 날 절망의 밑바닥에서 아내는 전원이 꺼진, 피에 젖고 액정이 깨진 내 휴대전화로 전화를 걸었다.

그것은 아무 의미 없는, 절박하고 무익한 자기 위안의 몸짓

이었다. 전화기는 이미 망가질 대로 망가진 상태였다. 그러므
로 전원도 켜지 않은 채 딱히 번호도 누르지 않고 무작정 '통
화' 화면을 마구 누른 순간, 이곳 접수대의 빨간 전화기 두 대
중 한 대가 울릴 것이라고는, 사무적인 여자의 목소리가 전화
기 저편에서 "망인 성함과 사망 일시 말씀하세요"라고 응답
하리라고는, 그리고 얼떨결에 시키는 대로 더듬더듬 내 이름
과 사고 난 날짜, 시간을 댄 후 수화기가 내 손으로 넘겨져 전
화기 저편에서 내 목소리가 들려오리라고는, 아내는 꿈에도
예상하지 못했던 것이다.

"그래서, 거긴 뭐 재미있는 일 없어?"
어머니와의 통화가 끝나고 자기 차례가 되자 아내가 묻는
다. 어머니 앞이기 때문인지, 목소리는 여전히 명랑하다.
나는 웃는다.
"여기 재미있는 일이 뭐 있겠냐."
이건 사실이다. 나는 그저 접수대 앞에 앉아서 하염없이 기
다릴 뿐이다. 시간이 지나기를, 그녀가 전화하기를— 그리고
마침내는 또 다른, 마지막 전화가 걸려오기를.
그녀가 투정하듯 묻는다.
"지난번엔 왜 전화 안 받았어?"

"지난번? 언제?"

내가 되묻는다. 이것은 알면서 묻는 거짓 질문이다.

"지난주에 걸었는데, 안 받더라?"

"아, 그게, 줄이 좀 길어서…… 내 차례가 안 왔어."

이것은 완전히 거짓말이다. 이곳에 줄 따위는 없다. 단지 매번 그녀가 전화를 걸 때마다 일일이 다 받을 수가 없을 뿐이다.

"미안해."

내가 덧붙인다. 그녀는 쉽게 용서해준다.

"괜찮아. 할 수 없지, 뭐."

"시간 다 됐습니다."

옆에서 여자가 말한다. 나는 내키지 않게 아내에게 통보한다.

"은정아, 미안. 시간 다 됐대."

"아, 그래? 거긴 지금 몇 신데?"

그녀는 어머니에게 들으라는 듯이 일부러 큰 소리로 말한다.

"그래? 많이 늦었네? 내일 출근하려면 빨리 자야겠다."

나는 속삭인다.

"미안해, 은정아."

그녀는 여전히 쾌활하게 큰 소리로 대답한다.

"알았어, 좋은 꿈 꿔. 아침밥 꼭 챙겨 먹고. 안녕."

"안녕."

그리고 나는 여자에게 수화기를 돌려준다. 여자는 말없이 수화기를 제자리에 얹어놓는다. 나는 여자에게 인사한다.

"감사합니다."

그리고 나는 접수대를 떠난다.

다음번 전화가 걸려올 때까지, 또다시 기다리는 것이다.

이곳으로 처음 전화가 연결되어 나와 통화한 후, 아내는 피에 젖고 액정이 깨진 내 휴대전화를 직장으로 가지고 갔다. 실험실에서 아내는 약솜에 표백제를 듬뿍 묻혀 휴대전화를 구석구석 꼼꼼하게 닦아냈다. 퇴근길에 아내는 '휴대전화 케이스 교환'이라고 현수막을 써 붙인 노점에 들러서 내 휴대전화를 내밀었다. 고장 난 휴대전화를 수리해주거나 화면에 빈틈없이 보호필름을 붙여주는 일을 하는 젊은 여자는 부서진 내 휴대전화를 이리저리 들여다보았다.

"이거, 꽤 심하게 망가졌는데요? 여기서 손본다고 될 일이 아닌데……."

"그냥, 보기에만 멀쩡해 보이면 돼요."

"액정 모서리도 깨졌네요……. 이런 건 여기서 못 고치는데……."

"보호 필름이나 스티커 같은 거 붙여주실 수 없어요?"

여자는 아내의 얼굴을 한번 흘끗 쳐다보았다.

"이런 거 오래 두시면 액정이 새서 완전히 못 쓰게 돼요."

"실제로 쓸 거 아니에요. 그냥 필름 같은 거 붙여주세요."

여자는 석연찮다는 표정으로 양보했다.

"그러실래요? 그럼 그렇게 해드릴게요."

그리고 여자는 전문가의 손길로 휴대전화 케이스를 분리하기 시작했다.

"기판 안쪽에 뭐가 잔뜩 묻었네요……. 완전히 들러붙었네……. 뭐 쏟으셨나 봐요?"

여자가 겉면을 들어낸 휴대전화를 아내에게 내밀었다. 아내는 들여다보았다. 전부 닦아냈다고 생각했던 내 피가 기판에 가득 말라붙은 모습이 시야를 덮쳤다.

"아…… 매…… 매니큐어……."

아내의 대답에 여자는 솜에 아세톤을 묻혀 기판을 닦아내기 시작했다. 여자가 무심하게 문지르는 솜에 생명 없는 진갈색 액체가 묻어 나오는 것을 보고 있다가 아내가 말했다.

"저기, 그거, 안 닦아주셔도 되니까, 그냥 필름만 붙여주세요."

여자가 다시 아내를 쳐다보았다.

"그래도, 기왕 하는 김에 청소도 좀 해야죠. 그냥 두면 기판이 다 삭아서 작동이 안 되거든요."

"그냥, 필름만 붙여주세요!"

아내의 목소리와 어조에 여자는 흠칫 했다.

"아, 예……."

여자는 샐쭉한 표정으로 들고 있던 솜을 버리고 필름을 갈아 붙이기 시작했다.

아내는 한 달에 한 번 토요일에 기차를 타고, 내려서 다시 버스로 갈아타고 내 어머니를 만나러 간다. 그 첫 번째 우연한 전화 통화 이후, 아내는 기차를 타고 버스를 타고 어머니를 찾아가서, 미리 의논했던 대로 내가 해외의 본사로 갑자기 발령받아 떠났다고 보고했다. 어머니에게 그녀가 정확히 뭐라고 설명했는지는 알 수 없다. 그러나 어쨌든, 어머니는 놀라면서도 그녀를 일단 믿었고, 그녀가 어머니 보는 앞에서 문제의 휴대전화로 내게 전화를 걸어 "자기야, 잘 도착했어?"를 외친 후 어머니에게 전화를 바꾸었기 때문에, 그리고 이어서 내가 "엄마 여기 미국이에요, 놀라셨죠?"를 외쳤기 때문에, 어머니는 '본사 발령설'을 완전히 신뢰하게 되었다.

그렇게 그녀가 어머니를 일곱 번 찾아간 후, 내 몸은 죽었다. 아내는 사고 사실을 이미 아는, 가까운 회사 사람들에게만 연락했다. 그리고 그녀는 혼자 빈소를 지키고, 장의사들이 내 몸을 삼베로 꽁꽁 감싸 묶어서 관에 넣는 광경을 혼자서 지켜보고, 혼자서 나를 묻었다. 소복을 입고 혼자 빈소에 앉아 내 영정 사진을 바라볼 때도, 내 몸을 실은 관이 땅속으로 내려가는 것을 지켜볼 때도, 그녀는 울지 않았다.

매장이 끝나고 사흘 뒤에 그녀는 검은 상복을 벗고 평소에 자주 입던 청바지와 밝은색 티셔츠로 갈아입었다. 정성 들여 화장을 하고, 내가 선물한 귀걸이와 목걸이를 걸쳤다. 그리고 기차를 타고, 내려서 다시 버스를 갈아타고, 내 어머니를 찾아갔다. 평소와 다름없이 장을 보고, 요리를 하고, 함께 저녁을 먹고, 활달하게 수다를 떨고 곰살궂게 애교를 부렸다. 그리고 늦은 저녁에 그녀는 내게 전화를 걸어서, 아무렇지도 않은 목소리로 어머니를 바꿔주었다. 어머니가 언제나 그렇듯이 그녀를 언제 미국으로 데려갈 거냐고, 언제까지 혼자 둘 거냐고 나를 책망하는 목소리를 들으며 그녀는 아무렇지도 않게 웃었다. 그것은 혼신의 힘을 다한, 일생일대의 연기였다.

그날 밤 그녀는 잠들지 못했다. 어머니가 완전히 잠든 것을 확인한 후 그녀는 몰래 집에서 빠져나와 골목길에서 내게 다시 전화했다.

"야, 이 개새끼야!"

내가 전화를 받자마자 그녀는 고함을 질렀다.

"네가 어떻게 나한테 이럴 수가 있어, 어떻게 나한테 이런 일을 시킬 수가 있어!"

"저기, 은정아……."

"이 씨발 새끼야, 내가 이러려고 너하고 결혼한 줄 알아? 네가 나한테 이래도 되는 거야?"

"은정아……."

"내가 무슨 마음으로 옷 갈아입고 화장했는지 알아? 네가 준 귀걸이랑 목걸이 주렁주렁 걸치면서 무슨 생각 했는지 알아? 엉? 어머니한테 너 잘 지낸다고 거짓말하면서 내가 어떤 기분이었는지 아냐고!"

"미안해, 은정아…… 정말 미안해……."

"너 이 개새끼, 당장 여기로 튀어와. 지금 당장 와서 나 데려가!"

그리고 그녀는 울었다.

"은정아, 미안해……."

나는 그 말밖에 할 수 없었다.

"정말 미안해……."

울음 사이사이로 그녀는 말했다.

"어머니가, 네 전화번호, 가르쳐달라고……."

"……."

"국제전화, 그까짓 거, 당신도 거실 줄 아는데…… 왜 매번, 내가 내려올 때만……."

"은정아……."

"어머니가 직접, 거시겠대, 네 번호로……."

수화기 너머로 그녀가 통곡하는 소리가 들려왔다. 함께했던 지난 구 년을 통틀어 그녀가, 나를 묻으면서도 울지 않았던 그녀가, 이토록 걷잡을 수 없이 우는 것은 처음이었다.

"은정아, 미안해…… 정말 미안해……."

그녀는 울음을 그치지 못했다.

여자가 사무적인 목소리로 '시간 다 됐습니다'를 통보할 때까지, 통곡하는 그녀에게, 나는 무익하고 한심한 사과의 말을 되풀이할 뿐, 아무것도 해주지 못했다.

"언제까지 계속 이래야 돼?"

그녀는 가끔 물었다.

"알잖아, 말해줄 수 없는 거."

나는 대답한다. 그녀도 침묵으로 받아들인다.

침묵이 너무 길어지면 내가 말한다.

"힘든 거 알지만, 조금만 더 참아줘. 이제 얼마 안 남았어."

내 말에 그녀는 한숨을 쉰다.

"그거 알아? 나, 드라마 같은 데 나오는 악독한 며느리가
된 기분이야."

"무슨 드라마?"

그녀는 설명한다.

"왜 있잖아, 생명보험 같은 거 들어놓고 시어머니 죽는 날
만 기다리는 악녀 캐릭터."

나는 조금 웃는다.

"그런 거 아냐. 너도 알잖아."

그녀가 투정을 부린다.

"알아도, 그런 기분이 드는 걸 어떡해."

"……미안해."

몇백 번째인지 모르게, 나는 아무 쓸모없는 사과의 말을 다
시 한 번 되풀이한다.

그녀가 다시 한숨을 쉬고 말한다.

"차라리 자기가 틀렸으면 좋겠어. 아니면 전부 다 거짓말이
거나."

"……그건 나도 마찬가지야."

이건 진심이다.

잠시 침묵한 뒤, 그녀가 조그만 목소리로 묻는다.

"어머니까지 가시고 나면, 난 어떡하지."

"뭘 어떡해."

나는 짐짓 쾌활한 목소리로 반박한다.

"다 잊어버리고, 나보다 훨씬 좋은 남자 만나서 잘사는 거지."

"그딴 소리 하지 마."

그녀가 화를 낸다.

"······미안해."

내가 다시 사과한다.

그러나 그 말은 농담이 아니다.

어머니가 이곳으로 오시고 나면, 그녀는 자유로워질 것이다. 그리고 나보다 훨씬 좋은 남자를 만나서, 내가 주었던 것보다 훨씬 많이 사랑받으면서, 행복하게 살 것이다. 이것은 예상이나 추측이 아니라 기정사실이다. 그리고 지금으로서는, 그 사실만이 내게 작으나마 위안이 된다.

"난, 자기 언제쯤 만나러 가?"

그녀가 묻는다.

내가 가장 싫어하는 질문이다. 그래서 가능한 한 퉁명스럽게 대답한다.

"그런 거 묻지 마."

그녀는 포기하지 않는다.

"그래도, 자기는 알 거 아냐? 나 답답하단 말이야."

"몰라. 알아도 안 가르쳐 줘."

내가 짜증을 낸다. 그녀가 다시 묻는다.

"나, 그냥 자기한테 가면 안 돼?"

"야, 김은정!"

나는 나도 모르게 소리친다.

"자꾸 그 따위 재수 없는 소리 할래! 그럴 거면 앞으로 전화하지 마!"

"뭘 잘했다고 소리는 지르고 난리야!"

그녀도 지지 않는다.

"따지고 보면 일이 이렇게 된 건 다 네 탓이잖아, 바보 멍충아!"

그건 맞는 말이다. 나는 한풀 기가 죽는다.

"아니, 그래도……."

그녀는 이 기회를 놓치지 않고 인정사정없이 퍼붓는다.

"택시건 자가용이건 차를 탔으면 안전벨트 꼭 매라고 내가 말했어, 안 했어? 마누라가 하는 소린 귓등으로도 안 듣다가 일 다 벌어진 후에 뒷수습 힘든 건 전부 나한테 떠넘겨놓고 자기는 편하게 앉아서 전화나 받는 팔자인 주제에 어디다 대고 언성을 높여? 너 그딴 식으로 나오면 나야말로 앞으로 전화 안 한다!"

"알았어, 미안해…… 내가 잘못했어. 화내지 마."

나는 패배를 인정한다.

그러나 확인할 건 확인해야 한다.

"그렇지만 여기로 온단 소리는 제발 하지 마, 응? 부탁이
다."

"……알았어."

그녀는 여전히 화가 가시지 않은 목소리로 부루퉁하게 대
답한다.

"시간 다 됐습니다."

옆에서 여자가 통보한다.

"은정아, 시간 다 됐대. 끊어야겠다."

"맘대로 해."

그리고 그녀는 거칠게 전화를 끊어버린다.

나는 한숨을 쉰다.

접수대의 여자가 언제나 그렇듯이 무표정한 얼굴로 나를
쳐다본다. 나는 수화기를 넘겨준다.

"감사합니다."

접수대 위에 놓인, 똑같이 생긴 빨간 전화기 두 대 중 하나가
울린다. 여자가 수화기를 집어 든다. 귀에 갖다 대고 말한다.

"예, 말씀하세요."

그러나 전화벨은 여전히 울린다. 여자는 짜증을 내며 수화기를 제자리에 내려놓는다. 다른 쪽 전화의 수화기를 든다.

"예, 말씀하세요."

그리고 여자는 우리를 향해 소리친다.

"정호준 씨! 정호준 씨, 전화 받으세요!"

나는 앉은 자리에서 재빨리 일어난다.

이름과 사망한 날짜, 시각을 확인한 후 여자는 내게 수화기를 건네주며 말한다.

"이번이 마지막입니다."

"아……."

수화기를 건네받으려다 나는 멈칫한다.

이것이, 그녀에게서 오는 전화를 골라가며 받을 수밖에 없었던 이유다. 사망 일자가 확정된 후 내게 주어진 시간은 사십구 일이다. 그리고 그 기간 동안 허용된 전화 통화의 횟수는 한정되어 있는 것이다.

여자가 평소와는 달리 부드럽게 말한다.

"통화하시는 분께도 알려주시는 게 좋지 않을까요?"

나는 말없이 고개만 끄덕인 후 수화기를 건네받는다.

"자기야, 잘 지냈어?"

수화기 저편에서 들려오는 그녀의 목소리는 여전히 쾌활하다.

그 목소리 때문에, 나는 결국,

그녀에게 말하지 못한다.

수화기를 돌려주면서, 나는 여자에게 부탁한다.

"다음번에 전화가 오면, 내가, 미안하다고…… 그렇게 좀, 전해주시겠어요?"

여자는 수화기를 건네받으며 말없이 진중하게 고개를 젓는다.

그렇다.

여자의 소관이 아닌 것이다.

다시 한 달이 지나, 기차를 타고 버스를 타고 어머니를 만나러 가서, 그녀는 문을 열어주는 어머니 대신 거실에 쓰러진 어머니를 보게 될 것이다. 다시 한 번, 병실의 침대에 누워 눈도 뜨지 않고 미동도 하지 않는 몸 앞에 혼자 앉아 오랫동안 지켜보게 될 것이다. 그리고 머지않아 그녀는 다시 한 번 혼자서 장례를 치러야 할 것이다. 또다시 혼자서 빈소를 지키고, 혼자서 장의사들이 시신을 삼베로 꽁꽁 묶는 광경을 지켜보고, 관이 땅속으로 내려갈 때 그 옆에 혼자 서 있어야 할 것이다.

그 모든 힘겨운 과정을 혼자서 겪어내고, 집에 돌아와 마지막으로 내게 전화했을 때, 나는 그곳에 없을 것이다. 전화는 연결되지 않을 것이다. 전원을 끈 휴대전화가 모두 그렇듯이, 공허한 검은 화면만이 그녀의 지친 얼굴을 무의미하게 응시할 것이다.

미안하다, 미안하다, 미안하다고, 나는 그녀에게 빌고 싶다.

그러나 이제는 그녀에게 말할 길이 없다.

접수대 위에 똑같이 생긴 빨간 전화기가 두 대 놓여 있다. 그중 한 대가 울린다. 여자가 전화기 두 대를 번갈아 노려보다가 결단을 내리고 한쪽의 수화기를 든다. 이번에는 단번에 맞췄다. 벨소리가 멈춘다.

"예, 말씀하세요."

여자가 사무적으로 대답한다. 그리고 고개를 들고 부른다.

"정호준 씨! 전화 받으세요."

나는 의자에서 재빨리 일어난다. 접수대로 뛰어간다.

"예, 7월 16일……."

그러나 그녀는 이름도 날짜도 확인하지 않고 내게 곧바로 수화기를 내민다.

"아……."

나는 멍한 표정으로 여자를 바라본다. 여자는 천천히 고개를 끄덕인다.

나는 여자가 건네주는 수화기를 받아든다. 잠시 마음을 가다듬은 후, 수화기를 귀에 댄다.

"예, 제가 정호준입니다."

마지막 통화는 간단명료했다.

이 전화를 받는 순간을 나는 몇 번인가 상상했었다. 어디서 걸려오는 전화인지, 상대방이 누구인지 정확히 알지는 못하지만, 나는 부탁할 작정이었다. 언젠가 인연이 닿아 다시 한 번 그녀를 만나게 된다면, 그때야말로 미안하다고 말할 기회를 달라고. 그녀를 행복하게 해줄, 아니 그녀를 위해 뭐라도 해줄 수 있는 기회까지는 바라지 않을 테니, 그저 직접 얼굴을 마주 보고, 고맙다고, 그리고 정말 미안했다고 말할, 한 번의 기회만 주시면 된다고.

그러나 그 말을 하기 전에, 아니, 내 이름을 댄 후에 들려온 짧은 메시지에 대답하기도 전에,

전화는 용건만 전달한 후 가차 없이 끊어져버렸다.

낯설게 보는 세상

1.

내가 쓰는 이야기들은 대체로 기괴하고 비일상적이다. 나는 기괴하고 비일상적이며 때로 부자연스러운 상황과 줄거리를 표현하기 위해 똑같이 기괴하고 비일상적이며 종종 부자연스러운 언어를 사용한다. 나는 매끄럽고 예쁜 문장을 추구하지 않는다. 내가 쓰는 이야기들이 매끄럽지도 예쁘지도 않기 때문이며, 내가 보는 세상이 전혀 매끄럽거나 예쁘지 않기 때문이다.

나의 관점을 변호하자면 여기에는 이론적인 근거가 있다. 러시아 문학연구자 빅토르 시클롭스키Viktor Shklovsky / Виктор Шкловский, 1893-1984는 〈기법으로서의 예술〉Art as Technique / Исскуство как приём, 1917이라는 혁명적인 논문에서 예술의 언어는 일상의 언어와 달리 '구부러져 있다'고 설명했다. 일상의 언어는 의미 전달을 최우선 목표로 삼아 언어사용의 경제성을 추구하지만 예술의 언어는 일상적인 것을 천천히 처음부터 다시 인식시키는 '낯설게 하기'를 기본 원칙으로 삼는다. 그렇기 때문에 예술의 언어는 일상의 언어와 정반대로 독자 혹은 청자에게 언어의 의미를 천천히 새롭게 인식시킬수록 성공적이며, 예술 연구는 통상적인 의미에서 작품이 묘사하는 소재의 아름다움이나 주제의 도덕성 등을 논하기보다는 '낯설게 하기'를 위해 작가가 사용하는 독특한 기법을 분석하는 데 집중해야 한다는 것이 시클롭스키의 주장이다. 여기서부터 형식주의 학파가 만들어졌다. 시클롭스키의 기법 연구 이론은 지금까지 작법서부터 대중문학 연구를 망라하는 문학적 분석의 기초가 되고 있다.

예술의 언어는 구부러져 있다. 낯설고 기괴한 세상을 새삼 천천히 되돌아보기 위해서는 낯설고 기이하게 구부러진 언어가 필요하다.

2.

기괴하고 불편한 이야기들 중에서 그나마 조금 웃으면서 읽을 수 있는 이야기가 〈리발관의 괴이〉일 것 같다. 여기 언

급되는 '리동진 장군'은 한국과학소설작가연대 창립자이며
1기 대표를 역임한 정소연 작가님의 배우자인 번역가 이동진
선생님이다. 처음에 한국과학소설작가연대가 설립되었을 당
시 정소연 대표님뿐 아니라 이동진 선생님도 여러 행사와 사
업을 진행하는 동안 엄청난 도움을 주셨기 때문에(라고 쓰고
엄청나게 착취당했다고 읽는다……) 죄송하고 감사한 마음을 담
아 회원 작가들이 작품 여기저기에 이동진 선생님의 성함을
살짝살짝 집어넣었다. 나도 그렇게 〈리발관의 괴이〉에 (적당
히) 이동진 선생님의 존함을 넣었는데 책으로 출간되다니 매
우 영광이다. 정소연 작가님한테 꼭 보내드려야겠다.

3.

　이 책에 실린 이야기들을 쓸 때에 나는 많이 슬프고 화가
나고 불안했던 것 같다. 외할머니가 돌아가신 뒤에 친할머니
는 외할머니가 전화를 받지 않는다고 걱정하셨다. 외할머니
와 친할머니는 사돈지간을 넘어 평생 친구이셨고 그래서 가
족 모두 친할머니께 외할머니의 부고를 알리지 않기로 결정
했다. 친할머니에게 매번 거짓말을 하면서 나는 무척 괴로웠
다. 그래서 〈전화〉를 썼다. 그보다 훨씬 전에 아랫집에서 공
사를 해서 아침부터 밤까지 견딜 수 없이 시끄러웠지만 공

사가 언제 끝나는지, 언제까지 계속 두드려댈 예정인지 아무도 알려주지 않았다. 그래서 〈죽은 팔〉을 썼다. 내 삶의 모든 것은 이야기가 되지만 예쁘거나 단정한 이야기가 되지는 않는다.

그러니까 기괴하고 낯선 세상에서 암담하고 불안하다고 느끼시는 분들께는 '나도 그거 뭔지 안다고' 말씀드리고 싶다. 혼자만 암담하고 불안한 것보다는 같이 암담하고 불안한 쪽이 좀 덜 무서운 법이다. 그리고 조금 덜 무서워하면서 어떻게든 버티다 보면 좋은 날이 올 것이다.

독자님들의 세상이 너무 지나치게 기괴하고 너무 오랫동안 낯설지는 않았으면 좋겠다. 그리고 평온하고 차분한 상황에서 이 책을 읽으시는 분들께는 그냥 잠시 이상한 세계를 들여다보는 경험이 되었으면 한다.

정보라

안톤 허 번역가

정보라 작가의 작품을 처음 읽을 때는 나와 동떨어진 다른 세상 얘기를 듣는 것 같다. 하지만 읽다 보면 '소설 속 세상이 여태껏 내가 살고 있는 세상이었구나' 하는 기이한 느낌을 지울 수 없다. 우리가 사는 세상에 귀신이 안 보인다 한들, 없다고 단언할 수 있을까. 본래 '귀신'이란 잊으려 했으나 잊히지 않는 것들, 죽었어야 하나 아직도 이승에 그림자를 드리운 것들을 일컫는 말 아닐까. 《죽음은 언제나 당신과 함께》는 저승에서 이승으로까지, 혹은 망각의 땅에서 의식의 최전방까지 그림자를 드리우는 것들의 이야기다. 정보라 작가는 무속인 같은 남다른 민감함으로 죽은 자와 산 자의 목소리에 귀를 기울여, 신칼처럼 찬란할 정도로 번뜩이는 날카로운 언어로 그들의 이야기를 들려준다.

조예은 소설가

이 매혹적인 열 편의 이야기는 한시도 우리를 떠난 적 없는 모든 끔찍한 것들에 관해 이야기한다. 폭력과 고통, 상실과 불운, 그리고 죽음과 운명에 대해. 그것들은 창밖의 잘린 머리처럼 시뻘건 눈으로 우리를 지켜보고 있다. 절대 사라지지 않으며 앞으로도 계속된다. 이 책의 무수한 멋진 점 중 하나는 바로 그런 두려움의 정체를 길어 올려 그로테스크한 아름다움을 만들어낸다는 것이다. 태연한 얼굴로 환상과 죽음의 경계를 넘나들며 그 베일을 벗기는 이야기들은 기묘한 위안과 섬찟함을 동시에 선사한다. 남은 페이지가 줄어드는 게 아쉬워 글자를 핥듯이 읽었다. 긴 여운을 감당하기 위해 중간중간 눈을 감고 쉬기도 했다. 모두에게 가능한 한 영원히 기억하고 싶은 악몽으로 남을 책이라고 확신한다.

퍼플레터 구독 신청 링크
퍼플레터는 퍼플레인의 뉴스레터 서비스입니다.

죽음은 언제나 당신과 함께
정보라 환상문학 단편선 2

초판 1쇄 발행 2023년 11월 11일
초판 2쇄 발행 2024년 1월 2일

지은이 정보라

펴낸이 박선경
기획·편집 이유나, 지혜빈, 김선우
마케팅 박언경, 황예린
디자인 studio forb
표지그림 ©배준현
제작 디자인원(031-941-0991)
작가 전속에이전시 그린북 에이전시

펴낸곳 도서출판 갈매나무
출판등록 2006년 7월 27일 제395-2006-000092호
주소 경기도 고양시 일산동구 호수로 358-39 (백석동, 동문타워 I) 808호
전화 (031)967-5596
팩스 (031)967-5597
블로그 blog.naver.com/kevinmanse
이메일 kevinmanse@naver.com
트위터 twitter.com/purplerain_pub
인스타그램 www.instagram.com/purplerain.pub

ISBN 979-11-91842-57-9 (03810)
값 17,500원

'퍼플레인'은 도서출판 갈매나무의 장르소설 전문 브랜드입니다.
배본, 판매 등 관련 업무는 도서출판 갈매나무에서 관리합니다.